A VISAGE COUVERT

DU MÊME AUTEUR

La Proie pour l'ombre (An Unsuitable Job for a Woman), Mazarine, 1984.

La Meurtrière (Innocent Blood), Mazarine, 1984.

L'Ile des morts (The Skull Beneath the Skin), Mazarine, 1985.

Meurtre dans un fauteuil (The Black Tower), Mazarine, 1986.

Un certain goût pour la mort (A Taste for Death), Mazarine, 1987.

Sans les mains (Unnatural Causes), Mazarine, 1987.

Une folie meurtrière (A Mind to Murder), Fayard, 1988.

Meurtres en blouse blanche (Shroud for a Nightingale), Fayard, 1988.

Mort d'un expert (Death of an Expert Witness), Fayard, 1989.

P. D. James

A VISAGE COUVERT

roman

traduit de l'anglais par
D<small>ENISE</small> M<small>EUNIER</small>

Fayard

Cet ouvrage est la traduction, publiée pour la première fois en France, du livre de langue anglaise :

COVER HER FACE

édité par Faber and Faber Ltd.

© P. D. James, 1962.
© Librairie Arthème Fayard, 1989, pour la traduction française.

CHAPITRE I

1

Trois mois exactement avant l'assassinat à Martingale, Mrs. Maxie avait donné un dîner. Des années plus tard, alors que le procès n'était plus qu'un scandale à moitié oublié et que les gros titres jaunissaient sur les pages des journaux tapissant les fonds de tiroir, Eleanor Maxie se disait que cette soirée de printemps avait été le prologue de la tragédie. Sa mémoire, sélective et perverse, conférait à ce qui avait été un dîner parfaitement ordinaire une aura de prémonition et de malaise. Rétrospectivement, il se muait en une célébration rituelle réunissant victime et suspects sous un même toit. Or, en fait, parmi ces derniers, tous n'étaient pas présents. Felix Hearne, entre autres, ne se trouvait pas à Martingale ce week-end-là et pourtant elle le voyait lui aussi à sa table, suivant d'un regard amusé, sardonique, les premières gesticulations des acteurs.

A l'époque, bien sûr, la réception avait été à la fois ordinaire et assez assommante. Trois des invités, le Dr. Epps, le recteur et Miss Liddell, directrice du

Refuge St. Mary pour jeunes filles, avaient dîné
trop souvent ensemble pour attendre quoi que ce
fût d'inédit ou de stimulant d'une nouvelle rencontre. Catherine Bowers était exceptionnellement
silencieuse, cependant que Stephen Maxie et sa
sœur Deborah Riscoe, dépités de constater que le
premier week-end libre de Stephen depuis un mois
coïncidait avec une réception, dissimulaient mal
leur mauvaise humeur. Mrs. Maxie venait d'engager
une des mères célibataires de Miss Liddell et la
jeune femme servait à table pour la première fois.
Mais on pouvait difficilement attribuer la gêne qui
pesa tout au long du repas à la présence épisodique
de cette Sally Jupp qui posait les plats devant Mrs.
Maxie et changeait les assiettes avec une adresse
notée non sans complaisance par Miss Liddell.

Il est probable qu'un des invités au moins était
parfaitement heureux. Célibataire, le recteur de
Chadfleet, Bernard Hinks, accueillait tout ce qui le
changeait de la cuisine roborative mais fort peu
gastronomique dispensée par sa sœur — elle n'acceptait jamais d'invitations — avec un soulagement
qui laissait peu de place pour les nuances de relations mondaines. Très doux, très effacé, cet homme
de cinquante-quatre ans — et qui paraissait plus
que son âge — avait la réputation de ne sortir du
flou propice à sa timidité que pour défendre des
points de doctrine. La théologie était sa principale
préoccupation, peut-être la seule, et les paroissiens
qui ne comprenaient pas toujours ses sermons les
acceptaient volontiers comme preuves de son éru-
dition. Mais enfin, on convenait en général au
village que l'on pouvait attendre conseils et aides
du presbytère et que si les premiers étaient parfois

un peu confus, les secondes faisaient rarement défaut.

Pour le Dr. Charles Epps, veuf de longue date, ce dîner était l'occasion de faire un repas excellent, de converser avec deux femmes charmantes et de se reposer un moment de la routine d'une clientèle rurale. Installé à Chadfleet depuis trente ans, il connaissait assez la plupart de ses malades pour savoir exactement s'ils allaient vivre ou mourir. Au reste, il était persuadé que le médecin ne pouvait pas faire grand-chose pour influer sur la décision, qu'il était sage de savoir quand mourir en provoquant le minimum de dérangement pour les autres et de détresse pour soi-même, et que nombre de progrès en médecine ne servaient à prolonger la vie pendant quelques mois pénibles que pour la gloire du praticien. Pourtant, il était moins bête et plus habile que Stephen Maxie le croyait et ses malades affrontaient rarement la mort avant l'heure. Après avoir assisté Mrs. Maxie à la naissance de ses deux enfants, il était resté le médecin et l'ami du mari dans la mesure où le cerveau obscurci de Simon était encore capable de discerner ou d'apprécier l'amitié. Pour l'heure, il dégustait un soufflé au poulet avec l'air d'un homme qui a bien mérité son dîner et n'a pas la moindre intention de se laisser perturber par les humeurs des autres convives. « Donc, vous avez pris Sally Jupp et son bébé, Eleanor ? » Le docteur ne craignait pas les évidences. « Deux jeunesses sympathiques. C'est plus gai pour vous d'avoir de nouveau un bébé dans la maison.

— Espérons que Martha sera de votre avis, répliqua sèchement Mrs. Maxie. Bien entendu, elle a absolument besoin d'aide, mais elle est très conservatrice. Elle prend peut-être la situation moins bien qu'elle ne le dit.

— Elle s'en remettra. Les scrupules ne font pas long feu quand il s'agit d'une autre paire de bras dans la cuisine. » Le Dr. Epps écarta les préoccupations morales de Martha Bultitaft d'un revers de main. « Elle ne va pas tarder à tout passer au bébé, et d'ailleurs, Jimmy est un enfant attachant, quel que soit le père. »

A cet instant, Miss Liddell sentit qu'il fallait faire entendre la voix de l'expérience.

« Je crois qu'on ne devrait pas parler trop légèrement du problème de ces enfants, docteur. Bien entendu, il faut faire montre de charité chrétienne » — ici, petit salut dans la direction du recteur comme pour reconnaître la présence d'un autre spécialiste et excuser l'intrusion dans son domaine — « mais je ne peux m'empêcher de penser que la société dans son ensemble devient trop indulgente envers ces jeunes personnes. Le niveau des valeurs va continuer à baisser dans le pays si ces enfants sont considérés autant que ceux qui sont nés dans le mariage. C'est déjà ce qui arrive. Il ne manque pas de mères pauvres et respectables pour lesquelles on fait bien moins que pour certaines de ces filles. »

Toute rouge, elle parcourut la table du regard et se remit à manger vigoureusement. Tout le monde semblait étonné. Quelle importance ? Il fallait que ce fût dit et elle l'avait dit, c'était à elle de le faire. Elle jeta un coup d'œil au recteur comme pour demander son soutien, mais, après un premier regard surpris, il se consacrait de nouveau exclusivement à son repas. Privé d'un allié, Miss Liddell se dit non sans irritation que décidément ce cher homme devenait un peu trop gourmand. Soudain, elle entendit la voix de Stephen Maxie.

« Ces enfants-là ne sont pas différents des autres, j'imagine, si ce n'est que nous leur devons davantage. Je ne trouve pas non plus que leurs mères soient si extraordinaires. Après tout, combien de personnes acceptent dans la pratique le code de morale qu'elles reprochent à ces filles d'avoir enfreint ?

— Un grand nombre, Dr. Maxie, je vous assure. » Du fait de sa profession, Miss Liddell n'était pas habituée à la contradiction des jeunes. Stephen Maxie était peut-être un chirurgien plein d'avenir, mais cela ne lui donnait pas de lumières spéciales sur les délinquantes. « Je serais horrifiée s'il me fallait penser que certains comportements dont j'ai malheureusement à connaître dans le cadre de mon travail sont vraiment représentatifs de la jeunesse moderne.

— Eh bien, en tant que représentant de la jeunesse moderne, je peux vous assurer qu'ils ne sont pas assez rares pour que nous puissions nous offrir le luxe de mépriser celles qui se sont fait prendre. La jeune personne que nous avons ici me paraît tout à fait normale et respectable.

— Elle est discrète et même assez raffinée. Instruite aussi. Pensez donc, elle est allée à l'école secondaire ! Je ne l'aurais jamais recommandée à votre mère si elle n'avait pas été d'un niveau très supérieur à la moyenne de St. Mary. En fait, c'est une orpheline qui a été élevée par une tante. Mais j'espère que ce ne sera pas une raison pour abuser de votre bonté. Sally doit travailler dur et profiter au maximum de la chance qui lui est offerte. Le passé est passé, mieux vaut l'oublier.

— Ce doit être difficile quand il se rappelle à vous d'une manière aussi tangible », dit Deborah Riscoe.

Agacé par une conversation qui perturbait les humeurs et plus encore, sans doute, les digestions, le Dr. Epps s'empressa d'apporter son placebo. Malheureusement, le seul résultat fut de prolonger la discussion.

« C'est une bonne mère et une jolie fille. Elle rencontrera probablement un garçon qui l'épousera. Ce sera d'ailleurs la meilleure solution. Je ne peux pas dire que cette relation mère célibataire-enfant me plaise beaucoup. Les liens ont tendance à devenir trop étroits, trop exclusifs et ça finit par un grand gâchis psychologique. Je me dis quelquefois — terrible hérésie, Miss Liddell — que le mieux serait de placer tout de suite ces bébés dans un bon foyer qui les adopterait.

— L'enfant est la responsabilité de la mère, énonça Miss Liddell, doctorale. C'est son devoir de le garder et de s'en occuper.

— Pendant seize ans et sans l'aide du père ?

— Nous engageons bien entendu les démarches pour une reconnaissance de paternité, Dr. Maxie, chaque fois que la chose est possible. Malheureusement, Sally est très obstinée et ne veut pas nous donner le nom du père. Nous ne pouvons donc rien faire.

— D'ailleurs, quelques shillings ne vont pas bien loin aujourd'hui. » Stephen Maxie semblait prendre un malin plaisir à prolonger le débat. « Et je suppose que Sally ne touche même pas les allocations familiales du gouvernement ?

— Nous sommes en pays chrétien, mon cher frère, et le salaire du péché est censé être la mort, pas huit shillings pris dans la poche des contribuables. »

Deborah avait parlé à voix basse, mais Miss Liddell avait entendu et senti qu'elle était visée. Mrs. Maxie eut alors l'impression qu'il était temps d'intervenir, et deux de ses invités au moins pensaient qu'elle aurait dû le faire plus tôt. Elle n'avait pas l'habitude de se laisser dépasser par les événements.

« Comme j'ai l'intention de sonner Sally, il vaudrait peut-être mieux que nous changions de sujet. Je vais me rendre gravement impopulaire en parlant de la kermesse paroissiale. Je sais que j'ai l'air de vous avoir réunis ici sous un prétexte fallacieux, mais enfin, il faut vraiment que nous pensions aux dates possibles. »

C'était un sujet sur lequel la volubilité de chacun pouvait se donner libre cours sans danger. Au moment où Sally entra, la conversation était assez ennuyeuse, aimable et inoffensive pour satisfaire Catherine Bowers elle-même.

Miss Liddell regarda attentivement la jeune femme évoluer autour de la table. On eût cru que ce qui venait d'être dit l'avait incitée à la voir nettement pour la première fois. Elle était extrêmement mince et l'épaisse chevelure blond-roux serrée sous son bonnet semblait trop lourde pour le cou si frêle ; ses longs bras d'enfant rougissaient au coude en saillie, sa grande bouche était désormais sévèrement disciplinée et ses yeux verts se baissaient modestement sur la tâche à accomplir. Brusquement, Miss Liddell ressentit un élan d'affection totalement irrationnel. Sally s'en tirait bien, vraiment bien ! Elle essaya de rencontrer son regard pour lui adresser un petit sourire d'encouragement — et soudain, pendant deux secondes au moins, elles se regardèrent en face.

Puis Miss Liddell rougit et baissa le nez. Pas possible, elle s'était trompée ! Jamais Sally n'aurait osé la dévisager de la sorte ! Troublée, horrifiée, elle essaya d'analyser l'effet extraordinaire de ce bref contact. Avant même d'avoir posé sur ses propres traits le masque affable du propriétaire satisfait, elle avait lu dans les yeux de son vis-à-vis non pas la soumission reconnaissante qui avait caractérisé la Sally Jupp de St. Mary mais un mépris amusé, un soupçon de complicité et une répulsion d'une intensité presque effrayante. Puis les yeux verts de nouveau baissés, Sally l'énigmatique était redevenue Sally la déférente, délinquante favorite et très favorisée de Miss Liddell ; mais l'instant avait laissé des traces, une appréhension assez violente pour provoquer la nausée. Elle avait recommandé Sally sans réserves, tout paraissait si satisfaisant... en apparence. La fille était trop bien en fait pour la place à Martingale. La décision était prise — trop tard désormais pour la remettre en question. Le pire, en somme, serait un retour prompt et ignominieux au Refuge. Pour la première fois Miss Liddell se rendit compte que l'introduction de sa favorite à Martingale risquait de provoquer des complications. Mais elle ne pouvait évidemment prévoir l'ampleur qu'elles prendraient, ni qu'elles aboutiraient à une mort violente.

Catherine Bowers, qui était là pour le week-end, n'avait guère parlé pendant le repas. Naturellement honnête, elle était un peu horrifiée de constater que sa sympathie allait à miss Liddell. Bien sûr, c'était très généreux à Stephen de défendre si vigoureusement Sally et ses pareilles, mais elle se sentait aussi agacée que dans les cas où ses amies non infirmières dissertaient sur la noblesse de sa profession. Très joli d'avoir des idées romantiques, mais elles font une belle jambe à celles qui travaillent au milieu des bassins ou des délinquantes ! Elle eut envie de le dire tout haut, mais la présence de Deborah l'en empêcha. Comme toutes les réceptions ratées, le dîner parut durer trois fois plus longtemps qu'à l'accoutumée. Catherine se dit que jamais une famille n'avait autant traîné pour prendre son café, jamais les messieurs n'avaient tant tardé à revenir au salon. Mais tout a une fin. Miss Liddell était repartie pour St. Mary en laissant entendre qu'elle préférait ne pas laisser Miss Pollack trop longtemps seule aux commandes. Mr. Hinks avait murmuré de vagues allusions aux dernières retouches à son sermon et disparu comme un mince fantôme dans l'air printanier. Les Maxie et le Dr. Epps, soulagés, devisaient autour du feu de bois. Sujet : la musique.

Ce n'était pas celui que Catherine aurait choisi, même la télévision aurait mieux valu, mais le seul poste était chez Martha. S'il fallait parler, elle espérait que ce serait de médecine seulement. Le Dr. Epps dirait : « Bien sûr, vous êtes infirmière, Miss Bowers, c'est épatant pour Stephen d'avoir quelqu'un qui s'intéresse aux mêmes choses. » Alors ils bavarderaient tous les trois pendant que pour une fois Deborah serait obligée de rester en dehors du coup, de se rendre compte que les hommes se lassent des jolies femmes inutiles, même admirablement habillées, et que Stephen avait besoin de quelqu'un qui pût comprendre son travail et soutenir une conversation intelligente avec ses amis. Rêve délicieux qui, comme la plupart des rêves, n'avait aucun rapport avec la réalité. Catherine, les mains tendues vers les flammes pâles, essayait de paraître à l'aise pendant

que les autres discutaient d'un compositeur au nom
bizarre dont elle n'avait jamais entendu parler sauf
dans un contexte historique tellement lointain qu'elle
l'avait oublié. Certes Deborah ne prétendait nullement le connaître, mais elle arrivait, comme d'habitude, à rendre son ignorance amusante. Ses efforts
pour faire participer Catherine à la conversation en
lui demandant des nouvelles de sa mère, l'intéressée
les ressentait comme une marque de condescendance
et non pas de courtoisie.

Quand la nouvelle bonne vint apporter un message
pour le docteur, ce fut un soulagement : une de ses
clientes, dans une ferme éloignée, allait accoucher. Il
s'arracha non sans peine à son fauteuil, se secoua
comme un gros chien et présenta ses excuses. Catherine fit une dernière tentative : « Un cas intéressant,
docteur ? » « Oh non ! » Le docteur regardait vaguement autour de lui à la recherche de sa serviette.
« Elle en a déjà trois. Une brave petite bonne femme,
d'ailleurs. Elle aime que je sois là. Je me demande
bien pourquoi. Elle pourrait faire ça toute seule, sans
broncher. Enfin, au revoir Eleanor, et merci pour cet
excellent dîner. Je voulais monter voir Simon avant
de partir, mais je passerai demain si vous voulez bien.
Je pense qu'il vous faudra une nouvelle ordonnance
pour son somnifère. Je vous l'apporterai. »

Il salua aimablement de la tête le petit groupe,
sortit dans le hall avec Mrs. Maxie et quelques
instants après les rugissements de sa voiture secouè-
rent le silence. Conducteur enthousiaste, il avait un
faible pour les petites voitures de sport ultra-rapides
dont il s'extirpait avec difficulté et qui lui donnaient
l'air d'un vieil ours coquin en goguette.

« Bon, dit Deborah quand le vacarme se fut

éloigné. Voilà qui est fait. Maintenant, si nous allions jusqu'aux écuries voir Bocock au sujet des chevaux ? C'est-à-dire, si Catherine a envie de se promener. »

Catherine avait très envie de se promener, mais pas avec Deborah. Extraordinaire vraiment qu'elle ne puisse pas ou ne veuille pas voir que Stephen et elle souhaitaient être seuls. Mais enfin, si lui ne mettait pas les points sur les *i*, elle ne pouvait guère le faire. Plus vite il serait marié et loin de toutes les femmes de sa famille, mieux cela vaudrait pour lui. « Elles lui sucent le sang », se dit Catherine, qui avait rencontré ce genre de personnage lors de ses incursions dans le roman moderne. Deborah, sereinement inconsciente de ces propensions vampiriques, franchit la porte-fenêtre ouverte et traversa la pelouse, à la tête du petit groupe.

Les écuries, désormais propriété de Samuel Bocock après avoir été celle des Maxie, n'étaient qu'à deux cents mètres de la maison. Le vieux Bocock était là, en train d'astiquer des harnais à la lumière d'une lampe tempête en sifflotant entre ses dents. C'était un petit homme brun au visage de gnome, yeux bridés et grande bouche, visiblement ravi de voir Stephen. Tout le monde alla rendre visite aux trois chevaux avec lesquels Bocock essayait de lancer sa petite affaire. « Vraiment, se dit désagréablement Catherine, Deborah est ridicule avec ces bêtes, à se frotter le nez contre le leur en leur racontant des fadaises comme s'il s'agissait d'êtres humains. Instinct maternel refoulé. Ça lui ferait du bien d'en dépenser un peu dans le service de pédiatrie. Il est vrai qu'elle n'y servirait pas à grand-chose. » Elle aurait bien voulu retourner dans la maison. Les écuries étaient d'une propreté scrupuleuse, mais l'odeur forte des chevaux après l'exercice persistait, inévitable, et sans savoir pourquoi Catherine en fut troublée. A un moment donné la main de Stephen, étroite et bronzée, effleura la sienne sur le cou de l'animal et, l'espace d'un instant, l'envie de la toucher, de la caresser, voire de la porter à ses lèvres, fut si forte que la jeune femme dut fermer les yeux. Et puis, dans le noir, d'autres images surgirent, délicieuses et répréhensibles, de cette même main lui entourant un sein, plus brune encore à côté de sa blancheur, qui le caressait lentement, amoureusement, annonciatrice de l'extase. Presque chancelante, elle sortit dans le crépuscule printanier, laissant derrière elle la parole lente, hésitante de Bocock à qui répondaient les voix enthousiastes des Maxie ; elle vécut alors un de ces moments de panique dévastatrice qui s'abattaient parfois sur elle depuis qu'elle aimait Stephen. Tout son bon sens, toute sa volonté étaient impuissants devant ces orages qu'aucun signe ne laissait présager. Dans ces moments-là, rien ne semblait réel et elle avait l'impression presque physique de sentir des sables mouvants engloutir ses espoirs. Toutes ses souffrances, toutes ses incertitudes, se cristallisaient autour de Deborah. L'ennemie, c'était elle, elle qui avait été mariée, qui avait eu sa chance de bonheur, Deborah, jolie, égoïste et inutile. En écoutant les voix derrière elle dans l'obscurité qui s'épaississait, Catherine était malade de haine.

De retour à Martingale, elle s'était ressaisie, le voile noir s'était levé et elle avait retrouvé son assurance naturelle. Elle monta se coucher de bonne heure, croyant presque qu'il pourrait venir la trouver. Elle se disait bien que c'était impossible sous le toit paternel, acte de folie pour lui, injure intolérable à l'hospitalité pour elle, mais elle attendit pourtant dans le noir. Au bout d'un moment elle entendit des pas dans l'escalier — Stephen et Deborah. Frère et sœur riaient tout bas, ensemble. Ils ne s'arrêtèrent même pas en passant devant sa porte.

2

Tout en haut, dans la chambre blanche qui était la sienne depuis son enfance, Stephen s'étira sur le lit.

« Je suis claqué, annonça-t-il.

— Moi aussi. » Deborah bâilla et s'assit sur le lit à côté de lui. « Assez sinistre, ce dîner. Je voudrais bien que Maman s'en dispense.

— Quelle tapée d'hypocrites !

— Pas leur faute. Ils ont été élevés comme ça. D'ailleurs, je crois qu'Eppy et Mr. Hinks sont plutôt des types bien.

— J'ai dû me rendre assez grotesque.

— Disons que tu as été assez véhément. Du genre Galahad fonçant à la défense de la jeune fille offensée. A ça près que c'est sans doute plutôt elle qui a pris l'initiative des opérations.

— Tu ne l'aimes pas, hein ?

— Mon très cher, je n'y ai même pas pensé. Elle travaille ici, c'est tout. Je sais que ça doit te paraître affreusement réac, avec tes idées avancées, mais en fait ce n'est pas du tout dans mes intentions. C'est simplement qu'elle ne m'intéresse pas et je pense que c'est bien réciproque.

— Elle me fait pitié ! » Il y avait une trace de violence dans la voix de Stephen.

« C'était assez évident au dîner », répondit sèchement Deborah.

— C'est leur foutue suffisance qui m'a chauffé les oreilles. Et puis la Liddell. C'est ridicule d'avoir collé une vieille fille à la direction d'un home comme St. Mary.

— Je ne vois pas pourquoi. Elle est peut-être un peu bornée, mais elle est bonne et consciencieuse. D'ailleurs, j'aurais plutôt cru qu'en fait d'expérience sexuelle, St. Mary avait plus que son compte.

— Oh, pour l'amour du ciel, n'essaie pas d'être facétieuse !

— Qu'est-ce que tu veux que je sois ? Nous nous voyons une fois par quinzaine. C'est un peu dur de se trouver piégée par un de ces dîners philanthropiques de Maman et d'être obligée de voir Catherine et Miss Liddell ricaner de concert parce qu'elles croient qu'une jeune fille t'a fait perdre la tête. C'est le genre de vulgarité que la Liddell apprécie particulièrement. Tout le village sera au courant demain.

— Si les gens croient ça, c'est qu'ils sont mabouls. Je l'ai à peine vue, cette fille. Je ne crois pas que je lui aie déjà adressé la parole. C'est ridicule !

— Tout à fait ce que je voulais dire. Pour l'amour du ciel, tâche de refréner tes instincts de croisé pendant que tu es ici. J'aurais pensé que tu pouvais sublimer ta conscience sociale à l'hôpital sans en ramener à la maison. C'est un voisinage très inconfortable, surtout pour ceux qui, comme moi, n'en ont pas.

— Je suis un peu sur les nerfs aujourd'hui, dit Stephen. Je ne sais pas très bien ce que je veux faire. »

Deborah comprit tout de suite, ce qui était très caractéristique.

« Elle est plutôt bassinante, hein ? Pourquoi ne pas terminer l'affaire avec grâce et élégance ? Je suppose qu'il y a une affaire à terminer ?

— Tu sais très bien qu'il y en a — qu'il y en a eu une, du moins — mais comment ?

— Je n'ai jamais trouvé ce genre d'exercice particulièrement difficile. Tout l'art consiste à faire croire à l'autre que c'est lui qui a rompu. Au bout de quelques semaines, j'arrive pratiquement à le croire.

— Et s'ils ne marchent pas ?

— Des hommes sont morts et des vers les ont mangés, mais pas par amour. »

Stephen aurait bien voulu lui demander si et quand Felix Hearne serait amené à croire que c'était lui qui avait rompu ; mais il se dit que dans ce cas comme dans d'autres, Deborah était plus féroce que lui.

« Je suis sans doute pleutre pour ça, dit-il. J'ai du mal à envoyer bouler les gens, même les raseurs à une réception.

— Oui, répliqua sa sœur. Tu es trop faible et trop douillet. Tu devrais te marier. Maman serait ravie. Quelqu'un qui a des sous, si tu peux trouver ça. Pas riche à crever, bien sûr, seulement ce qu'on appelle une belle fortune.

— Évidemment. Mais qui ?

— Ah, ça... »

Brusquement, Deborah sembla se désintéresser du sujet. Elle se leva du lit et alla s'appuyer contre l'appui de la fenêtre. Stephen regarda ce profil, si semblable au sien et pourtant si mystérieusement différent, se découper sur le fond noir de la nuit. Les veines et les artères du jour mourant s'étiraient au long de l'horizon. Du jardin montaient toutes les essences somptueuses et infiniment douces d'une nuit de printemps anglaise. Allongé là, dans le cocon de l'obscurité, il ferma les yeux et s'abandonna à la paix de Martingale. Dans des moments comme celui-là, il comprenait parfaitement pourquoi sa mère et Deborah manœuvraient, combinaient et projetaient pour sauvegarder son héritage. Premier des Maxie à étudier la médecine, il faisait ce qu'il avait voulu et la famille s'était inclinée. Il aurait même pu choisir quelque chose d'encore moins lucratif, encore qu'il aurait eu du mal à trouver. Avec le temps, s'il survivait au surmenage, aux risques, à la concurrence effrénée, il pourrait peut-être se faire une belle clientèle — et peut-être avoir les moyens d'entretenir Martingale lui-même. En attendant il faudrait continuer à lutter, à faire de petits retranchements qui ne troublaient jamais son propre confort, à rogner sur les dons aux œuvres, à faire plus de jardinage pour économiser les trois shillings de l'heure donnés au vieux Purvis, à employer des filles sans qualification pour aider la vieille Martha. Rien de tout cela ne le gênerait beaucoup et tout cela était fait pour que lui, Stephen Maxie, fût assuré de succéder à son père, comme Simon Maxie avait succédé au sien. Si seulement il avait pu jouir des beautés et de la paix de Martingale sans y être attaché par cette chaîne de responsabilité et de culpabilité !

Des pas lents, précautionneux dans l'escalier, un coup frappé à la porte : Martha apportait les boissons chaudes du soir. Alors qu'il était enfant, la vieille Nannie avait décidé que c'était le moyen de chasser les rêves terrifiants autant qu'inexplicables dont ils avaient souffert un moment, Deborah et lui. Les cauchemars avaient fini par céder la place aux craintes plus tangibles de l'adolescence, mais les boissons chaudes étaient devenues une tradition familiale ; Martha, comme sa sœur avant elle, était convaincue qu'elles étaient le seul talisman efficace contre les dangers de la nuit. Elle posa donc soigneusement le petit plateau qui portait le mazagran en Wedgwood bleu que Deborah utilisait toujours et la grosse tasse que le grand-père Maxie avait achetée pour Stephen lors du couronnement de George V. « Je vous ai apporté votre Ovaltine aussi, Miss Deborah, dit Martha. J'ai bien pensé que je vous trouverais ici. »

Elle parlait à voix basse comme s'ils participaient à une conspiration. Stephen se demanda si elle se doutait qu'ils avaient discuté de Catherine. C'était un peu comme lorsque la vieille Nannie, si confortablement rembourrée, apportait les boissons chaudes le soir, et pourtant ce n'était pas vraiment la même chose. Le dévouement de Martha était plus volubile, plus conscient et moins agréable — contrefaçon d'une émotion qui avait été aussi simple et aussi nécessaire pour lui que l'air qu'il respirait. Mais s'étant rappelé tout cela, il se rappela aussi que Martha avait besoin d'un petit encouragement de temps en temps. « Le dîner était bien bon, Martha », dit-il. Deborah, détachée de sa fenêtre, entourait le mazagran fumant de ses mains fines aux ongles rouges.

« Dommage que la conversation n'ait pas été à la hauteur de la cuisine. Nous avons eu une conférence de Miss Liddell sur les conséquences sociales de l'illégitimité. Qu'est-ce que tu penses de Sally, Martha ? »

Stephen savait que la question était maladroite.

Pourquoi Deborah l'avait-elle posée ? Cela ne lui ressemblait pas.

« Elle a l'air assez discrète, admit Martha. Mais bien sûr elle n'est pas là depuis longtemps. Miss Liddell l'a beaucoup recommandée.

— Selon Miss Liddell, dit Deborah, c'est un modèle de toutes les vertus sauf une, et même ce fâcheux incident n'est qu'une inadvertance de la nature qui ne pouvait pas reconnaître une bachelière dans le noir. »

Stephen fut choqué par l'amertume brusquement jaillie dans la voix de sa sœur.

« Je ne sais pas si toute cette instruction est bien fameuse pour une bonne, Miss Deborah. » Martha s'arrangeait pour faire comprendre qu'elle s'en était admirablement passée elle-même. « J'espère simplement qu'elle se rend compte de la chance qu'elle a. Madame lui a même prêté notre petit lit, celui où vous avez couché tous les deux.

— Enfin nous n'y couchons plus maintenant ! »

Stephen essayait de ne pas trahir son agacement. On avait vraiment assez et trop parlé de Sally Jupp ! Mais Martha demeura sourde à l'avertissement. C'était comme si elle-même et non pas seulement le berceau de la famille avaient été profanés.

« On a toujours pris bien soin de ce petit lit, Dr. Stephen. On devait le garder pour les petits-enfants.

— Enfer et damnation ! » s'exclama Deborah, en essuyant le liquide tombé sur ses doigts, après quoi elle reposa le mazagran sur le plateau. « Ne compte pas tes petits-enfants avant qu'ils soient faits. Tu peux me ranger dans les non-partants et Stephen n'est même pas fiancé — il n'y pense d'ailleurs pas. Il se décidera sans doute finalement pour une infirmière bien en chair, efficace et qui préférera acheter un modèle de berceau hygiénique et fonctionnel dans Oxford Street. Merci pour l'Ovaltine, ma bonne Martha. » Malgré le sourire, c'était un congé.

Les derniers bonsoirs dits, les mêmes pas précautionneux descendirent l'escalier. Quand leur bruit feutré se fut éteint, Stephen dit :

« Pauvre vieille Martha, on n'a pas beaucoup d'égards pour elle et ce travail de bonne à tout faire devient trop dur. Nous devrions peut-être envisager de la mettre à la retraite.

— Payée avec quoi ? » Deborah était retournée à la fenêtre.

« Enfin, elle a au moins un peu d'aide maintenant. » Stephen temporisait.

« A condition que Sally ne fasse pas plus d'embarras que de travail. Miss Liddell prétend que le bébé est extraordinairement sage, mais on dit ça de tous les moutards qui ne braillent pas deux nuits sur trois. Et puis, il y a le lavage ; elle ne pourra pas beaucoup aider Martha si elle passe la moitié de la matinée à rincer des couches.

— Il est probable que d'autres mères aussi lavent les couches et trouvent tout de même le temps de faire un autre travail. Cette fille m'est sympathique et je crois qu'elle sera une aide pour Martha si on lui donne sa chance.

— Elle a au moins trouvé un champion intrépide. Dommage, tu seras presque certainement bien peinard à l'hôpital quand les ennuis commenceront.

— Mais enfin quels ennuis ? Qu'est-ce que tu as ?

Pourquoi diable es-tu persuadée que cette fille va faire des ennuis ? »

Deborah se dirigeait vers la porte :

— Parce que, dit-elle, elle en fait déjà, non ? Bonsoir. »

CHAPITRE II

1

Malgré ces débuts peu prometteurs, les premières semaines de Sally Jupp à Martingale se passèrent très bien. Était-elle de cet avis aussi ? Personne ne le lui demanda, tout le village ayant décrété qu'elle avait beaucoup de chance. Si, comme il arrive souvent en pareil cas, elle n'était pas aussi reconnaissante qu'elle aurait dû l'être, elle cachait très bien ses sentiments derrière une façade de docilité respectueuse et de zèle que la plupart étaient trop contents de prendre pour argent comptant. Elle ne trompait cependant pas Martha Bultitaft et n'aurait sans doute pas trompé les Maxie non plus s'ils avaient pris la peine d'y penser, mais ils étaient trop accaparés par leurs affaires personnelles et trop soulagés par ce brusque allègement de leurs charges domestiques pour aller au devant des difficultés.

Martha dut admettre que le bébé n'était guère gênant au début et elle en attribua tout le mérite à l'excellente formation de Miss Liddell, incapable qu'elle était de comprendre que de mauvaises filles puissent être de bonnes mères. James était un enfant placide qui, pendant ses premiers mois à Martingale, se contenta de boire à ses heures habituelles sans signaler trop bruyamment ses fringales, et de dormir d'un sommeil repu entre ses tétées. Cela ne pouvait durer indéfiniment. Avec l'arrivée de ce que Sally appelait « l'alimentation mixte », Martha ajouta plusieurs griefs de taille à sa liste. Apparemment, la cuisine allait devenir le domaine exclusif de Sally et de ses exigences. Jimmy abordait en effet ce stade de l'enfance où les repas sont moins une agréable nécessité qu'un prétexte à l'exercice du pouvoir. Soigneusement matelassé de coussins sur sa grande chaise, il cambrait son petit dos robuste dans un orgasme de résistance, puis pinçait les lèvres pour faire des bulles avec son lait et ses céréales, avant de capituler tout d'un coup, rayonnant d'une charmante innocence. Sally hurlait de rire, et l'étouffait à moitié de caresses sans tenir le moindre compte des grognements réprobateurs de Martha. Trônant là avec ses cheveux bouclés, son petit nez crochu presque caché entre des joues rebondies rouges comme des pommes, il semblait dominer la cuisine tel un César en miniature.

Sally commençait à passer plus de temps avec lui et Martha la voyait souvent dans le courant de la matinée penchée sur la poussette, cependant que la soudaine apparition d'une jambe ou d'un bras potelés montrait à l'évidence que le temps des longs sommes était bien passé. Sans aucun doute le bébé allait l'accaparer de plus en plus. Jusqu'alors elle était arrivée à faire son travail et, si la fatigue commençait à se manifester, seul Stephen, lors de ses visites bimensuelles, l'avait remarqué avec compassion.

Mrs. Maxie lui demandait de temps à autre si elle
n'avait pas trop à faire, et n'insistait pas, bien
contente de la réponse qu'elle recevait. Deborah ne
remarquait rien ou en tout cas ne disait rien. Il était
d'ailleurs difficile de savoir si Sally était fatiguée, car
son visage très blanc sous la chevelure flamboyante et
ses bras minces lui donnaient un air de fragilité que
Martha, elle, jugeait des plus trompeurs. « Coriace
comme du cuir de semelle et rusée comme une
charretée de ouistitis », telle était l'opinion de la
digne cuisinière.

Lentement, le printemps mûrit en été. Les hêtres
firent éclater leurs fers de lance vert acide et déroulè-
rent leurs tapis d'ombre quadrillée sur l'allée. Le
recteur célébra la fête de Pâques à son gré, sans que la
décoration de l'église provoquât plus que le lot
habituel de récriminations et de désagréments parmi
son troupeau. A St. Mary, Miss Pollack souffrant
d'une crise d'insomnie, le Dr. Epps lui prescrivit des
comprimés spéciaux ; deux des pensionnaires se
marièrent avec le père peu séduisant mais apparemment repentant de leur bébé, et Miss Liddell admit
deux autres filles mères à leur place. Sam Bocock, qui
avait fait passer une petite annonce dans la presse
locale, fut tout étonné de voir le nombre de jeunes
filles et garçons, en culottes de cheval neuves mais
mal coupées et gants jaunes, tout prêts à débourser
7 shillings et 6 pence de l'heure pour traverser le
village au pas sous sa direction. Sur son lit étroit,
Simon Maxie n'était ni mieux ni plus mal. Les soirées
s'allongeaient et les roses s'ouvraient ; à Martingale
leur parfum alourdissait l'air du jardin et pendant
qu'elle en coupait pour garnir des vases, Deborah
avait l'impression que le domaine attendait quelque

chose. Jamais la maison n'était plus belle que l'été, mais cette année-là, la jeune femme y sentait une atmosphère de tension, presque d'appréhension, étrangère à son habituelle sérénité froide. Elle chassa cette lubie morbide en se disant que pour l'heure le principal fléau qui menaçait Martingale était la kermesse annuelle. Quand les mots « une mort attendue » lui vinrent soudain à l'esprit, elle se secoua énergiquement : son père n'était pas plus mal, peut-être même un peu mieux et d'ailleurs la maison ne pouvait pas le savoir. Très consciente que son amour pour Martingale n'était pas tout à fait rationnel, elle essayait parfois de le discipliner en parlant du moment où « il faudrait vendre », comme si le son des mots pouvait agir tout à la fois à la manière d'un avertissement et d'un talisman.

Organisée par un comité comprenant le recteur, Mrs. Maxie, le Dr. Epps et Miss Liddell, la fête paroissiale de St. Cedd avait lieu dans les jardins de Martingale au mois de juillet depuis le temps de l'arrière-grand-père de Stephen. Les tâches de cette auguste assemblée n'étaient jamais bien lourdes puisque les réjouissances, tout comme l'église qu'elles aidaient à entretenir, demeuraient immuables d'année en année, symbole de permanence au milieu du chaos. Mais le comité prenait ses responsabilités très au sérieux et se réunissait fréquemment en juin et au début de juillet pour goûter dans le jardin et adopter, dans le même cadre délicieux, des résolutions strictement identiques à celles des années précédentes. Un membre se sentait parfois sincèrement mal à l'aise au sujet de la fête : le recteur, qui, dans sa mansuétude, préférait voir ce qu'il y avait de meilleur en chacun et imputer des motifs louables dès que la chose était

A visage couvert 31

possible. Il le faisait pour lui-même aussi, d'ailleurs,
ayant découvert dès le début de son ministère que la
charité est une politique aussi bien qu'une vertu.
Mais une fois par an, il se trouvait confronté à
certaines réalités assez déplaisantes de son église. Il
s'inquiétait de son exclusivisme, de son impact
négatif sur la frange turbulente de Chadfleet Ville
nouvelle, et commençait à craindre qu'elle représen-
tât une force plus sociale que spirituelle dans la vie du
village. Il avait bien proposé une année qu'une prière
marquât la fin aussi bien que le début de la fête, mais
le seul membre du comité en faveur de cette innova-
tion renversante avait été la dame de céans qui
reprochait avant tout aux festivités de traîner indéfiniment.

Cette année-là, Mrs. Maxie se disait qu'elle allait
être bien contente de l'aide apportée par Sally. Elle
ne manquait pas d'auxiliaires pour la kermesse
proprement dite, encore qu'un certain nombre fût
bien décidé à en tirer le maximum d'agrément
personnel avec le minimum de travail, mais les
responsabilités ne se bornaient pas à l'organisation de
la journée. La plupart des membres du comité
comptaient bien dîner à Martingale et Catherine
Bowers avait écrit pour dire que ce samedi-là était
précisément un de ses jours de congé. Serait-ce
abuser de s'inviter à ce qu'elle appelait « un week-
end parfait, loin du bruit et de cette affreuse ville » ?
Cette lettre n'était pas la première du genre : Catherine était toujours plus désireuse de retrouver les
enfants que ceux-ci de la voir et dans certains cas,
cela valait autant. C'eût été un mariage peu souhaita-
ble à tous égards pour Stephen, malgré l'envie
passionnée qu'avait la pauvre Katie de voir sa seule

fille bien « casée ». Elle-même s'était quelque peu déclassée en épousant Christian Bowers, plus riche de talent que d'argent et sans aucune prétention à quoi que ce fût, sauf le génie. Mrs. Maxie l'avait rencontré une seule fois ; il lui avait déplu mais, contrairement à Katie, elle le tenait pour un artiste. Elle avait acheté un de ses premiers tableaux, un nu allongé désormais accroché dans sa chambre à coucher, où il lui donnait plus de satisfaction que l'hospitalité intermittente consentie à sa fille n'en pourrait jamais payer. C'était pour elle une leçon de choses sur la folie d'un mariage désassorti. Mais parce que le plaisir que lui donnait la toile était toujours vivace, parce qu'elle était autrefois allée en classe avec Katie Bowers et accordait encore quelque importance aux obligations nées de relations sentimentales anciennes, elle estimait qu'elle devait accueillir Catherine à Martingale — au moins comme son invitée, sinon celle de ses enfants.

D'autres petits faits, cependant, étaient quelque peu préoccupants. Mrs. Maxie n'était pas d'avis d'accorder trop d'importance à ce que certains appellent parfois « atmosphère ». Elle gardait sa sérénité, réglant avec un bon sens écrasant les difficultés trop évidentes pour être mises de côté et faisant mine de ne pas voir les autres.

Mais il se passait à Martingale des choses qu'on pouvait difficilement ignorer. Certaines, bien entendu, étaient prévisibles. Malgré son remarquable manque de sensibilité, Mrs. Maxie devait bien se rendre compte que Martha et Sally n'étaient pas vraiment faites pour s'entendre et que la vieille bonne trouverait forcément la situation difficile pendant un temps. Ce qu'elle n'avait pas prévu, par contre, c'est que les tensions iraient croissant au fil des semaines. Après un défilé de gamines sans formation et sans instruction, venues là parce que ce genre de service était leur seule chance d'emploi, Sally semblait être un modèle d'intelligence, de capacité et de raffinement. On pouvait lui donner des ordres avec la certitude qu'ils seraient exécutés avant que des répétitions aussi persévérantes que laborieuses vous eussent convaincu qu'il était plus simple de faire le travail vous-même.

Une impression de détente rappelant quasi l'avant-guerre serait revenue à Martingale sans les soins incessants que nécessitait désormais Simon Maxie. Le Dr. Epps avait d'ailleurs prévenu la famille qu'elle ne pourrait pas continuer longtemps encore à les assumer : il faudrait bientôt soit engager une infirmière à plein temps, soit transporter le malade à l'hôpital. Or Mrs. Maxie ne voulait entendre parler ni de la première solution, coûteuse, incommode et peut-être indéfiniment prolongée, ni de la seconde, qui eût signifié que son mari mourrait entouré d'étrangers. Comme la famille ne pouvait payer ni une clinique privée ni une chambre seule à l'hôpital, il faudrait se rabattre sur un lit à l'hospice du pays, caserne surpeuplée au personnel notoirement insuffisant. Avant de sombrer dans le stade terminal de sa maladie, Simon lui avait murmuré : « Tu ne les laisseras pas m'emmener, Eleanor ? » A quoi elle avait répondu : « Sûrement pas. » Et il s'était endormi, rassuré par une promesse qui n'avait pas été faite à la légère, ils le savaient l'un comme l'autre. Dommage que Martha eût si vite oublié le surmenage qui avait précédé l'arrivée de Sally. Le nouveau régime lui donnait le temps et l'énergie de critiquer ce qu'elle avait trouvé étonnamment facile d'accepter au début. Jusqu'à présent, elle n'avait d'ailleurs pas dévoilé ses batteries — des allusions obliques, mais pas de récriminations précises. Certes, Mrs. Maxie était bien persuadée que la tension devait monter dans la cuisine et qu'il faudrait probablement attaquer le problème après la kermesse, mais celle-ci avait lieu dans une semaine, et pour l'heure la principale préoccupation était d'en faire une réussite.

2

Le jeudi avant la kermesse, Deborah consacra la matinée à faire des courses à Londres et déjeuna avec Felix Hearne à son club, après quoi tous deux allèrent voir une rétrospective Hitchcock. Cet agréable programme fut complété par un thé dans un restaurant de Mayfair qui professait des principes très démodés sur la composition de ce repas. Gavée de sandwiches au concombre et d'éclairs au chocolat maison, Deborah se dit que l'après-midi avait été vraiment très réussi, encore qu'un peu terre à terre au goût de Felix. Mais enfin, il l'avait bien supporté. Ils n'étaient pas amants, ce qui avait bien des avantages. S'ils l'avaient été, ils se seraient cru obligés de passer l'après-midi ensemble dans la maison de Greenwich, puisque l'occasion s'en présentait et qu'une liaison irrégulière impose des conventions tout aussi rigides et astreignantes que celles du mariage. Certes, faire l'amour aurait sans doute été assez plaisant, mais leur camaraderie détendue et peu exigeante était plus du goût de la jeune femme.

Elle ne voulait pas vivre un grand amour ; mariée

jeune à Edward Riscoe mort de poliomyélite moins
d'un an après, elle avait connu des mois de désespoir
absolu qui l'avaient guérie de ce genre de folie. Mais
une union fondée sur la camaraderie, des goûts
compatibles, et un échange satisfaisant de plaisirs
sexuels, lui semblait être pour son existence une base
raisonnable et possible à réaliser sans trop d'émotions violentes. Elle soupçonnait Felix de l'aimer
assez pour être intéressant sans risquer de l'importu-
ner et songeait parfois à envisager sérieusement la
proposition attendue. Elle commençait même à trouver un peu étrange que ladite proposition ne vînt pas.
Elle savait qu'il n'avait rien contre les femmes.
Certes, la plupart de ses amis le considéraient comme
le célibataire type, original, légèrement pédant et
toujours amusant. Mais enfin, il y avait ses états de
service pendant la guerre. Incontournables. Un
homme porteur de décorations françaises et britanni-
ques pour son action dans la Résistance ne peut être
ni efféminé ni stupide. Il faisait partie de ceux dont le
courage physique — qui avait subi l'épreuve des
tortures de la Gestapo — ne pourrait plus jamais être
mis en doute. La mode était un peu passée de penser
à ces choses-là, mais enfin on ne les avait pas encore
tout à fait oubliées. Ce que ces mois en France
avaient fait à Felix Hearne, personne ne le savait,
mais on lui permettait des excentricités dont il
semblait d'ailleurs se satisfaire. Deborah l'appréciait
parce qu'il était intelligent, drôle, et qu'elle ne
connaissait pas de papoteur plus divertissant — doté
d'un goût quasi féminin pour les menus événements
de la vie, et d'une intuition sans défaut pour les
subtilités des relations humaines. Rien ne lui semblait
négligeable et il écoutait cet après-midi-là avec toutes

les apparences de la sympathie amusée ce que Deborah lui disait de Martingale.

« Alors, vous voyez, c'est une vraie bénédiction d'avoir de nouveau un peu de temps libre, mais je ne crois pas que ça puisse durer. Martha va s'arranger pour la faire partir en un rien de temps. Et je ne la blâme pas. Elle n'aime pas Sally et moi non plus.

— Pourquoi ? Elle court après Stephen ?

— Ne soyez pas vulgaire. Vous pourriez m'accorder une raison un peu plus subtile. Mais en fait, oui, elle a l'air de l'avoir impressionné et je crois que c'est fait exprès. Elle lui demande conseil pour le bébé dès qu'il est là, bien que j'aie essayé de lui faire comprendre qu'il était chirurgien et pas pédiatre. Et dès que la pauvre Martha ose dire un mot contre elle, il part à fond de train pour la défendre. Vous verrez vous-même quand vous viendrez samedi.

— Qui sera là, à part la piquante Sally Jupp ?

— Stephen, évidemment. Et Catherine Bowers. Vous l'avez rencontrée la dernière fois où vous êtes venu.

— En effet, les yeux un rien pochés, mais une silhouette agréable et plus intelligente que vous voulez bien le dire, vous et Stephen.

— Si elle vous impressionne tant, répliqua Deborah négligemment, vous pourriez lui prouver votre admiration ce week-end, ça permettra à Stephen de souffler. Elle lui revenait assez à un moment donné et maintenant elle s'accroche à lui comme une sangsue.

— La cruauté des jolies femmes pour les laides est incroyable ! Et par " elle lui revenait assez " je pense que vous voulez dire qu'il l'a séduite. Évidemment, ça produit généralement des complications et il faudra qu'il trouve le moyen de s'en sortir comme

tant d'autres l'ont fait avant lui ; mais je viendrai.
J'adore Martingale et j'apprécie la bonne chère. En
plus, j'ai l'impression que le week-end sera intéressant. Une maison pleine de gens qui se détestent tous
ne peut être qu'explosive.

— Oh, mais nous n'en sommes pas là !

— Pas loin. Stephen ne m'aime pas, il ne s'en est
jamais caché. Vous n'aimez pas Catherine Bowers
qui vous le rend bien et qui me fera sans doute
profiter de son aversion. Ni Martha ni vous n'aimez
Sally Jupp et il est probable que la pauvre fille vous
abomine tous. Et puis la pathétique Miss Liddell sera
là et votre mère ne peut pas la voir. Des orgies
d'émotions refoulées.

— Vous n'êtes pas obligé de venir. Je pense même
qu'il vaudrait mieux que vous ne veniez pas…

— Mais Deborah, votre mère m'a déjà invité et j'ai
accepté. Je lui ai écrit la semaine dernière, très
joliment et dans les formes selon mon habitude, et je
vais maintenant noter ça dans mon petit carnet noir
pour rendre l'engagement irrémédiable. »

Il se pencha sur son agenda, détournant d'elle son
visage si pâle qu'on distinguait à peine la ligne de
démarcation des cheveux d'un blond presque blanc.
Elle remarqua que les sourcils étaient bien rares sur le
front livide et les rides bien nombreuses autour des
yeux. Quant aux mains, elle se dit qu'elles avaient dû
être belles avant que la Gestapo s'en amusât ; les
ongles n'avaient jamais repoussé complètement. Elle
essaya de se les représenter manœuvrant le méca-
nisme compliqué d'une mitraillette, serrées autour
des suspentes d'un parachute, crispées par le défi ou
l'endurance. Mais en vain. Il semblait n'y avoir aucun
point commun entre ce Felix qui avait apparemment

trouvé autrefois une cause digne qu'on souffrît pour
elle et le dilettante sardonique et blasé de chez
Hearne & Illingworth, éditeurs, de même qu'il n'y
en avait aucun entre la jeune fille qui avait épousé
Edward Riscoe et la femme qu'elle était désormais.
Soudain, Deborah éprouva de nouveau le malaise
familier, fait de nostalgie et de regret. C'est dans cet
état d'esprit qu'elle regarda Felix écrire quelques
mots sous la date du samedi, comme s'il prenait
rendez-vous avec la mort.

3

Après le thé, Deborah décida de passer voir
Stephen en partie pour éviter l'heure de grande
affluence, mais surtout parce qu'elle venait rarement
à Londres sans faire une petite visite à l'hôpital
St. Luc. Elle invita Felix à l'accompagner, mais il
s'excusa en prétextant que l'odeur des désinfectants
lui portait au cœur et il la mit dans un taxi non sans
l'avoir remerciée dans les formes de lui avoir accordé
sa compagnie. Il était très pointilleux pour ce genre
de choses. Deborah dut alors se défendre d'un
soupçon désobligeant : n'aurait-il pas été lassé de
leur conversation, et soulagé de la voir emportée avec
une confortable célérité, déjà tout occupée du plaisir
de voir Stephen ? D'autant plus déconcertant de
constater que celui-ci n'était pas à l'hôpital. Déconcertant et inhabituel. Colley, le réceptionniste, lui
expliqua que Mr. Maxie avait eu un coup de téléphone et qu'il était sorti en disant qu'il allait voir
quelqu'un, mais qu'il n'en avait pas pour longtemps.
Il était parti depuis près d'une heure. Mrs. Riscoe

voulait-elle monter jusqu'au salon des internes ? Elle
resta quelques minutes à bavarder avec Colley,
qu'elle aimait bien, puis prit l'ascenseur pour le
quatrième étage. Un jeune secrétaire timide et
acnéeux, Mr. Donwell, marmonna quelques mots et
s'enfuit à toute allure en direction des salles, laissant
Deborah en possession de quatre fauteuils crasseux,
d'un tas de revues médicales fatiguées et des restes du
thé des internes. Du biscuit roulé à la confiture une
fois de plus, et, comme d'habitude, une soucoupe
avait servi de cendrier. Deborah se mit à empiler les
assiettes, puis, se rendant compte que cela ne servait à
rien puisqu'elle ne savait pas quoi en faire, prit l'une
des revues et s'approcha d'une fenêtre qui lui permettait de se partager entre l'attente de Stephen et la
lecture des articles les plus compréhensibles. De là
elle voyait l'entrée principale de l'hôpital et, au loin,
la courbe brillante de la rivière avec les tours de
Westminster. Assourdi, le grondement incessant de
la circulation faisait un fond sonore aux bruits de
l'hôpital, chocs métalliques des portes d'ascenseur,
sonneries du téléphone, pas pressés dans le corridor.
Aidée par les ambulanciers, une vieille femme monta
péniblement dans une voiture devant le perron
principal. Vues du quatrième étage, les silhouettes
étaient curieusement raccourcies, comme écrasées.
La porte de l'ambulance refermée sans un bruit, la
voiture s'éloigna dans un glissement silencieux. Et
soudain, elle les vit. Stephen d'abord, mais la chevelure d'or rouge presque à la hauteur de son épaule
était assez reconnaissable. Ils s'arrêtèrent à l'angle du
bâtiment. Ils semblaient en grande conversation, la
tête brune penchée vers la tête dorée. Au bout d'un
moment Deborah le vit serrer la main de Sally, qui

pivota dans un éclair de soleil et s'en alla rapidement, sans un regard en arrière. Rien n'échappa à
celle qui les observait. Sally portait son tailleur gris,
de la confection bien sûr, mais qui lui allait parfaitement et faisait ressortir la cascade brillante des
cheveux libérés de la contrainte du bonnet et des
épingles.

Elle est maligne, se dit Deborah. Maligne de
savoir qu'il faut s'habiller simplement si l'on veut
laisser les cheveux crouler ainsi sur les épaules.
Maligne d'éviter les verts pour lesquels la plupart
des rousses ont une prédilection. Maligne d'avoir
pris congé en dehors de l'hôpital et d'avoir refusé
l'immanquable invitation à dîner avec ses imman-
quables retombées d'embarras ou de regrets. Par la
suite, Deborah devait s'étonner d'avoir noté avec
autant de précision ce que portait Sally, comme si
elle la voyait pour la première fois avec les yeux de
Stephen et, l'ayant vue, avait pris peur. Il lui sembla
qu'un long moment s'écoulait avant qu'elle entendît
le ronronnement de l'ascenseur et un pas rapide
dans le corridor. Et puis, Stephen entra. Elle ne
s'écarta pas de la fenêtre pour qu'il sût aussitôt
qu'elle avait vu. Jamais elle n'aurait pu supporter
qu'il ne lui en dît rien et de cette façon-là c'était
plus facile. Elle ne savait pas à quoi elle s'attendait,
mais quand il parla, ce fut une surprise.

« Tu as déjà vu ça ? » lui demanda-t-il.

Sur sa paume ouverte, une sorte de sac fait d'un
mouchoir d'homme noué aux coins. Il desserra l'un
des nœuds, donna une petite secousse et fit tomber
trois ou quatre comprimés gris-brun minuscules, —
impossible de s'y tromper.

« Est-ce que ce ne sont pas les comprimés de Papa ? » On eût dit qu'il l'accusait de quelque chose. « D'où viennent-ils ?

— C'est Sally qui les a trouvés et qui me les a apportés. Je pense que tu nous as vus de la fenêtre.

— Qu'est-ce qu'elle a fait du bébé ? » La question, stupide, hors de propos, avait jailli avant qu'elle eût le temps de réfléchir.

« Le bébé ? Oh, Jimmy, je ne sais pas. Elle a dû le laisser avec quelqu'un au village, ou alors avec Maman ou Martha. Elle est venue à Londres pour me les apporter et m'a téléphoné de Liverpool Street pour demander à me rencontrer. Elle les a trouvés dans le lit de Papa.

— Comment ça, dans son lit ?

— Entre la housse et le matelas. Son drap était froissé, elle était en train de l'étirer et de remettre l'alèse en place quand elle a remarqué une petite bosse dans un coin du matelas, sous la housse. Elle a trouvé ça. Papa devait les mettre de côté depuis des semaines, peut-être des mois. Je vois bien pourquoi.

— Est-ce qu'il sait qu'elle les a trouvés ?

— Elle ne croit pas. Il était couché sur le côté en lui tournant le dos pendant qu'elle arrangeait le drap. Elle a mis le mouchoir et les comprimés dans sa poche et elle a continué comme si de rien n'était. Bien sûr, ils étaient peut-être là depuis longtemps — il prend ce somnifère depuis dix-huit mois ou plus. Il a pu les oublier, ou ne plus pouvoir les prendre et les utiliser. On ne peut pas savoir ce qui se passe dans sa tête. Le drame, c'est que nous n'avons même pas essayé. Sauf Sally.

— Mais Stephen, ce n'est pas vrai. Nous essayons. Nous lui tenons compagnie, nous le soignons, nous essayons de lui faire sentir que nous sommes là. Mais il ne bouge pas, il ne parle pas, il n'a même plus l'air de reconnaître les gens. Ce n'est plus Papa. Il n'y a plus aucun contact entre nous. J'ai essayé, je te jure, mais il n'y a rien à faire. Il ne peut pas avoir eu l'intention de prendre ces comprimés. Je ne comprends même pas comment il a pu les mettre de côté, prévoir tout ça !

— Quand c'est ton tour de les lui donner, tu le surveilles pendant qu'il les avale ?

— Non, pas vraiment. Tu sais qu'il avait horreur qu'on l'aide trop. Maintenant, je crois que ça ne lui fait plus rien, mais enfin on continue à lui donner les comprimés, on verse de l'eau dans le verre et on le fait boire s'il a l'air d'en avoir envie. Il y a des mois qu'il a dû les cacher. Je ne peux pas croire qu'il en serait capable maintenant et sans que Martha le sache. C'est elle qui le soulève la plupart du temps.

— Eh bien, il a l'air d'avoir trompé Martha. Mais bon Dieu, Deb, j'aurais dû le deviner, j'aurais dû savoir. Je prétends être médecin. C'est le genre de chose qui me donne l'impression d'être un menuisier spécialisé, tout juste bon à découper les malades tant qu'on ne me demande pas de m'en occuper comme êtres humains. Au moins Sally ne l'a pas traité comme un chou-fleur. »

Sur le moment, Deborah eut envie de lui faire remarquer que sa mère, elle-même et Martha parvenaient au moins à assurer confort, propreté et nourriture à Simon Maxie, non sans lourdes dépenses, et qu'on ne voyait pas bien ce que Sally faisait de plus. Mais s'il voulait s'offrir une orgie de remords, mieux valait ne pas s'interposer ; il se sentait généralement mieux ensuite, même si les

autres étaient plutôt éprouvés. Elle le regarda sans
mot dire fouiller dans le tiroir du bureau, trouver
un petit flacon qui semblait avoir contenu de l'aspirine, y mettre les comprimés après les avoir soigneusement comptés — il y en avait dix — et coller
une étiquette portant le nom du remède ainsi que la
dose. Gestes presque automatiques d'un homme
habitué à ne jamais laisser un produit non identifié.
Des questions qu'elle n'osait pas poser tournaient
en rond dans l'esprit de Deborah. « Pourquoi Sally
est-elle venue te raconter tout ça à toi et pas à
Maman ? Est-ce qu'elle a vraiment trouvé ces comprimés, ou était-ce une ruse pour te voir seul ? Non,
elle a dû les trouver, personne n'aurait inventé une
histoire pareille. Pauvre Papa. Qu'est-ce qu'elle a
dit ? Pourquoi est-ce que je me préoccupe tant
d'elle ? Je la hais parce qu'elle a un enfant et que
moi je n'en ai pas. Voilà, c'est dit, mais l'admettre,
ça n'arrange rien. Ce mouchoir, il a dû falloir des
heures pour qu'il arrive à le nouer comme ça. On
aurait dit quelque chose fait par un enfant. Pauvre
Papa. Il était si grand quand j'étais petite. Est-ce que
j'avais vraiment peur de lui ? Oh, mon Dieu, faites
que j'aie pitié de lui. Je veux le plaindre. A quoi
pense Sally, en ce moment ? Qu'est-ce que Stephen
lui a dit ? »

Il se détourna du bureau et lui tendit le flacon.

« Tiens, remporte ça à la maison. Mets-le dans
l'armoire à pharmacie de sa chambre. N'en dis rien
à Maman, ni au Dr. Epps. Je crois que ce sera plus
prudent d'arrêter les comprimés pour Papa. Avant
que tu partes, je vais faire exécuter une prescription
à l'hôpital — même remède mais en solution. Tu lui
en donneras une cuillerée à soupe le soir, dans de

l'eau. Fais ça toi-même et dis simplement à Martha que j'ai arrêté les comprimés. Le Dr. Epps revient quand ?

— Il vient voir Maman avec Miss Liddell après dîner. Il montera peut-être, mais je ne crois pas qu'il pose de questions au sujet des comprimés. Ils sont prescrits depuis si longtemps. Quand le flacon touche à sa fin, on le lui dit et il nous donne une autre ordonnance, c'est tout.

— Tu sais combien il y en a dans la maison, actuellement ?

— Un nouveau flacon qui n'a pas encore été ouvert. On allait le commencer ce soir.

— Alors, laisse-le dans l'armoire et donne-lui la solution. J'en parlerai à Eppy quand je le verrai samedi. J'arriverai demain soir tard. Maintenant, viens avec moi à la pharmacie et file ensuite tout droit à la maison. Ça vaudra mieux. Je téléphonerai à Martha qu'elle te garde de quoi dîner.

— Oui. » Deborah ne regrettait pas de manquer son repas. Tout le plaisir de la journée s'était enfui. Il était temps de rentrer.

« Et je préférerais que tu n'en dises rien à Sally.

— Je n'en avais pas la moindre intention. J'espère seulement qu'elle est capable d'une égale discrétion. Nous ne tiendrions pas à ce que tout le village soit au courant de cette histoire.

— C'est injuste, ce que tu dis là, et tu ne le crois même pas. On ne peut pas trouver plus sûr que Sally. Elle s'est montrée pleine de bon sens. Et très gentille.

— Je n'en doute pas une minute.

— Tout naturellement, elle était préoccupée. Elle est très dévouée à Papa.

— Elle m'a l'air d'étendre son dévouement au fils.

— Qu'est-ce que tu veux dire par là ?

— Je me demande pourquoi elle n'a pas parlé des comprimés à Maman. Ou à moi.

— Tu n'as pas fait grand-chose pour l'encourager à se confier à toi, il me semble.

— Mais enfin, qu'est-ce que tu voudrais que je fasse ? Que je lui tienne la main ? Je ne m'intéresse pas particulièrement à elle, tant qu'elle fait son travail. Je ne l'aime pas et je ne lui demande pas de m'aimer.

— Ça n'est pas vrai que tu ne l'aimes pas, dit Stephen. Tu la hais.

— Elle s'est plainte de la façon dont elle était traitée ?

— Bien sûr que non. Tu dis n'importe quoi. Ça ne te ressemble pas, Deb.

— Non ? Comment sais-tu à quoi je ressemble ? » se dit Deborah. Mais elle reconnut dans les dernières paroles de son frère un appel à la trêve et lui tendit la main, en disant :

« Désolée, je ne sais pas ce que j'ai en ce moment. Je suis persuadée que Sally a fait de son mieux. De toute façon, ça ne vaut pas une dispute. Veux-tu que je t'attende, demain soir ? Felix ne pourra pas venir avant samedi matin, mais on compte sur Catherine pour le dîner.

— Pas la peine. Je serai peut-être obligé de prendre le dernier car. Mais je monterai à cheval avec toi avant le petit déjeuner, si tu veux m'appeler. »

La signification de cette proposition de paix en bonne et due forme, au lieu de la routine sans façon joyeusement convenue entre eux, n'échappa pas à Deborah. Le pont jeté sur le fossé qui s'était creusé entre eux restait précaire et elle sentit que Stephen était lui aussi conscient des craquements de la glace sous leurs pieds. Jamais, depuis la mort d'Edward Riscoe, elle ne s'était sentie si loin de son frère ; jamais depuis ce moment-là elle n'avait eu tant besoin de lui.

4

Il était presque sept heures et demie quand Martha entendit le bruit qu'elle guettait, le crissement des roues d'une voiture d'enfant dans l'allée. Jimmy grognait et de toute évidence, seul le bercement de la voiture et les assurances murmurées de sa maman l'empêchaient de passer au registre supérieur. Bientôt, la tête de Sally passa devant la fenêtre de la cuisine, la voiture fut poussée dans l'office, puis, presque aussitôt, mère et enfant firent leur entrée dans la cuisine. La jeune femme avait un air d'émotion contenue ; elle semblait à la fois nerveuse et sûre d'elle. Martha se dit qu'un après-midi passé à promener Jimmy dans la forêt ne suffisait pas à expliquer cette expression de plaisir à la fois secret et triomphant.

« Tu es en retard. Le petit doit être affamé, pauvre poussin.

— Eh bien, il ne va plus avoir à attendre longtemps, hein, mon trésor ? Je pense qu'il n'y a pas de lait bouilli ?

— Je ne suis pas là pour te servir, tâche de ne pas l'oublier. Si tu veux du lait tu n'as qu'à le faire bouillir toi-même. Tu dois bien savoir à quelle heure il faut faire boire le petit. »

Elles ne dirent plus mot pendant que Sally faisait

bouillir le lait et tentait, assez maladroitement, de le faire refroidir vite tout en tenant Jimmy sur un bras. C'est seulement quand elle fut prête à monter avec le bébé que Martha intervint.

« Sally, est-ce que tu as pris quelque chose dans le lit de monsieur quand tu l'as fait ce matin ? Quelque chose à lui. Tâche de dire la vérité.

— C'est facile de voir que vous le savez, avec le ton que vous prenez. Alors, vous saviez qu'il avait caché les comprimés et vous n'avez rien dit ?

— Bien sûr que je le savais. Voilà cinq ans que je le soigne, hein ? Qui est-ce qui saurait ce qu'il fait, ce qu'il sent si je le savais pas ? D'ailleurs, de quoi tu te mêles ? Ça te regarde ? Si tu étais obligée de rester couchée là pendant des années, tu serais peut-être bien contente de savoir que tu as quelque chose, quelques petits comprimés peut-être qui finiront tout, la souffrance, la fatigue, quelque chose que personne n'aurait su jusqu'à ce qu'une petite roulure vienne fouiner et mette la main dessus. Ah tu te crois maligne ! Mais il ne les aurait pas pris. C'est un monsieur. Seulement, ça, tu peux pas comprendre non plus. Tu vas me les redonner, ces comprimés et si tu en dis un mot à n'importe qui, ou si tu touches encore quelque chose à lui, je te ferai flanquer dehors, toi et ton morveux. Je trouverai bien un moyen, aie pas peur ! »

Elle avança la main vers Sally. Jamais une seule fois elle n'avait élevé la voix, mais son autorité calme était plus effrayante que la colère, et la panique faisait trembler la voix de la jeune femme quand elle répliqua :

« Pas de chance. Je ne les ai pas, les comprimés. Je les ai portés à Stephen cet après-midi. Oui, à

Stephen ! Et maintenant que j'ai entendu vos imbécillités, je suis bien contente de l'avoir fait. Je voudrais bien voir la tête qu'il ferait si je lui disais que vous l'avez toujours su. La chère vieille Martha ! Si dévouée à la famille ! Vous vous en foutez, de tous autant qu'ils sont, vieille hypocrite, sauf votre précieux patron. Dommage que vous ne puissiez pas vous voir ! Et je le lave et je lui passe la main sur la figure en gloussant comme si c'était un nourrisson ! J'en rirais si ce n'était pas si triste ! Indécent, même. Heureusement qu'il est à moitié gaga. Être tripoté par quelqu'un de votre espèce, ça ferait vomir n'importe quel homme normal. »

Elle balança le bébé sur sa hanche et Martha entendit la porte se fermer derrière elle.

Elle tituba jusqu'à l'évier et l'empoigna de ses mains tremblantes, prise d'un dégoût physique qui la secoua de hauts-le-cœur ; mais son corps n'y trouva aucun soulagement. Portant la main à son front dans le geste classique du désespoir, elle vit que ses doigts étaient mouillés de transpiration et tandis qu'elle luttait pour se dominer, l'écho de cette voix aiguë, juvénile, lui martelait le cerveau : « Être tripoté par vous, ça ferait vomir n'importe quel homme normal... être tripoté par vous... tripoté. » Quand elle eut cessé de trembler, les nausées firent place à la haine et elle s'abandonna à la jouissance d'images vengeresses : Sally confondue, Sally et son enfant chassés de Martingale, Sally révélée telle qu'elle était, menteuse, méchante, vicieuse — et comme tout est possible, Sally morte.

CHAPITRE III

1

Le temps d'été capricieux qui avait fourni durant les dernières semaines un échantillonnage de toutes les conditions climatiques connues dans le pays à la seule exception de la neige avait finalement opté pour la grisaille chaude, normale en cette saison. La kermesse avait quelque chance de se dérouler sans pluie, quoique peut-être sans soleil. Tout en enfilant ses jodhpurs pour sa promenade matinale avec Stephen, Deborah voyait de sa fenêtre la grande tente rouge et blanche, entourée par les squelettes d'une douzaine de stands à demi dressés qui attendaient leurs derniers embellissements à grand renfort de crépon et de drapeaux. Un peu plus loin, dans un champ, un espace destiné aux jeux des enfants et à un spectacle de danses avait déjà été entouré de cordes. Une vieille voiture surmontée d'un haut-parleur était garée sous l'un des ormes à l'extrémité de la pelouse, cependant que les mètres de fils serpentant au long des allées témoignaient des efforts déployés par les mordus locaux pour organiser un dispositif diffusant musique et annonces. Après une bonne nuit de repos, Deborah pouvait envisager ces préparatifs avec stoïcisme. Elle savait par expérience que le spectacle serait bien différent une fois la fête terminée, si soigneux qu'eussent été les visiteurs — et beaucoup d'entre eux ne commençaient à s'amuser vraiment qu'entourés par la litière familière de paquets de cigarettes et d'épluchures de fruits. Il fallait au moins une semaine de travail pour que le jardin perdît son aspect de beauté violentée. Déjà les étamines multicolores déroulées le long des allées du bosquet lui donnaient un air de frivolité incongrue et indignaient les corneilles dont les récriminations se faisaient plus bruyantes encore qu'à l'accoutumée.

Dans son rêve favori, Catherine passait l'après-midi de la kermesse à aider Stephen qui s'occupait des chevaux, au centre d'un groupe de villageois déférents et curieux. Elle se faisait des idées pittoresques encore que périmées sur la place et l'importance des Maxie dans leur milieu. Mais ce rêve ne résista pas longtemps à la détermination de Mrs. Maxie, farouchement résolue à ce que ses invités s'emploient là où leur aide était le plus nécessaire. Pour Catherine, c'était évidemment au stand de la brocante avec Deborah. Mais la première déception passée, l'expérience s'avéra étonnamment amusante. La matinée se passa à trier, examiner et étiqueter les objets hétéroclites qu'il s'agissait de vendre. Deborah possédait des connaissances étonnantes, dues à une longue expérience, sur l'origine de la plupart des marchandises, la valeur de chacune et l'identité de l'acheteur éventuel. Sir Reynold Price avait offert une grosse veste hirsute avec doublure amovible qui fut immédiatement mise de côté pour que le Dr. Epps pût l'examiner à tête reposée. C'était exactement ce qu'il lui fallait pour faire ses visites en hiver dans son auto découverte, et personne ne remarque ce que vous portez quand vous êtes au volant. Il y avait un vieux chapeau de feutre appartenant au docteur lui-même dont son domestique essayait tous les ans de se débarrasser... pour le voir reparaître aux mains de son propriétaire furieux. Marqué six pence, il était placé très en vue. Il y avait des chandails tricotés à la main dont les formes et les couleurs ne couraient aucun risque de passer inaperçus, des petits bibelots de cuivre et de porcelaine venus tout droit des dessus de cheminée du village, des paquets de livres et de revues, ainsi qu'une étonnante collection de gravures aux titres finement calligraphiés : « Première lettre d'amour », « La chérie de son Papa », « La querelle » et « La réconciliation » qui se faisaient pendant ; plusieurs représentaient des soldats qui embrassaient chastement leur épouse au moment de la séparation ou se livraient au même exercice lors des retrouvailles. Deborah annonça que les clients en raffoleraient et que les cadres à eux seuls valaient bien une demi-couronne.

A une heure, les préparatifs terminés, la maisonnée eut le temps d'absorber un déjeuner rapide servi par Sally. Catherine se rappelait qu'il y avait eu une scène avec Martha le matin, parce que la jeune femme ne s'était pas réveillée à l'heure. Elle avait dû être obligée de se dépêcher beaucoup pour rattraper le temps perdu, car elle avait le sang aux joues et, selon Catherine, dissimulait une certaine excitation sous une apparence de docilité affairée. Mais le repas se passa fort bien puisque, pour l'heure, les convives étaient réunis par une préoccupation et une activité

communes. A deux heures, l'évêque arriva avec sa
femme, le comité émergea du salon, l'air un peu
emprunté, pour se grouper en demi-cercle dans les
fauteuils qui l'attendaient et la kermesse fut officiellement déclarée ouverte. Bien qu'âgé et à la retraite,
l'évêque n'était pas gâteux et son petit discours fut un
modèle de simplicité et de grâce. Tandis que la belle
voix harmonieuse lui parvenait, de l'autre côté de la
pelouse, Catherine se prit à penser pour la première
fois à l'église avec intérêt et affection. Il y avait là les
fonts baptismaux normands où seraient baptisés les
enfants qu'elle aurait avec Stephen. Les bas-côtés
commémoraient les ancêtres du jeune homme : un
Stephen Maxie du XVIe siècle en face de sa femme,
tous deux à genoux, les mains jointes dans un geste
de prière, les bustes chargés d'ornements des repré-
sentants du XVIIIe siècle et les plaques très sobres qui
rappelaient brièvement la mémoire de fils tombés à
Gallipoli ou sur la Marne. Catherine s'était souvent
dit qu'il était heureux que les obsèques familiales
fussent devenues peu à peu plus discrètes, car l'église
St. Cedd était déjà moins un lieu de culte public que
le reposoir des ossements Maxie. Mais ce jour-là,
disposée comme elle l'était à l'assurance et à l'exulta-
tion, elle pouvait penser sans la moindre critique à
toute la famille, morte et vivante — même un jubé
baroque ne lui eût pas semblé excessif.

Deborah prit place avec Catherine dans leur stand
et les clients commencèrent à s'approcher prudem-
ment pour chercher les bonnes affaires. C'était
certainement une des attractions favorites et les
affaires allaient bon train. Le Dr. Epps, venu dans les
premiers racheter son chapeau, ne se fit pas beaucoup

prier pour y joindre la veste de Sir Reynold (£. 1).
Vêtements et souliers s'enlevaient comme des petits
pains, généralement achetés par les gens que Deborah avait prévus, et Catherine n'arrêtait pas de rendre
la monnaie et de puiser dans les réserves entassées
sous le comptoir pour regarnir les rayons. A la grille
de l'avenue des groupes continuèrent à arriver pendant tout l'après-midi, les petites bouches des enfants
crispées en rictus inquiétants pour l'édification d'un
photographe qui avait promis un prix à celui qui
aurait l'air le plus heureux de venir à la kermesse. Le
haut-parleur, dépassant les espérances les plus folles,
déversait un pot pourri de marches de Sousa, de
valses de Strauss, d'annonces concernant les goûters
et les concours, ainsi, occasionnellement, que des
objurgations rappelant l'usage des corbeilles à
papiers et la nécessité de ménager le jardin. Miss
Liddell et Miss Pollack, aidées par les plus âgées, les
plus laides et les plus travailleuses de leurs délinquantes, faisaient la navette entre St. Mary et la
kermesse, selon les exigences du devoir et de la
conscience ; leur stand était de beaucoup le plus
luxueux, mais les sous-vêtements faits à la main
souffraient d'un compromis malheureux entre
joliesse et respectabilité. Le recteur, ses cheveux
blancs mousseux humidifiés par l'effort, contemplait,
radieux, son troupeau pour une fois en paix avec
l'univers et avec lui-même. Sir Reynold arriva tard,
volubile, condescendant et généreux.

De la pelouse consacrée aux thés parvenaient les
admonestations de Mrs. Cope et de Mrs. Nelson qui
s'affairaient, avec l'aide des garçons du catéchisme, à
disposer des tables de bridge, des sièges et des nappes
qu'il faudrait tous restituer ensuite à leurs proprié-

taires. Felix Hearne, qui s'était distribué le rôle de locomotive haut-le-pied, semblait s'amuser beaucoup. Ayant fait une ou deux apparitions pour aider Deborah ou Catherine, il avait finalement déclaré que le stand de Miss Liddell et de Miss Pollack était bien plus drôle. Stephen était venu une fois voir comment allaient les affaires et pour quelqu'un qui qualifiait habituellement la kermesse de « malédiction des Maxie », il paraissait assez serein.

Peu après quatre heures, Deborah, qui voulait aller voir si son père avait besoin de quelque chose, laissa la responsabilité du stand à Catherine ; puis elle revint au bout d'une demi-heure environ et proposa d'aller prendre le thé. Il était servi dans deux grandes tentes et les retardataires devaient en général se contenter d'un liquide anémique et des pâtisseries les moins réussies. Felix Hearne, de passage au stand pour bavarder et critiquer les marchandises restantes, fut réquisitionné et les deux jeunes femmes s'engouffrèrent dans la maison pour se laver les mains. Comme à l'accoutumée, une ou deux personnes traversaient le hall, soit parce qu'elles pensaient que ce serait un raccourci, soit parce que n'étant pas du village, elles pensaient que le ticket d'entrée donnait droit à la visite de la maison. Deborah ne parut pas s'en soucier : « Bob Gittings, le gendarme du coin, surveille ce qu'il y a dans le salon, et la salle à manger est fermée à clef. Ça arrive tout le temps et jusqu'à présent personne n'a rien pris. Allons à la porte sud, nous utiliserons la petite salle de bains, ce sera plus vite fait. » Malgré ce beau calme, elles furent assez déconcertées quand un homme les frôla dans l'escalier de service en marmonnant de rapides excuses. Elles s'arrêtèrent et Deborah l'interpella : « Vous

cherchez quelqu'un ? C'est une résidence privée,
ici. » Il se retourna pour les regarder, maigre, les
cheveux grisonnants rejetés en arrière, la bouche
mince étirée en un sourire gêné.

« Oh, désolé, je ne m'étais pas rendu compte.
Excusez-moi, je cherchais les toilettes. » Ce n'était
pas une voix agréable.

« Il y en a dans le jardin, répliqua sèchement
Deborah. Il me semblait qu'elles étaient bien flé-
chées. » Il rougit, bredouilla quelque chose, puis
disparut. Deborah haussa les épaules. « Tout du
lièvre ! Je pense qu'il ne faisait rien de mal, mais je
voudrais bien qu'on n'entre pas comme ça dans la
maison. » Catherine résolut en son for intérieur que
le jour où elle serait maîtresse de Martingale, elle
prendrait des dispositions pour régler le problème.

Dans la tente-salon de thé bondée, le bruit confus
de la vaisselle entrechoquée et des voix babillardes,
déchiré par le sifflement des bouilloires, dominait à
peine le fond sonore de la musique déversée par le
haut-parleur et qu'assourdissait son passage à travers
la toile de tente. Les tables avaient été décorées par
les enfants des catéchismes dans le cadre du concours
pour le plus bel arrangement de fleurs sauvages.
Chacune portait un pot de confiture dûment étiqueté
et la moisson de coquelicots, sainfoins, nielles,
églantines, remise des heures passées dans des
menottes chaudes, avait une beauté délicate, naïve,
bien que son odeur se perdît dans les relents d'herbe
froissée, de toile chauffée et de nourriture. La
concentration des décibels était telle qu'une brutale
interruption dans le brouhaha des voix fit croire à
Catherine qu'un silence total était tombé. C'est

seulement plus tard qu'elle s'en rendit compte : tout le monde ne s'était pas arrêté de parler, toutes les têtes ne s'étaient pas tournées vers l'entrée de la tente où Sally faisait son apparition, Sally dans une robe blanche à encolure bateau et jupe plissée identique à celle que portait Deborah, Sally avec une ceinture verte drapée identique à celle qui entourait la taille de Deborah, et des boucles d'oreilles vertes qui brillaient de chaque côté des joues empourprées. Catherine se sentit rougir elle aussi et ne put s'empêcher de jeter un bref coup d'œil interrogateur en direction de Deborah. Elle n'était pas la seule. Des visages de plus en plus nombreux se tournaient vers elles, et des tables à l'extrémité opposée de la tente où quelques protégées de Miss Liddell prenaient le thé sous la surveillance de Miss Pollack, jaillirent quelques rires vite étouffés. Quelqu'un dit très bas — mais pas tout à fait assez : « Et un point pour cette vieille Sally ! » Seule Deborah semblait parfaitement indifférente. Sans un regard pour la nouvelle arrivée, elle se dirigea vers le comptoir où elle demanda tranquillement du thé pour deux, une assiette de pain beurré et une autre de gâteaux. Mrs. Pardy, affreusement gênée, versa le thé avec une telle précipitation que les tasses débordèrent et Catherine suivit Deborah jusqu'à l'une des tables vides, les mains crispées sur l'assiette de gâteaux, désagréablement consciente que c'était elle qui avait l'air embarrassée.

« Comment ose-t-elle ? murmura-t-elle en penchant son visage tout rouge sur la tasse. C'est une insulte délibérée. » Deborah haussa les épaules.

« Oh, je ne sais pas. Quelle importance ? La pauvre petite malheureuse doit croire que son geste fait sensation, or il me laisse parfaitement indifférente.

— Où s'est-elle procuré cette robe ?

— Au même endroit que moi, j'imagine. Le nom est à l'intérieur. Ce n'est pas un modèle, rien d'exclusif. N'importe qui peut l'acheter ; il suffit de se donner la peine de trouver l'adresse. Apparemment, Sally a dû penser que sa petite mise en scène valait cette peine.

— Elle ne pouvait pas savoir que vous la porteriez aujourd'hui.

— N'importe quelle occasion aurait aussi bien fait l'affaire. Nous pourrions peut-être parler d'autre chose.

— Je ne comprends pas que vous preniez ça si calmement. Moi je ne pourrais pas.

— Qu'est-ce que vous voudriez que je fasse ? Que j'aille la lui arracher ? Il y a des limites aux divertissements gratuits que le village est en droit d'attendre.

— Je me demande ce que Stephen en pensera. » Deborah parut surprise.

« Je doute qu'il remarque la robe, sauf peut-être pour se dire qu'elle lui va très bien. Elle est d'ailleurs plus indiquée pour elle que pour moi. Ces gâteaux-là vous plaisent, ou vous voulez aller à la recherche de sandwiches ? » La discussion ayant ainsi tourné court, Catherine se consacra à la dégustation de son thé.

2

L'après-midi touchait à sa fin. Après la scène dans la tente du thé, tout le plaisir de la kermesse s'était évanoui pour Catherine et le reste de la vente lui parut être une laborieuse corvée. Comme Deborah l'avait prédit, tout avait disparu avant cinq heures et Catherine, libérée, s'en alla proposer ses services au manège de poneys. Elle arriva juste au moment où Stephen mettait en selle devant sa mère un Jimmy hurlant de joie. Le soleil, un peu atténué désormais, brillait au travers de la chevelure du bébé qu'il transformait en flamme ardente. Sally se pencha pour chuchoter quelque chose à Stephen et Catherine entendit le rire du jeune homme en réponse. Instant qu'elle ne devait jamais oublier. Elle repartit vers les pelouses et tenta de retrouver un peu de l'assurance, de la joie avec lesquelles elle avait commencé la journée. Mais rien à faire. Après avoir erré de-ci de-là à la recherche de quelque chose qui pût lui occuper l'esprit, elle décida de monter dans sa chambre et de s'allonger un moment avant le dîner. En traversant la maison elle ne vit ni Mrs. Maxie ni Martha — sans doute étaient-elles prises par les soins à Simon, ou par les préparatifs du repas froid qui devait terminer la journée. De sa fenêtre, elle vit par contre le Dr. Epps qui somnolait encore à côté des fléchettes et de la chasse au trésor, bien que l'heure d'affluence fût passée. Les gagnants des différents concours n'allaient pas tarder à être annoncés, récompensés et acclamés, tandis qu'un filet de visiteurs, mince mais régulier, s'écoulait déjà hors du parc en direction du terminus des cars.

Mis à part cet instant près des poneys, Catherine n'avait pas revu Sally et quand, lavée et changée, elle se rendit à la salle à manger, elle rencontra dans l'escalier Martha qui lui dit que la jeune femme et son bébé n'étaient pas encore rentrés. Autour de la table garnie de viandes froides, de salades et de corbeilles de fruits, toute la maisonnée sauf Stephen était réunie. Le Dr. Epps, volubile et joyeux comme toujours, s'affairait au milieu des bouteilles de cidre ; Felix Hearne disposait les verres ; Miss Liddell aidait Deborah à finir de mettre la table. Ses piaillements de consternation quand elle ne trouvait pas ce qu'elle voulait et ses objurgations impuissantes aux serviettes de table dénotaient une gêne anormale. Tournant le dos aux autres, Mrs. Maxie regardait dans la glace au-dessus de la cheminée. Quand elle pivota sur ses talons, Catherine fut frappée de voir les sillons que la fatigue avait creusés dans son visage.

« Stephen n'est donc pas avec vous ? demanda-t-elle.

— Non, je ne l'ai pas vu depuis le moment où il s'occupait des chevaux. J'étais dans ma chambre.

— Il est sans doute revenu avec Bocock pour l'aider au pansage. Ou alors, il est peut-être en train de se changer. Je pense que nous ne l'attendrons pas.

— Où est Sally ? demanda Deborah.

— Pas rentrée, apparemment. Martha me dit que Jimmy est dans son berceau, elle a donc dû rentrer et ressortir. » Mrs. Maxie parlait calmement. Si c'était un drame domestique, elle le jugeait évidemment trop peu important pour le commenter devant ses invités. Lui jetant un coup d'œil, Felix Hearne éprouva un pincement d'angoisse bien connu qui le sidéra, tant la réaction semblait démesurée pour une situation si banale. De l'autre côté de la pièce, Catherine Bowers semblait, elle aussi, mal à l'aise. Tout le groupe était las et, mis à part le bavardage aussi futile qu'exaspérant de Miss Liddell, personne n'avait grand-chose à dire. Comme toujours après une réunion mondaine préparée de longue date et encore trop proche pour permettre une vraie détente, les participants avaient l'impression de retomber à plat. Le soleil éclatant de la journée avait fait place à une lourdeur étouffante. Pas trace de vent et une chaleur plus forte que jamais.

Quand Sally apparut sur le seuil, tous se tournèrent vers elle, comme mus par une urgence commune. Elle se rejeta contre la boiserie, les plis blancs de sa jupe déployés sur le fond sombre comme une aile de pigeon. Dans l'étrange lumière d'orage, sa chevelure brûlait contre le bois. Son visage très pâle était souriant. Stephen se tenait à côté d'elle.

Mrs. Maxie eut conscience d'un moment curieux où chacun semblait s'apercevoir individuellement de cette présence insolite, cependant que le groupe se rassemblait pourtant, crispé comme pour faire face à un défi commun. Dans un effort pour revenir à la normale, elle dit calmement, sans appuyer : « Je suis contente que tu sois rentré, Stephen. Sally, allez donc vous changer et vous aiderez Martha. »

Le sourire contenu de la jeune femme craqua pour laisser s'échapper un petit rire. Il ne lui fallut qu'une seconde pour retrouver sa maîtrise d'elle-même et répondre d'une voix presque obséquieuse à force de respect ironique : « Cela serait-il convenable, madame, pour celle que votre fils veut épouser ? »

3

Simon Maxie passa une nuit qui n'était ni meilleure ni pire que les autres, mais on peut se demander si une seule personne sous son toit aurait été capable d'en dire autant. Sa femme qui le veillait, allongée sur le lit pliant dans le cabinet de toilette, entendit toutes les heures sonner, tandis que les aiguilles lumineuses de la pendulette à côté d'elle avançaient par saccades vers le jour inévitable. Elle avait revécu tant de fois la scène du salon qu'il lui semblait désormais s'en rappeler chaque seconde, chaque nuance des voix ou des émotions. Chaque mot de la diatribe hystérique de Miss Liddell était gravé en elle, ce torrent d'injures à moitié démentes qui avait provoqué la riposte de Sally :

« Ne parlez donc pas de ce que vous avez fait pour moi. Vous vous êtes bien souciée de moi, espèce de vieille hypocrite, de je-fais-tout-avec-mes-doigts. Vous avez bien de la chance que je sache la fermer. Parce qu'il y a des choses que je pourrais dire et qui ne vous feraient pas de bien dans le village. »

Après cela, elle était partie et les assistants livrés à eux-mêmes avaient essayé de dîner avec l'appétit qu'ils parvenaient à simuler. Miss Liddell n'avait pas fait grand effort. A un moment donné, Mrs. Maxie, remarquant une larme sur sa joue, s'était dit qu'elle souffrait sincèrement, qu'elle avait aimé Sally dans les limites de ses possibilités et pris plaisir à ses progrès. Le Dr. Epps n'avait pas perdu un coup de dent, mais dans un silence inhabituel, signe infaillible que son esprit travaillait autant que ses mâchoires. Stephen n'avait pas suivi Sally hors de la pièce et s'était assis à côté de sa sœur. A la question de sa mère, posée d'une voix très calme : « Est-ce que c'est vrai, Stephen ? », il avait répondu non moins simplement : « Bien sûr. » Puis il n'y avait plus fait la moindre allusion. Frère et sœur avaient assisté au repas, sans presque rien manger, mais opposant un front uni à la détresse de Miss Liddell comme aux regards ironiques de Felix Hearne. Mrs. Maxie se dit qu'il était le seul à avoir pris plaisir au dîner ; elle se demandait même si les préliminaires ne lui avaient pas ouvert l'appétit. Il n'avait jamais aimé Stephen et ce projet, s'il allait jusqu'au bout, ne pouvait que lui procurer de l'amusement et améliorer ses chances d'épouser Deborah. Impossible de croire une minute qu'elle resterait à Martingale une fois Stephen marié. Mrs. Maxie constatait qu'elle se rappelait avec une précision gênante le visage penché de Catherine, vilainement rougi par le chagrin et le ressentiment, ainsi que le sang-froid affiché par Felix afin de la pousser à faire au moins un effort convenable pour dissimuler ses sentiments. Il pouvait être très drôle quand il voulait bien s'en donner la peine et la veille au soir, il s'y était employé à fond. Chose assez surprenante, il était arrivé à provoquer des rires à la fin du repas. Seigneur, y avait-il seulement sept heures de cela ?

Le tic-tac des minutes résonnait dans le silence avec une force qui ne semblait pas naturelle. La pluie qui était tombée à verse au début de la nuit avait cessé. A cinq heures, il lui sembla que son mari bougeait et elle alla auprès de lui, mais il reposait toujours, raidi dans la torpeur profonde qu'on appelait sommeil. Stephen avait changé le somnifère et on lui avait donné des gouttes au lieu du comprimé habituel ; cependant, le résultat ne paraissait guère différent. Elle retourna s'allonger, mais non pas dormir. A six heures, elle se leva, enfila sa robe de chambre, puis remplit et brancha la bouilloire électrique pour son thé du matin. La journée, avec ses problèmes, avait enfin commencé.

Ce fut un soulagement pour elle d'entendre frapper à la porte et de voir Catherine se glisser dans la pièce, encore en pyjama. Mrs. Maxie eut un instant de vraie frayeur à l'idée que la jeune femme était peut-être venue parler, qu'il allait falloir discuter, juger, déplorer et revivre les incidents de la veille. Elle avait passé la plus grande partie de la nuit à dresser des plans dont elle ne voulait ni ne pouvait faire part à sa visiteuse et pourtant elle éprouvait une joie inexplicable à voir un autre être humain. Elle remarqua que Catherine était très pâle : visiblement, elle n'avait pas été seule à passer une mauvaise nuit. La jeune femme lui avoua que la pluie l'avait empêchée de dormir et qu'elle s'était éveillée de bonne heure avec une violente migraine ; elle n'en avait pas souvent, mais elles étaient très pénibles. Mrs. Maxie avait-elle de l'aspirine ? De préférence soluble, mais enfin, n'importe quelle sorte ferait l'affaire. Eleanor avait commencé par se dire que la migraine était peut-être un prétexte pour un entretien confidentiel sur l'affaire Stephen-Sally, mais en regardant de plus près les yeux battus de la jeune femme, elle conclut que la douleur était bien réelle. De toute évidence, elle n'était pas en état de combiner quoi que ce fût.

Mrs. Maxie lui dit de prendre ce qu'il lui fallait dans l'armoire à pharmacie et sortit une autre tasse qu'elle posa sur le plateau. Catherine n'était pas la compagne qu'elle aurait choisie, mais elle semblait au moins disposée à boire son thé en silence.

Elles étaient assises toutes les deux devant le radiateur électrique quand Martha arriva, ton et comportement révélant un juste compromis entre l'indignation et l'inquiétude.

« C'est Sally, madame : elle a encore dû oublier

l'heure. Elle n'a pas répondu quand je l'ai appelée et, quand j'ai voulu ouvrir la porte, j'ai vu que le verrou était tiré. Je ne peux pas entrer. Je me demande bien ce que c'est que ce petit jeu. »

Mrs. Maxie reposa sa tasse sur la soucoupe et constata avec un détachement quasi clinique que sa main ne tremblait pas. L'imminence du mal s'empara d'elle et elle dut ménager une courte pause avant de pouvoir se fier à sa voix, mais quand les paroles vinrent, ni Catherine ni Martha ne parurent remarquer le moindre changement en elle.

« Est-ce que vous avez vraiment frappé fort ? » demanda-t-elle. Martha hésita et Mrs. Maxie sut ce que cela signifiait. La vieille bonne s'était bien gardée de frapper très fort, car cela l'arrangeait admirablement que Sally se mît en retard. Après sa nuit interrompue, Mrs Maxie n'était pas d'humeur à supporter cette mesquinerie.

« Recommencez, lança-t-elle brièvement. Sally a eu une journée chargée hier, comme nous tous. On ne dort pas si longtemps sans raison. »

Catherine ouvrit la bouche, comme pour dire quelque chose, se ravisa et pencha la tête sur son thé. Au bout de deux minutes, Martha était de retour, et cette fois plus de doute possible, l'anxiété avait pris le pas sur l'irritation ; il y avait même comme une note de panique dans sa voix. « Pas moyen qu'elle m'entende. Le bébé est réveillé, il pleurniche. Elle ne m'entend pas. »

Mrs. Maxie ne se rappela jamais par la suite comment elle était arrivée jusqu'à la porte de Sally. Elle était si sûre de la trouver ouverte qu'elle poussa et tira le battant pendant plusieurs minutes avant que son esprit acceptât la réalité. Le verrou était mis de l'intérieur. Le bruit avait achevé de réveiller Jimmy, dont les grognements matinaux grimpaient désormais rapidement jusqu'au diapason des hurlements de peur. Mrs. Maxie l'entendait secouer les barreaux de son petit lit et se le représentait tout empapilloté dans son nid d'ange qui essayait de se mettre debout pour appeler sa maman. Une sueur froide lui mouilla le front et elle eut du mal à s'empêcher de marteler la porte inébranlable dans un accès de panique démente. Martha gémissait et ce fut Catherine qui posa la main sur l'épaule de Mrs. Maxie pour la calmer.

« Ne vous inquiétez pas trop. Je vais chercher votre fils. »

Une pensée incongrue frappa l'esprit de la vieille dame. « Pourquoi ne dit-elle pas Stephen, Stephen est mon fils. » Un instant plus tard, il était là. Le bruit des coups avait dû le réveiller, parce que Catherine n'aurait jamais pu le ramener si vite. Il dit, très calmement :

« Il va falloir entrer par la fenêtre. L'échelle qui est dans la remise fera l'affaire. Je vais appeler Hearne. » Il partit et le petit groupe de femmes attendit en silence. Les minutes s'écoulèrent, lentement.

« Il va lui falloir un certain temps, dit enfin Catherine, rassurante. Mais pas longtemps. Je suis sûre qu'il ne lui est rien arrivé. Elle dort probablement encore. »

Deborah lui lança un regard appuyé.

« Avec le bruit que fait Jimmy ? Je parie plutôt qu'elle n'est pas là. Elle sera partie.

— Mais pourquoi ? demanda Catherine. Et cette porte verrouillée ?

— Connaissant Sally, je suppose qu'elle a choisi le

procédé le plus spectaculaire et qu'elle est sortie par la fenêtre. Elle semble avoir un penchant marqué pour les scènes, même quand elle n'est pas sur place pour en jouir. Nous sommes là, frissonnantes d'appréhension, pendant que Stephen et Felix traînent des échelles et que toute la maison est désorganisée. Très satisfaisant pour l'imagination, la sienne du moins.

— Elle n'aurait pas laissé le bébé, dit brusquement Catherine. Pas une mère ne ferait ça.

— Celle-là si, apparemment », répliqua sèchement Deborah. Mais sa mère remarqua qu'elle ne faisait pas mine de quitter les lieux.

Les hurlements de Jimmy avaient alors atteint un paroxysme soutenu qui noya tous les échos des manœuvres de l'échelle et de l'entrée des hommes dans la chambre par la fenêtre. Le premier bruit perceptible depuis le corridor fut le rapide cliquetis de la serrure et Felix apparut sur le seuil. A la vue de son visage, Martha poussa un cri de terreur aigu, animal. Mrs. Maxie sentit plutôt qu'elle n'entendit ses pas lourds qui s'éloignaient, mais personne ne la suivit. Les autres femmes, repoussant le bras de Felix qui essayait de les arrêter, s'avancèrent, silencieuses, comme mues par quelque commune pulsion, vers l'endroit où Sally était étendue. La fenêtre était ouverte et la pluie avait maculé le traversin du lit ; sur les oreillers, la chevelure s'éparpillait comme une résille d'or ; les yeux étaient fermés, mais elle ne dormait pas. Du coin de la bouche crispée un mince filet de sang avait séché, dessinant une balafre noire et, de chaque côté du cou, une meurtrissure marquait l'endroit où les mains du tueur avaient étranglé la vie qui battait si fort en elle.

CHAPITRE IV

1

« Très joli endroit, chef, déclara le brigadier-chef Martin lorsque la voiture de police s'arrêta devant Martingale. Ça nous change un peu de notre dernière affaire. » Il parlait avec une évidente satisfaction, car ce rural de naissance et de goût se plaignait souvent de la regrettable tendance qu'avaient les criminels à commettre leurs méfaits dans des villes surpeuplées et des logements insalubres. Il renifla l'air avec gourmandise et bénit les raisons — qu'elles eussent été de politique pure ou de prudence — qui avaient poussé le chef de la gendarmerie locale à appeler Scotland Yard. Le bruit courait que cet honorable fonctionnaire connaissait personnellement les personnes concernées et que cette considération, jointe à une enquête encore en cours à la lisière du comté, l'avait décidé à se décharger sans perdre un instant d'un problème épineux. Cela faisait très bien l'affaire du brigadier-chef. Le travail est le travail, partout où on le fait, mais chacun a bien le droit d'avoir des préférences.

L'inspecteur principal Adam Dalgliesh jaillit de la voiture sans répondre et recula un instant pour regarder la maison. C'était un manoir élisabéthain caractéristique, simple mais d'une architecture fortement typée. Les grandes baies à meneaux qui s'ouvraient sur deux étages étaient disposées symétriquement de chaque côté du perron central carré et un écusson lourdement sculpté surmontait le larmier. Le toit s'inclinait jusqu'à une petite balustrade de pierre également ornée de symboles sculptés en relief et les six grandes cheminées Tudor se détachaient hardiment sur le ciel d'été. A l'ouest, Dalgliesh, remarquant le mur d'une pièce qui s'incurvait, en conclut qu'elle avait dû être ajoutée ultérieurement — sans doute au siècle précédent. Les portes-fenêtres s'ouvraient sur le jardin. L'espace d'un instant, il vit derrière l'une d'elles un visage qui disparut rapidement. Quelqu'un l'attendait. A l'ouest encore, un mur de pierre gris partant de l'angle de la maison dessinait une large courbe vers les grilles avant de se perdre derrière des haies et de grands hêtres ; de ce côté-là, les arbres arrivaient tout près de la maison. Au-dessus du mur et derrière une mosaïque de feuilles qui la cachait à demi, il pouvait tout juste apercevoir le haut d'une échelle appuyée contre une fenêtre en encorbellement. Sans doute la chambre de la victime. Sa maîtresse n'aurait guère pu choisir une situation plus commode pour les entrées clandestines.

Deux véhicules étaient garés derrière le porche, une voiture de police avec un homme en uniforme impassible au volant et un fourgon mortuaire dont le chauffeur, rejeté en arrière sur son siège, la casquette rabattue sur les yeux, ne s'occupa nullement de l'arrivée de Dalgliesh, cependant que son collègue lui lançait un coup d'œil distrait, avant de retourner à son hebdomadaire illustré.

Le commissaire du distrit l'attendait dans le hall. Ils se connaissaient un peu, comme on pouvait s'y attendre de deux hommes qui pratiquaient avec succès un même métier, mais ni l'un ni l'autre n'avaient jamais souhaité aller plus loin. Instant un peu difficile. Manning jugea nécessaire d'expliquer exactement pourquoi son chef avait jugé nécessaire d'appeler le Yard. Dalgliesh répondit comme il convenait. Deux journalistes assis juste de l'autre côté de la porte avaient l'air de chiens à qui on a promis un os s'ils étaient bien sages, et qui se sont résignés à patienter. La maison, très silencieuse, sentait la rose. Après la chaleur torride de la voiture, l'air paraissait si froid que Dalgliesh frissonna malgré lui. « La famille est réunie dans le salon, dit Manning. J'ai laissé un homme avec eux. Vous voulez les voir maintenant ?

— Non, le corps d'abord. Les vivants peuvent attendre. »

Manning le précéda dans l'immense escalier carré tout en parlant sans se retourner vers eux.

« J'avais déjà déblayé pas mal de terrain avant de savoir qu'on appelait la Grande Maison. On vous a sans doute dit l'essentiel. La victime est la bonne d'ici, mère célibataire, vingt-deux ans, étranglée. Le corps a été découvert vers sept heures quinze ce matin par la famille. La porte de la chambre était verrouillée. Fuite et probablement entrée aussi par la fenêtre. Vous trouverez des traces sur le tuyau de descente et le mur. Il a dû se laisser tomber sur les deux derniers mètres. Elle a été vue vivante pour la dernière fois à vingt-deux heures trente hier, alors qu'elle montait un mazagran de cacao dans sa chambre. Elle ne l'a pas fini. Le récipient est sur la table de chevet. Au début, j'ai cru que c'était presque sûrement quelqu'un de l'extérieur qui avait fait le coup. Il y a eu une kermesse hier, et n'importe qui pouvait entrer dans la propriété. Dans la maison aussi, d'ailleurs. Mais il y a un ou deux détails curieux.

— Le cacao, par exemple ? » demanda Dalgliesh. Ils étaient arrivés sur le palier et se dirigeaient vers l'aile ouest de la maison. Manning le regarda curieusement.

« C'est ça. On a pu y mettre du narcotique. Il y a un truc qui manque. Mr. Simon Maxie est un grand malade. Il y a un flacon de somnifère qui manque dans son armoire à pharmacie.

— Et sur le corps ? Des traces de drogue ?

— Notre toubib s'en occupe en ce moment, mais je ne crois pas. Il m'a semblé que c'était un cas de strangulation. Le toubib saura probablement ce qu'il en est.

— Elle a pu prendre la drogue elle-même, dit Dalgliesh. Vous avez relevé un motif évident ? »
Manning marqua un silence.

« Ça se pourrait. Je n'ai pas de détails, mais j'ai entendu causer.

— Ah ! on cause.

— Une certaine Miss Liddell est venue ce matin pour prendre le gosse de la fille. Elle était au dîner ici hier soir. D'après ce qu'elle a dit, c'était pas rien. Stephen Maxie aurait annoncé qu'il allait se marier avec Sally Jupp. Je pense que ça pourrait être un motif pour la famille, non ?

— Dans ces circonstances-là, je le pense aussi »,
dit Dalgliesh.

La chambre à coucher aux murs blancs était pleine
d'une lumière qui, après la pénombre du hall et des
corridors aux boiseries de chêne, semblait artificielle,
comme l'éclairage d'une scène, et le corps était le plus
irréel de tout, tel une actrice de seconde zone
essayant de simuler la mort — sans parvenir à
convaincre. Les yeux étaient presque fermés, mais le
visage gardait cet air vaguement surpris qu'il avait
souvent remarqué sur le visage des cadavres. Deux
petites dents très blanches qui mordaient la lèvre
inférieure faisaient ressembler à un lapin un visage
qui avait dû être attachant et peut-être même beau.
Défi incongru lancé à la mort, une auréole de
cheveux flambait sur l'oreiller, légèrement humide au
toucher. Il faillit s'étonner que cet éclat ne se fût pas
retiré comme la vie de son corps. Il la regardait, sans
un geste, sans éprouver de pitié ni même de colère. Il
savait que cela pourrait venir plus tard et qu'il lui
faudrait résister. Il aimait graver fortement l'aspect
de la victime dans son esprit ; c'était une habitude qui
remontait à sa première affaire quand, regardant le
corps disloqué d'une prostituée de Soho, il s'était dit,
résolu et silencieux : « Cette fois, ça y est. C'est ça
mon travail. »

Le photographe, qui en avait fini avec le corps
avant que le médecin de la police commençât son
examen, prenait des clichés de la pièce et de la fenêtre
en attendant de ranger son matériel. De même le
fonctionnaire de l'identité judiciaire ne s'occupait
plus de Sally et, plongé dans son univers de boucles,
arcs et verticilles, passait avec efficacité et discrétion
de bouton de porte en serrure, de tasse en commode

et de lit en appui de fenêtre avant de se hisser jusqu'à l'échelle pour travailler sur elle et sur le tuyau de descente. Le Dr. Feltman, chauve, rondouillard et systématiquement hilare, comme s'il était contraint en permanence de démontrer son imperturbabilité professionnelle devant la mort, replaçait ses instruments dans une mallette noire. Dalgliesh, qui l'avait déjà rencontré, savait que ce praticien de tout premier ordre n'avait jamais appris à discerner la ligne de partage entre le travail du médecin et celui de l'enquêteur. Il attendit que Dalgliesh se fût détourné du corps avant de parler.

« Nous sommes prêts, on peut l'emmener maintenant si ça vous va. Médicalement parlant, l'affaire semble assez simple. Strangulation manuelle par une personne droitière debout devant elle. Elle est morte très vite, peut-être par inhibition vagale. Je pourrai vous en dire plus après l'autopsie. Pas trace de violences sexuelles, ce qui ne veut pas dire que le sexe n'était pas le motif. J'imagine qu'il n'y a rien de tel que de se retrouver avec un cadavre sur les bras pour faire passer l'envie. Quand vous l'agraferez, il vous servira la vieille rengaine. Je lui ai mis les mains autour du cou juste pour lui faire peur, et puis elle s'est effondrée. Il est entré par la fenêtre, dirait-on. Vous trouverez peut-être des empreintes sur ce tuyau de descente, mais je doute que le sol vous aide beaucoup. C'est un genre de cour, là en bas. Ce n'est pas de la bonne terre molle avec quelques marques de souliers bien pratiques. D'ailleurs, il a pas mal plu hier soir, ce qui n'arrange rien. Bon, eh bien, je vais aller chercher les brancardiers si votre type, là, a fini. Vilaine histoire pour un dimanche matin. »

Il sortit et Dalgliesh inspecta la pièce. Grande et

peu meublée, elle donnait néanmoins une impression générale de confort ensoleillé. Il se dit qu'elle avait dû être autrefois la nursery de jour. La cheminée à l'ancienne dans le mur nord était entourée d'un lourd garde-feu derrière lequel on avait installé un radiateur électrique. De chaque côté, des renfoncements profonds contenaient bibliothèques et placards bas. Il y avait deux fenêtres, la plus petite, celle où s'appuyait l'échelle, était ouverte dans le mur ouest et donnait sur la cour bordée par les écuries. La grande, qui tenait presque tout le mur sud, découvrait une vue panoramique des pelouses et des jardins. Là, le verre était vieux et parfois incrusté de médaillons. Seules les fenêtres à meneaux du haut pouvaient s'ouvrir.

Le lit à une personne peint en crème était placé perpendiculairement à la petite fenêtre avec une chaise d'un côté et une table de chevet portant une lampe de l'autre. Le berceau du bébé, dans le coin opposé, était à moitié caché par un paravent, comme ceux que Dalgliesh avait connus dans son enfance, composés de cartes postales et de gravures par douzaines collées et vernies. Un tapis et une chaise de nourrice devant la cheminée : contre le mur, un placard et une commode.

La pièce était curieusement anonyme. Certes on y retrouvait l'atmosphère d'intimité féconde de presque toutes les nurseries, composée des odeurs légères du talc, du savon et des petits vêtements tiédis devant le feu. Mais la jeune femme n'avait guère marqué sa personnalité sur le cadre. Pas trace du désordre typiquement féminin qu'il avait un peu attendu. Ses rares affaires personnelles étaient disposées avec soin, mais ne révélaient rien. C'était juste une nursery de bébé avec un lit tout simple pour sa mère. Rangées sur un rayonnage une demi-douzaine de revues destinées plutôt aux mères et aux maîtresses de maison qu'aux imaginations romanesques et variées des jeunes travailleuses. Il en prit une qu'il feuilleta. Des pages tomba une enveloppe timbrée du Vénézuela adressée à :

D. Pullen Esq.
Rose Cottage, Nessinford-Road
Little Chadfleet, Essex, England

Au dos trois dates griffonnées au crayon : mercredi 18, lundi 23, lundi 30.

Passant de l'étagère à la commode dont il ouvrit chaque tiroir, Dalgliesh explora le contenu de ses doigts exercés. Ordre parfait. Le premier ne contenait que des vêtements de bébé, pour la plupart tricotés à la main, tous soigneusement lavés et entretenus. Le deuxième était plein des sous-vêtements de la jeune femme, disposés en piles bien rangées. La surprise, c'était le troisième et dernier.

« Qu'est-ce que vous dites de ça ? » lança-t-il à Martin. Celui-ci rejoignit son chef avec une rapidité silencieuse qui étonnait chez quelqu'un de sa corpulence. Il souleva un des vêtements dans sa main massive.

« Fait à la main, dirait-on. Elle a dû broder ça elle-même. Il y en a presque un plein tiroir. A mon avis, ça a l'air d'un trousseau.

— A mon avis aussi. Et il n'y a pas que le linge de corps. Des nappes, des serviettes de toilette, des taies. » Il les retournait tout en parlant. « Un genre de dot assez pathétique, hein ? Des mois de travail serrés dans des sachets de lavande et du papier de

soie. Pauvre fille ! Vous croyez que c'était pour les
délices de Stephen Maxie ? Je ne vois pas bien ces
napperons si sages à Martingale. »

Martin en prit un qu'il examina attentivement.

« Elle ne pouvait pas penser à lui en faisant ça.
D'après le commissaire, il s'est déclaré seulement
hier et elle a dû travailler à tout ça pendant des mois.
Ma mère faisait de la broderie comme ça. On tourne
autour des trous, c'est-à-dire on fait du point de
boutonnière autour, et puis après on coupe les petits
bouts d'étoffe au milieu. Du Richelieu ou quelque
chose comme ça, je crois. C'est assez joli comme
effet... si on aime ça », ajouta-t-il par déférence pour
le manque d'enthousiasme marqué de son supérieur.
Il rumina néanmoins sa nostalgie pendant quelques
instants avant de reposer la broderie dans le tiroir.

Dalgliesh s'approcha de la fenêtre à meneaux. Le
large rebord était parsemé par les débris de verre
d'une collection d'animaux. Un pingouin privé de ses
ailes gisait sur le flanc, un basset fragile s'était brisé
en deux et seul un chat siamois, aux yeux d'un bleu
inquiétant, avait survécu à l'holocauste.

Les deux sections médianes de la fenêtre, les plus
grandes, s'ouvraient vers l'extérieur au moyen d'un
loquet et le tuyau d'évacuation des eaux, après avoir
longé une fenêtre semblable à l'étage au-dessus,
aboutissait directement à la terrasse pavée, deux
mètres plus bas. La descente n'aurait pas été bien
difficile pour une personne moyennement agile et
même l'escalade n'était pas impossible. Il remarqua
une fois de plus que, dans ce coin, entrée ou sortie
étaient remarquablement protégées des regards indis-
crets. A sa droite le grand mur de brique à demi
caché par les branches des hêtres s'incurvait vers

l'allée principale. Juste en face des fenêtres, à une trentaine de mètres, les vieilles écuries, avec leur joli clocheton, offraient le seul observatoire possible. A gauche, on apercevait une petite partie de la pelouse qui semblait avoir souffert d'initiatives destructrices : un carré entouré de cordes avait été retourné et de la fenêtre Dalgliesh voyait les mottes d'herbes arrachées, la terre brune béante, à nu. Manning monté derrière lui répondit à la question qu'il n'avait pas formulée.

« C'est la chasse au trésor du Dr. Epps. Elle est là depuis vingt ans. Il y a eu la kermesse hier. On a enlevé la plus grande partie des banderoles, parce que le recteur aime bien que tout soit remis en état avant le dimanche, mais il faut un jour ou deux pour faire disparaître toutes les traces. »

Dalgliesh se rappela que le commissaire était presque du pays. « Vous étiez là ? lui demanda-t-il.

— Pas cette année. J'ai été de service presque sans arrêt la semaine dernière. On a encore cet assassinat dans le nord ; ça touche à sa fin, mais enfin j'ai été pas mal occupé jusqu'à présent. Je venais ici tous les ans avec ma femme avant la guerre, c'était pas la même chose dans ce temps-là. Maintenant je crois qu'on se dérangerait plus. Mais il vient toujours pas mal de monde. Quelqu'un a pu rencontrer la fille et voir d'ici où elle couchait. Ça va être un rude boulot de vérifier tous ses mouvements pendant l'après-midi et la soirée d'hier. » Son ton laissait entendre qu'il était enchanté de ne pas avoir à le faire.

Dalgliesh n'échafaudait pas de théories avant d'être en possession des faits. Mais ceux qu'il avait réunis jusqu'alors n'étayaient pas cette thèse commode d'un intrus inconnu passé là par hasard. Pas trace de violences sexuelles, ni de vol. Quant à la question de la porte fermée, verrouillée ou non, il ne concluait pas. La famille Maxie s'était trouvée du bon côté à sept heures du matin certes, mais ses membres étaient vraisemblablement aussi capables que d'autres de glisser le long des tuyaux, ou de descendre des échelles.

Le corps avait été emporté, forme raide sous le drap blanc du brancard, destiné au scalpel du pathologiste et aux bocaux du laborantin. Manning était parti téléphoner à son bureau. A côté de la chambre de Sally, une salle de bain à l'ancienne contenait une baignoire profonde coffrée d'acajou et un immense chauffe-linge qui tenait tout un mur ; les trois autres étaient tapissés d'un élégant papier à fleurs aux tons amortis par l'âge et une vieille carpette encore en très bon état recouvrait le sol. Pas d'endroit possible pour se cacher. Du palier, un escalier aux marches garnies de droguet descendait jusqu'au corridor lambrissé qui menait d'un côté aux cuisines et de l'autre au hall d'entrée. Au pied de cet escalier, la porte sud. Elle était entrouverte et Dalgliesh, toujours flanqué de Martin, passa de l'intérieur frais de Martingale à la chaleur lourde du jour. Quelque part les cloches d'une église sonnaient matines. Le son volait au-dessus des arbres, clair et harmonieux, rappelant à Martin le souvenir des dimanches du petit campagnard qu'il avait été et à Dalgliesh qu'il y avait encore beaucoup à faire dans une matinée déjà bien avancée.

« Il va falloir qu'on regarde ce vieux montoir de l'écurie et le mur ouest sous sa fenêtre. Après ça, c'est la cuisine qui m'intéresse. Et puis on continuera les interrogatoires. J'ai l'impression que la

personne qu'on recherche a dormi sous ce toit la nuit
dernière. »

2

Dans le salon, les Maxie, leurs deux invitées et
Martha attendaient d'être interrogés, discrètement
surveillés par un brigadier-chef qui s'était installé sur
une petite chaise près de la porte, apparemment
indifférent et beaucoup plus à l'aise que les propriétaires de la maison. Ses brebis avaient chacune leurs
propres raisons pour se demander pendant combien
de temps elles allaient être obligées d'attendre, mais
personne ne voulait trahir son anxiété en posant la
question. On leur avait dit que l'inspecteur principal
Dalgliesh, de Scotland Yard, était arrivé et allait venir
les trouver sous peu. Mais « sous peu », cela représentait combien de temps ? Personne ne voulait le
demander. Felix et Deborah avaient encore leurs
habits de cheval, les autres s'étaient habillés à la hâte,
tout le monde attendait, l'estomac presque vide.
Comme il eût semblé cruel de lire, choquant de jouer
du piano, imprudent de parler du meurtre et anormal
de parler d'autre chose, le silence était presque total.
Felix Hearne et Deborah étaient assis sur le divan,
mais assez loin l'un de l'autre, et de temps en temps,
il se penchait pour lui chuchoter quelques mots à
l'oreille. Posté à l'une des fenêtres, Stephen Maxie
tournait le dos à la pièce, posture, comme l'avait
cyniquement noté Felix Hearne, qui lui permettait de
dissimuler son visage et de mimer la douleur muette
avec sa nuque penchée. Quatre au moins de ceux qui
l'observaient auraient bien voulu savoir si son cha-

grin était sincère. Eleanor Maxie, assise dans un fauteuil un peu à l'écart, était calme, ni paralysée par le chagrin, ni plongée dans des pensées profondes. Très pâle, mais le court instant de panique qui l'avait étreinte devant la porte de Sally était passé. Sa fille remarqua qu'elle au moins avait pris la peine de soigner sa mise et de présenter une apparence presque normale à sa famille et à ses invités. Martha, assise elle aussi un peu à l'écart, s'était perchée au bord d'une chaise, et lançait des regards furibonds au policier évidemment rendu responsable de la gêne qu'elle éprouvait à être dans le salon avec la famille pendant qu'il y avait du travail à faire. Alors qu'elle avait été la plus bouleversée et la plus terrifiée par la découverte faite le matin, elle semblait désormais considérer toute l'affaire comme une insulte personnelle et s'enfermait dans une rancœur boudeuse. C'était Catherine Bowers qui donnait l'impression d'être la plus détendue : elle avait sorti de son sac un petit calepin dans lequel elle écrivait de temps en temps, comme pour rafraîchir ses souvenirs des événements du matin. Personne n'était dupe de ces apparences d'efficacité sereine, mais tous lui enviaient une si belle occasion de faire bonne contenance. Chacun, muré dans son isolement profond, suivait le fil de ses propres pensées. Mrs. Maxie, sans quitter des yeux les robustes mains jointes posées sur ses genoux, songeait à son fils.

« Il va réagir, surmonter le choc. Les jeunes le font toujours. Grâce à Dieu, Simon ne saura jamais. Ce sera difficile pour les soins, sans Sally. Il ne faudrait pas penser à ça, probablement. Pauvre enfant. Il y aura peut-être des empreintes sur la serrure. La police y aura pensé. A moins qu'il ait porté des gants ; tout le monde est au courant, aujourd'hui, pour les gants. Je me demande combien de personnes sont passées par la fenêtre pour venir la trouver. J'aurais sans doute dû m'en méfier, mais comment prévoir ? Elle avait le petit avec elle, après tout. Qu'est-ce qu'on va faire de Jimmy ? Une mère assassinée et un père qu'il ne connaîtra jamais. Ça, c'est un des secrets qu'elle a gardés. Il y en avait sans doute beaucoup d'autres. On ne connaît jamais les gens. Qu'est-ce que je sais de Felix ? Il pourrait être dangereux. Cet inspecteur aussi, d'ailleurs. Il faudrait que Martha s'occupe du déjeuner. Si quelqu'un a envie de déjeuner. Pas sûr. Et les policiers ? Où vont-ils manger ? Aujourd'hui, ils se contenteront probablement d'utiliser nos pièces. L'infirmière viendra à midi, il faudra donc que j'aille auprès de Simon à ce moment-là. Je pense que je pourrais monter maintenant si je le demandais. Deborah est sur les nerfs. Comme nous tous. Si seulement nous pouvions garder notre sang-froid. »

Deborah se disait : « Je devrais la détester moins, maintenant qu'elle est morte, mais je ne peux pas. Elle a toujours provoqué la zizanie. Elle s'amuserait bien, sûrement, si elle pouvait nous voir en ce moment, dans la ligne de mire. Peut-être qu'elle le peut d'ailleurs. Pas de fantasme. Je voudrais bien qu'on puisse en parler. On n'aurait peut-être rien dit de Stephen et Sally si Eppy et Miss Liddell n'avaient assisté au dîner. Et Catherine, bien entendu. Il y a toujours Catherine. Elle va se régaler avec tout ça, c'est sûr. Felix sait que Sally a été droguée. Eh bien, si elle l'a été, c'était dans mon mazagran, qu'ils s'en arrangent comme ils voudront. »

Felix Hearne se disait : « Ils ne peuvent plus tarder

beaucoup. L'essentiel, c'est de ne pas s'emporter. Ça va être des policiers anglais, extrêmement polis, des policiers anglais qui poseront des questions rigoureusement dans les règles. Terriblement difficile à cacher, la peur. Je vois la tête de Dalgliesh si je décidais de m'expliquer. Excusez-moi, inspecteur, si j'ai l'air d'être terrorisé. C'est une réaction purement automatique, un tour du système nerveux. J'ai horreur des interrogatoires officiels et plus encore de la séance informelle soigneusement mise en scène. J'en ai eu quelque expérience en France. J'en suis complètement remis, vous comprenez, sauf cette unique petite séquelle. J'ai tendance à m'emporter. Tout simplement sous l'effet d'une trouille verte. Je suis persuadé que vous comprendrez, Herr Inspekteur. Vos questions sont parfaitement raisonnables. Malheureusement, je me méfie beaucoup des questions raisonnables. Bien entendu, il ne faudrait pas donner à ce détail une importance exagérée. C'est un petit handicap, rien de plus. En somme, les interrogatoires de la police ne tiennent qu'une place relativement minime dans la vie. Je m'en suis bien tiré. Ils m'ont même laissé quelques ongles. J'essaie seulement de vous expliquer que j'aurai peut-être quelque difficulté à vous donner les réponses que vous voulez. » Stephen se retourna.

« A propos, et la question de l'avocat, dit-il brusquement. Est-ce qu'il ne faudrait pas faire venir Jephson ? »

Mrs. Maxie s'arracha à la contemplation de ses mains jointes. « Matthew Jephson fait un circuit en auto quelque part sur le continent, mais Lionel est à Londres. Nous pouvons le demander, si tu juges que c'est nécessaire. »

Le ton de sa voix contenait une interrogation. Deborah s'écria, impulsivement : « Oh, Maman. *Pas* Lionel Jephson. C'est le roi des raseurs pontifiants. Attendons au moins d'être arrêtés avant de le faire venir ici avec ses gros sabots. D'ailleurs, il ne s'occupe pas des affaires criminelles. Il ne connaît que les fidéicommis, et les testaments et les documents. Sa petite âme si respectable ne s'en remettrait pas. Et il ne servirait à rien.

— Et vous, Hearne ? demanda Stephen.

— Je me débrouillerai bien seul, merci.

— Nous tenons à vous présenter toutes nos excuses, dit Stephen très raide. C'est désagréable pour vous d'être mêlé à cette histoire et peut-être gênant. Je ne sais pas quand vous pourrez rentrer à Londres. »

Felix se dit que les excuses auraient plutôt dû être adressées à Catherine Bowers. Stephen semblait résolu à la tenir pour inexistante. L'arrogant petit idiot croyait-il sérieusement que cette mort n'était qu'une question de désagrément ou de gêne ? Il regarda Mrs. Maxie tout en répondant :

« Je serai très heureux de rester — volontairement ou involontairement — si je peux rendre service. »

Catherine ajoutait ses assurances empressées sur le même thème quand le brigadier muet, brusquement rendu à la vie, se leva et rectifia sa position d'un seul élan. La porte s'ouvrit et trois policiers en civil firent leur entrée. Manning, qu'ils connaissaient déjà, présenta brièvement ses compagnons : inspecteur principal Adam Dalgliesh et brigadier-chef George Martin. Cinq paires d'yeux apeurés, interrogateurs ou franchement curieux, pivotèrent en même temps vers le plus grand, l'étranger.

Catherine Bowers se dit : « Grand, brun, bel homme. Pas ce que j'attendais. Une tête intéressante, vraiment. » Stephen Maxie : « Quelle morgue, l'animal ! Il ne s'est pas trop pressé pour venir. Je pense que c'est pour nous énerver, affaiblir nos défenses. Ou alors, il est allé fouiner dans la maison. Nous ne sommes plus chez nous. » Felix Hearne : « Donc, le voilà. Adam Dalgliesh. J'ai entendu parler de lui. Impitoyable, des méthodes bien à lui, toujours la course contre la montre. Je suppose qu'il a ses contraintes personnelles. Enfin, ils nous considèrent au moins comme des adversaires qui méritent tout ce qu'il y a de mieux. » Eleanor Maxie : « Où est-ce que j'ai déjà vu cette tête-là ? Bien sûr. Le Dürer. A Munich, non ? Portrait d'un inconnu. On s'attend toujours à ce que les policiers aient des melons et des imperméables. Pourquoi ? »

Pendant l'échange des présentations et des salutations, Deborah Riscoe le fixait comme si elle le voyait au travers du réseau d'une chevelure d'or rouge.

Quand il parla, sa voix curieusement grave parut calme et naturelle, sans trace d'emphase.

« Je crois savoir, d'après ce que m'a dit le commissaire Manning, que le petit bureau à côté a été mis à ma disposition. J'espère qu'il ne sera pas nécessaire de l'accaparer, ni lui ni vous tous pendant très longtemps. J'aimerais vous voir séparément et dans l'ordre suivant. »

« Rendez-vous dans mon studio à neuf heures, neuf heures cinq, neuf heures dix », chuchota Felix à Deborah; sans trop savoir qui il cherchait à détendre, d'elle ou de lui, mais ce qui est sûr, c'est qu'il n'obtint aucun sourire en réponse.

Dalgliesh parcourut rapidement le groupe du regard. « Mr. Stephen Maxie, Miss Bowers, Mrs. Maxie, Mrs. Riscoe, Mr. Hearne et Mrs. Bultitaft. Ceux qui attendent voudront bien rester ici. Si l'un d'entre vous a besoin de quitter cette pièce, une femme policier et un gendarme sont dans le hall, ils vous accompagneront. Cette surveillance sera relâchée dès que tout le monde aura été interrogé. Voulez-vous, je vous prie, venir avec moi, Mr. Maxie ? »

3

Stephen Maxie prit l'initiative.

« Je crois qu'il vaut mieux que je vous dise d'entrée que Miss Jupp et moi-même étions fiancés. Je m'étais déclaré hier soir. Il n'y a pas là l'ombre d'un secret. La chose ne peut avoir aucun rapport avec sa mort et je n'aurais peut-être pas pris la peine de vous en parler si elle n'avait pas annoncé la nouvelle devant la pire cancanière du village, alors vous seriez vite au courant. »

Dalgliesh, déjà prévenu et nullement convaincu que la proposition n'avait pas de lien avec le meurtre, remercia gravement Mr. Maxie de sa franchise et lui présenta des condoléances dans les formes pour la mort de sa fiancée. Le jeune homme releva soudain la tête pour lui lancer un regard direct :

« Je n'ai pas l'impression que je peux accepter des condoléances. Je ne me sens même pas affligé. Je pense qu'il faut attendre que le choc se soit un peu atténué. Nous n'étions fiancés que d'hier et maintenant elle est morte. C'est encore incroyable.

— Votre mère était au courant de ces fiançailles ?

— Oui. Toute la famille, sauf mon père.

— Mrs. Maxie approuvait ?

— Vous feriez peut-être mieux de le lui demander à elle, non ?

— Oui, peut-être. Quelles étaient vos relations avec Miss Jupp avant hier soir, Mr. Maxie ?

— Si vous me demandez par là si nous étions amants, la réponse est non. Je la plaignais. Je l'admirais et elle m'attirait. Je ne sais absolument pas ce qu'elle pensait de moi.

— Et pourtant elle a accepté votre offre de mariage ?

— Pas exactement. Elle a dit à ma mère et à ses invités que je l'avais demandée en mariage, j'en ai donc conclu tout naturellement qu'elle avait l'intention d'accepter. Sinon, je ne vois pas pourquoi elle aurait annoncé la nouvelle. »

Dalgliesh, lui, voyait plusieurs raisons possibles, mais il n'était pas disposé à en discuter. Au lieu de cela, il invita son témoin à lui donner sa propre version des événements récents, à partir du moment où les comprimés de somnifère avaient été introduits pour la première fois dans la maison.

« Ah, alors, vous croyez qu'elle a été droguée ? J'ai parlé de ces comprimés au commissaire dès qu'il est arrivé. Ils étaient certainement dans l'armoire à pharmacie de mon père ce matin de bonne heure. Miss Bowers les a remarqués quand elle l'a ouverte pour prendre de l'aspirine. Et ils n'y sont plus maintenant. Le seul somnifère qui reste dans l'armoire maintenant est dans une boîte intacte. Le flacon a disparu.

— Nous le retrouverons certainement, docteur.

L'autopsie nous dira si Miss Jupp a été droguée ou non et si oui quelle quantité de produit a été absorbée. Il y a presque certainement autre chose que du cacao dans ce mazagran à côté du lit. Bien entendu, elle a pu l'y mettre elle-même.

— Si ce n'était pas elle, alors, qui ? La drogue ne lui était peut-être même pas destinée. C'est le mazagran de ma sœur qui était dans sa chambre. Nous avons chacun notre tasse et elles sont toutes différentes. Si le somnifère était bien pour Sally, il a forcément été mis dans la boisson après qu'elle est montée dans la chambre.

— Si ces tasses sont si différentes, il est curieux que Miss Jupp se soit trompée. C'est une erreur à laquelle on ne s'attendait guère, n'est-ce pas ?

— Ce n'était peut-être pas une erreur », dit brièvement Stephen.

Dalgliesh ne lui demanda pas de s'expliquer, mais écouta en silence son témoin décrire la visite de Sally à St. Luc le mercredi précédent, la kermesse, la brusque impulsion qui l'avait poussé à cette demande en mariage et la découverte du corps de sa fiancée. Un récit précis, concis, presque sans émotion. Quand il en arriva à la scène dans la chambre, non seulement sa voix ne frémissait pas, mais son détachement avait quelque chose de chirurgical. Ou il avait une maîtrise de lui-même telle qu'elle le desservait, ou il avait prévu cet entretien et s'était cuirassé à l'avance contre toute manifestation de peur ou de remords.

« Je suis allé chercher l'échelle avec Felix Hearne. Il était habillé, mais moi j'étais encore en robe de chambre. J'ai perdu une de mes pantoufles en allant vers les communs en face de la fenêtre de Sally, si bien qu'il est arrivé le premier et a pris l'échelle. Elle est toujours rangée là. Il l'avait déjà sortie quand je l'ai rejoint et il m'appelait pour savoir où l'emporter. Je lui ai montré la fenêtre de Sally. Nous avons porté l'échelle à nous deux bien qu'elle soit très légère. Une personne suffisait, encore que, pour une femme, je ne suis pas sûr. Nous l'avons appuyée contre le mur, Hearne est monté le premier pendant que je la calais et je suis monté aussitôt après. La fenêtre était ouverte, mais le store, tiré. Comme vous l'avez vu, le lit est à angle droit de la fenêtre, la tête dirigée vers elle. Il y a un large rebord là où la fenêtre à meneaux fait saillie et, apparemment, Sally y avait disposé une collection de petits animaux en verre. J'ai remarqué qu'ils avaient été éparpillés et cassés pour la plupart. Hearne est allé à la porte et il a tiré le verrou. Moi, je regardais Sally. Les couvertures étaient remontées jusqu'à son menton mais j'ai bien vu tout de suite qu'elle était morte. A ce moment-là, le reste de la famille était autour du lit et quand j'ai écarté les draps nous avons vu ce qui s'était passé. Elle était allongée sur le dos — nous ne l'avons pas bougée — et elle avait l'air calme, détendue. Mais vous savez comment elle était. Vous l'avez vue.

— Je sais ce que j'ai vu, dit Dalgliesh, je vous demande ce que vous, vous avez vu. »

Le jeune homme le regarda avec curiosité, puis ferma un instant les yeux avant de répondre. Quand il parla, ce fut d'une voix sans expression comme s'il récitait une leçon apprise par cœur.

« Il y avait un filet de sang au coin de sa bouche. Ses yeux étaient presque fermés. Une marque assez nette de pouce sous le maxillaire inférieur droit, à la hauteur de la thyroïde et des marques de doigts moins nettes sur le côté gauche du cou, le long du cartilage thyroïde. De toute évidence, nous nous trouvons devant un cas de strangulation opérée par la main droite et par le devant avec une force considérable, mais j'ai pensé que la mort pouvait avoir été très soudaine et provoquée par une inhibition vagale. On relève peu des signes classiques de l'asphyxie, mais l'autopsie vous donnera certainement toutes les précisions.

— Je pense qu'elles concorderont avec votre propre diagnostic. Est-ce que vous avez une idée de l'heure de la mort ?

— La mâchoire et les muscles du cou présentaient un certain degré de rigidité cadavérique. Je ne sais pas si elle s'était étendue plus loin. Je vous indique les signes que j'ai notés presque inconsciemment. Étant donné les circonstances, je pense que vous ne vous attendez pas à un rapport d'autopsie en règle. »

Penché sur son carnet de notes, Martin décela infailliblement les premières traces d'hystérie dans la voix et se dit : « Pauvre diable. Le patron peut être assez brutal. Mais enfin, il a bien tenu jusqu'à présent. Trop bien pour un type qui vient de découvrir le corps de sa petite amie. Si c'était sa petite amie. »

« Bien entendu j'aurai le rapport complet en son temps, dit Dalgliesh. Ce qui m'intéressait, c'était votre avis sur l'heure de la mort.

— La nuit était assez chaude, malgré la pluie. Je dirais pas moins de cinq heures et pas plus de huit.

— Avez-vous tué Sally Jupp, docteur ?

— Non.

— Savez-vous qui l'a tuée ?

— Non.

— Quel a été votre emploi du temps depuis le moment où vous avez fini de dîner, samedi soir, et celui où Miss Bowers vous a appelé, ce matin, pour vous dire que la porte de Sally Jupp était verrouillée ?

— Nous avons pris le café au salon. Vers neuf heures, ma mère a proposé que nous commencions à compter l'argent. Il était dans le coffre du bureau, ici. J'ai pensé qu'ils seraient plus tranquilles sans moi et d'ailleurs j'étais un peu énervé, alors je suis sorti faire un tour. J'ai dit à ma mère que je rentrerais peut-être tard et je lui ai demandé de laisser la porte sud ouverte. Je n'avais aucune idée particulière en tête, mais aussitôt dehors, j'ai eu envie de voir Sam Bocock. Il habite seul dans le cottage à l'autre bout de notre prairie. J'y suis allé à travers champ et je suis resté assez tard. Je ne me rappelle pas au juste à quelle heure je suis parti, mais lui le saura peut-être. Il me semble que c'était juste après onze heures. Je suis revenu seul, je suis rentré dans la maison par la porte sud. J'ai tiré le verrou derrière moi et je suis allé me coucher. C'est tout.

— Vous êtes rentré tout droit chez vous ? »

L'imperceptible hésitation n'échappa pas à Dalgliesh.

« Oui.

— Ça signifie que vous auriez été de retour dans la maison vers quelle heure ?

— Il n'y a que cinq minutes de marche depuis le cottage de Bocock, mais je ne me suis pas pressé. Disons que j'étais rentré et couché vers onze heures trente.

— Dommage que vous ne puissiez pas être plus

précis, docteur. C'est également surprenant, étant donné que vous avez une petite pendulette à cadran lumineux sur votre table de chevet.

— Ça ne veut pas dire pour autant que je note l'heure au moment où je m'endors et au moment où je me lève.

— Vous avez passé environ deux heures avec Mr. Bocock. De quoi avez-vous parlé ?

— Chevaux et musique surtout. Il a un assez bon tourne-disque. Nous avons écouté son dernier enregistrement — l'*Héroïque* dirigée par Klemperer, pour être précis.

— Vous avez l'habitude d'aller voir Mr. Bocock et de passer la soirée avec lui ?

— L'habitude ? Bocock a été un des palefreniers de mon grand-père. Nous sommes amis. Vous n'allez pas voir vos amis quand vous en avez envie, inspecteur, ou alors est-ce que vous n'en avez pas ? »

C'était le premier mouvement d'impatience mais le visage de Dalgliesh ne marqua ni émotion ni satisfaction. Il poussa sur la table un petit carré de papier blanc sur lequel trois minuscules éclats de verre scintillaient.

« On les a trouvés dans le petit bâtiment en face de la chambre de Miss Jupp, là où vous dites que l'échelle est rangée en temps normal. Vous savez ce que c'est ? »

Stephen Maxie se pencha pour examiner cette pièce à conviction sans intérêt apparent.

« Des éclats de verre, évidemment. Je ne peux pas vous en dire plus. Ils pourraient faire partie d'un verre de montre brisé, je suppose.

— Ou d'un des animaux en verre provenant de chez Miss Jupp.

— Peut-être bien.

— Je vois que vous avez un petit morceau de pansement adhésif sur ce doigt de la main droite. Qu'est-ce qu'il vous est arrivé ?

— Je me suis légèrement égratigné en rentrant hier soir. Contre l'écorce d'un arbre. C'est du moins l'explication la plus probable. Je n'ai rien senti sur le moment et j'ai seulement remarqué le sang une fois dans ma chambre. J'ai mis ce petit pansement avant de me coucher et normalement il aurait dû être enlevé maintenant. L'écorchure ne valait guère la peine que je m'en soucie, mais je dois prendre soin de mes mains.

— Je peux voir ? »

Maxie s'avança et posa la main sur le bureau. Dalgliesh remarqua qu'elle ne tremblait pas. Il décolla un coin du pansement et arracha le tout. Ensemble ils examinèrent l'articulation blanchie qu'il y avait en dessous. Sans trace d'inquiétude apparente, Maxie examina sa main de l'air d'un fin connaisseur qui considère avec condescendance une pièce à peine digne de son attention. Il ramassa le pansement, le plia soigneusement et le lança d'un geste sûr dans la corbeille à papiers.

« Moi, ça me semble être une coupure, dit Dalgliesh. Ou, bien sûr, une griffure faite par un ongle.

— Ça se pourrait certainement, dit son suspect, très décontracté. Mais dans ces cas-là, est-ce que vous ne vous attendriez pas à trouver du sang et de la peau sous l'ongle en question ? Désolé, mais je ne me rappelle pas comment c'est arrivé. » Il regarda de nouveau sa main et ajouta : « Ça a certainement l'air d'une petite coupure, mais ridiculement petite. Dans deux jours, il n'y aura plus rien. Vous êtes sûr que vous ne voulez pas la photographier ?

— Non, merci, rétorqua Dalgliesh, nous avons plus sérieux à photographier là-haut. »

Voir l'effet de ses paroles lui procura une extrême satisfaction. Tant qu'il aurait la responsabilité de cette affaire, il ne permettrait à aucun de ses suspects de se réfugier dans une petite bulle personnelle de détachement ou de cynisme, loin de l'horreur qui gisait en haut sur le lit. Il attendit un moment, puis continua, impitoyable.

« Je tiens à ce que les choses soient parfaitement claires à propos de cette porte sud. Elle donne directement sur l'escalier qui monte à la vieille nursery. On peut donc dire que Miss Jupp couchait dans une partie de la maison qui avait sa propre entrée. Presque un appartement indépendant. Une fois les cuisines fermées pour la nuit, elle pouvait faire entrer un visiteur sans grand risque d'être découverte par cette porte qui, si on ne tirait pas le verrou, permettait d'accéder facilement à la chambre. Maintenant vous me dites que la porte sud a été laissée ouverte pour vous depuis neuf heures — fin du dîner — jusqu'à un peu plus de onze heures quand vous êtes revenu du cottage de Mr. Bocock. Pendant ce temps est-il exact de dire que n'importe qui aurait pu entrer dans la maison par la porte sud ?

— Oui, je suppose.

— Voyons, Mr. Maxie, vous savez très précisément si c'était possible ou non ?

— Oui, c'était possible — comme vous l'avez sans doute vu, la porte a deux gros verrous à l'intérieur et une serrure encastrée que nous n'utilisons plus, d'ailleurs, depuis des années. Il doit y avoir des clefs quelque part, je suppose. Ma mère saurait peut-être. Normalement nous tenons la porte fermée pendant la journée et nous tirons les verrous le soir ; en hiver, elle est en général verrouillée toute la journée et rarement utilisée. Il y en a une autre vers les cuisines. Nous sommes assez négligents pour les questions de verrous, de serrures et de clefs, mais nous n'avons jamais eu le moindre ennui. D'ailleurs, même si les portes étaient soigneusement verrouillées, la maison ne serait pas pour autant à l'abri des voleurs. N'importe qui pourrait entrer par les portes-fenêtres du salon. Nous les verrouillons bien, mais il serait facile de briser une vitre. Nous ne sommes jamais préoccupés exagérément de la sécurité. A quoi bon ?

— Et en plus de cette porte toujours ouverte, il y avait une échelle bien commode dans la vieille écurie ? »

Stephen Maxie haussa légèrement les épaules.

« Il faut bien la ranger quelque part. Nous mettons les échelles sous clef simplement pour le cas où quelqu'un prendrait fantaisie de les utiliser pour passer par les fenêtres.

— Nous n'avons pas encore la preuve que quelqu'un l'ait fait. Cette porte m'intéresse toujours. Seriez-vous prêt à jurer que les verrous n'étaient pas tirés quand vous êtes revenu du cottage de Mr. Bocock ?

— Bien entendu. Sinon, je n'aurais pas pu entrer. »

Très vite, Dalgliesh enchaîna :

« Vous vous rendez compte à quel point il est important de préciser l'heure à laquelle vous avez finalement verrouillé cette porte ?

— Évidemment.

— Je vais vous demander encore une fois l'heure à laquelle vous avez tiré les verrous et je vous conseille de bien réfléchir avant de me répondre. »

Stephen Maxie le regarda bien en face et lui dit, presque négligemment :

« Minuit trente-trois à ma montre. Je ne pouvais pas dormir, et à minuit trente je me suis brusquement rappelé que je n'avais pas tiré les verrous. Je me suis donc levé et je l'ai fait. Je n'ai rien vu, rien entendu, et je suis rentré tout droit dans ma chambre. C'était certainement une grosse négligence de ma part, mais s'il y a une loi qui interdit d'oublier de fermer une porte, je voudrais bien qu'on me le dise.

— Donc, vous avez verrouillé la porte sud à minuit trente-trois ?

— Oui, répondit tranquillement Stephen Maxie. A minuit passé de trente-trois minutes. »

4

Catherine Bowers était le témoin idéal dont rêve tout policier et pas seulement Dalgliesh : précise, calme et assurée. Elle entra d'un pas ferme, sans manifester ni la moindre nervosité ni le moindre chagrin. Dalgliesh ne l'aimait pas. Il se savait enclin à ces antipathies personnelles qu'il avait appris depuis bien longtemps à dissimuler et à estimer à leur juste valeur. Mais il avait raison de supposer qu'elle saurait observer et observer avec exactitude, aussi prompte à noter les réactions des gens que l'enchaînement des événements. C'est elle qui lui apprit la stupeur des Maxie à l'annonce lancée par Sally, le rire triomphant qu'elle avait fait sonner pour l'accompagner, et l'effet extraordinaire de ses remarques sur Miss Liddell. Miss Bowers était toute disposée également à analyser ses propres sentiments.

« Bien entendu, quand Sally nous a annoncé la nouvelle, ça a été un choc terrible, mais je vois très bien comment les choses se sont passées. Il n'y a pas meilleur que le docteur Maxie. Il a une conscience sociale très développée comme je lui dis toujours et cette fille en a profité. Je sais parfaitement qu'il ne pouvait pas l'aimer. Il ne m'en a jamais dit un mot et il m'en aurait parlé à moi avant tous les autres. Il savait très bien que s'ils s'étaient vraiment aimés, j'aurais compris et je lui aurais rendu sa parole.

— Voulez-vous dire que vous étiez fiancés ? »

Dalgliesh avait peine à ne pas laisser percer son étonnement. Il ne manquait qu'une fiancée supplémentaire pour que l'affaire devienne carrément surréaliste.

« Pas exactement fiancés, inspecteur, pas de bague, ni quoi que ce soit de ce genre-là. Mais nous sommes amis et amis intimes depuis si longtemps que c'était tout comme... On pourrait dire que c'était entendu entre nous, mais pas de projets précis. Le docteur Maxie a encore beaucoup de chemin à faire avant de pouvoir penser au mariage. Et puis il y a la maladie de son père, il faut en tenir compte !

— Donc, en fait, vous n'étiez pas fiancés du tout ? »

Mise en face de cette question brutale, Catherine en convint, mais avec un petit sourire satisfait qui laissait entendre que ce n'était qu'une question de temps.

« Quand vous êtes arrivée à Martingale pour ce week-end, vous n'avez rien remarqué de particulier ?

— Eh bien, je suis arrivée assez tard vendredi, juste avant le dîner, le docteur Maxie, tard dans la soirée et Mr. Hearne, samedi matin seulement. Il n'y avait donc au dîner que Mrs. Maxie, Deborah et moi. J'ai trouvé qu'elles avaient l'air préoccupées. Je suis au regret de le dire, mais Sally Jupp était une petite intrigante. Elle servait à table et son attitude ne me plaisait pas du tout. »

Dalgliesh la pressa de questions, mais, pour autant qu'il en pût juger, l' « attitude » se réduisait à un petit mouvement de tête impatient quand Deborah lui avait parlé et à la fâcheuse habitude de ne pas appeler Mrs. Maxie « madame ». Néanmoins, le témoignage de Catherine gardait toute sa valeur. Mrs. Maxie et sa fille avaient sans doute eu conscience de cette menace en leur sein.

Changeant de tactique, il lui fit retracer les événements du dimanche matin. Elle lui raconta comment, s'étant éveillée avec la migraine après une mauvaise nuit, elle était allée à la recherche d'aspirine. Mrs. Maxie l'avait invitée à se servir et c'est alors qu'elle avait remarqué le petit flacon de somnifère. Elle avait d'abord pris les comprimés pour de l'aspirine, mais s'était très vite rendu compte qu'ils étaient trop petits et d'une couleur un peu différente. D'ailleurs, le flacon était étiqueté. Elle n'avait pas remarqué combien il y en avait, mais elle était absolument certaine que la petite bouteille était dans l'armoire à pharmacie à sept heures ce matin-là et tout aussi sûre qu'elle n'y était plus quand Stephen Maxie et elle-même l'avaient cherchée après avoir découvert le corps de Sally Jupp. Le seul somnifère dans l'armoire à ce moment-là était dans une boîte en carton qui n'avait pas été ouverte.

Dalgliesh, lui ayant demandé alors de décrire la découverte du corps, fut étonné de la précision et de la couleur du tableau qu'elle brossa.

« Quand Martha est venue dire à Mrs. Maxie que Sally ne s'était pas levée, nous avons d'abord pensé qu'elle dormait encore, comme c'était déjà arrivé. Et puis Martha est revenue dire que la porte était verrouillée, et que Jimmy pleurait, alors nous sommes allés voir ce qu'il y avait. A n'en pas douter, le verrou était mis. Comme vous le savez, Mr. Maxie et Mr. Hearne sont entrés par la fenêtre et j'ai entendu l'un d'eux tirer le verrou. Je pense que c'était Mr. Hearne, puisqu'il a ouvert la porte. Stephen était à côté du lit et il regardait Sally. Mr. Hearne a dit : " J'ai bien peur qu'elle soit morte. " Quelqu'un a hurlé. Martha, je crois, mais je ne me suis pas retournée pour regarder. J'ai dit : " Mais c'est impossible ! Elle était parfaitement bien hier soir. " Nous étions tous autour du lit à ce moment-là et Stephen avait tiré le drap sur sa figure. Avant ça, il lui montait jusqu'au menton, retourné bien à plat, sans un faux-pli. On aurait cru que quelqu'un l'avait bordée confortablement pour la nuit. Dès que nous avons vu les marques sur son cou, nous avons compris ce qui s'était passé. Mrs. Maxie a fermé les yeux, j'ai cru qu'elle allait s'évanouir et je me suis approchée d'elle, mais elle est arrivée à se tenir debout, en s'agrippant au pied du lit. C'est un petit lit à une personne. Elle tremblait si fort que tout le lit, qui est très léger, comme vous l'avez vu, était secouée et le corps remuait doucement. Stephen a dit très tendrement : " Couvrez-lui le visage ", mais Mr. Hearne lui a rappelé qu'il valait mieux ne rien toucher avant l'arrivée de la police. J'ai trouvé que c'était le plus calme de nous tous, mais je pense qu'il a l'habitude des morts violentes. Il avait l'air plus intéressé que choqué. Il s'est penché sur Sally et lui a soulevé une paupière. Alors Stephen a dit rudement : " Laissez donc, Hearne. Elle est morte, il n'y a pas de doute. " Et Mr. Hearne a répondu : " Ce n'est pas ça. Je suis en train de me demander pourquoi elle ne s'est pas débattue ". Il a trempé le petit doigt dans le maza-gran de cacao sur la table de chevet ; il était à moitié plein et une peau s'était formée sur le dessus ; elle lui a collé au doigt et il l'a gratté sur le bord du mazagran avant de mettre le doigt dans sa bouche. Nous étions tous là à la regarder comme s'il allait faire une démonstration extraordinaire. Je trouvais que Mrs. Maxie avait l'air, eh bien — pleine d'espoir, un peu comme un enfant dans un goûter. Stephen a dit : " Alors, qu'est-ce que c'est ? " Mr. Hearne a haussé les épaules et dit : " C'est l'analyse qui le dira. Je crois qu'elle a été droguée."» A ce moment-là, Deborah a eu une sorte de hoquet et elle s'est dirigée vers la porte, blanche comme un linge, évidemment sur le point de vomir. J'ai voulu aller vers elle, mais Mr. Hearne m'a dit, très sèchement : " Laissez-la. Je m'en occupe. " Il l'a fait sortir en la tenant par le bras et je crois qu'ils sont allés dans la salle de bain, à côté. Je n'étais pas surprise. Je me serais attendue à ce que Deborah craque comme ça. Il n'y avait donc plus dans la pièce que Mrs. Maxie et Stephen avec moi. J'ai suggéré que Mrs. Maxie cherche une clef pour que la pièce puisse être fermée et elle m'a répondu : " Bien sûr. Je crois que c'est l'habitude. Et, est-ce qu'il ne faudrait pas prévenir la police ? Le téléphone dans le cabinet de toilette serait le mieux. " Je pense qu'elle voulait dire le plus discret. Je me rappelle avoir pensé : " Si on appelle du cabinet de toilette, les femmes de chambre n'entendront pas. " J'oubliais simplement que les " femmes de chambre ", ça voulait dire Sally et que Sally n'entendrait plus jamais rien.

— Est-ce que vous voulez dire que Miss Jupp avait l'habitude d'écouter les conversations de tierces personnes ? coupa l'inspecteur.

— J'en ai certainement toujours eu l'impression, oui. D'ailleurs j'ai toujours pensé qu'elle était sournoise. Elle n'avait jamais l'air reconnaissante de tout ce que la famille faisait pour elle. Bien entendu, elle haïssait Mrs. Riscoe. C'était évident pour tout le monde. Je pense bien qu'on vous a raconté l'histoire de la robe copiée ? »

Dalgliesh s'étant déclaré fort intéressé par ce titre aguicheur fut tout aussitôt régalé d'une description très colorée de l'incident et de la réaction provoquée.

« Vous voyez le genre de fille que c'était. Mrs. Riscoe a fait celle qui prenait ça très calmement, mais je voyais bien ce qu'elle éprouvait. Elle l'aurait tuée. »

Catherine Bowers tira sa jupe sur ses genoux avec un air de modestie satisfaite très bien feint. Ou c'était une excellente actrice, ou elle ne s'était pas rendu compte que sa formule était bien malheureuse. Dalgliesh poursuivit l'interrogatoire en se disant qu'il avait peut-être à faire à une personnalité plus complexe qu'il l'avait cru d'abord.

« Voulez-vous me dire ce qui s'est passé quand vous êtes arrivée dans le cabinet de toilette ?

— J'y venais tout juste. J'avais pris Jimmy dans son berceau et je le tenais toujours. Je trouvais épouvantable de le laisser seul dans cette pièce avec sa mère morte. Quand nous étions entrés, il s'était arrêté de pleurer et je crois bien que pendant un moment personne n'a pensé à lui. Et puis, tout à coup, je l'ai remarqué. Il s'était levé en s'accrochant aux barreaux et il se dandinait là, avec sa couche toute mouillée qui lui tombait sur les chevilles et un petit air intéressé, curieux même. Bien entendu, il est trop jeune pour comprendre, Dieu merci, et je pense qu'il se demandait simplement ce que nous faisions tous là autour du lit de sa maman. Il était parfaitement calme et il est venu avec moi très volontiers. Je l'ai emmené dans le cabinet de toilette et quand nous sommes arrivés là, le Dr. Maxie est allé droit à l'armoire à pharmacie. Il a dit : " Il n'est plus là. " Je lui ai demandé de quoi il s'agissait et il m'a parlé du somnifère qui avait disparu. C'était la première fois que j'en entendais parler. J'ai pu lui dire que le flacon était là quand j'avais pris de l'aspirine dans l'armoire le matin. Pendant que nous parlions, Mrs. Maxie était allée jusqu'à la chambre de son mari. Elle n'y est restée qu'une minute et elle est revenue en nous disant : " Il est bien. Il dort. Avez-vous appelé la police ? " Stephen est allé au téléphone et moi j'ai dit que j'allais prendre Jimmy avec moi pendant que je m'habillais et puis que je le ferais déjeuner. Personne n'a répondu et je me suis donc dirigée vers la porte. Juste avant de sortir, je me suis retournée. Stephen avait la main sur le combiné et tout à coup, sa mère a mis la main sur la sienne et j'ai entendu qu'elle disait : " Attends. Il y a quelque chose que je dois savoir. " Et Stephen a répondu : " Inutile de me le demander. Je ne sais rien à ce sujet-là. Je te le jure. " Mrs. Maxie a poussé un petit soupir et s'est mis la main sur les yeux. Alors Stephen a décroché l'appareil et je suis sortie. »

Elle s'arrêta et regarda Dalgliesh comme si elle attendait des commentaires. « Merci, dit-il gravement. Continuez, je vous prie.

— En réalité il n'y a plus grand-chose à dire. J'ai emporté Jimmy dans ma chambre, sans oublier de prendre au passage une couche propre dans la petite salle de bain. Mrs. Riscoe et Mr. Hearne y étaient toujours. Elle avait vomi et lui, l'aidait à se passer de l'eau sur la figure. Ils n'ont pas eu l'air enchantés de me voir. J'ai dit : " Quand vous vous sentirez mieux, je pense que votre mère ne serait pas fâchée qu'on s'occupe un peu d'elle. Je me charge de Jimmy. " Ils n'ont pas répondu. J'ai trouvé des couches dans le séchoir et je suis allée dans ma chambre où j'ai changé le bébé. Je l'ai laissé jouer sur mon lit, pendant que je m'habillais, ce qui ne m'a guère pris que dix minutes. Ensuite je l'ai emmené dans la cuisine et je lui ai donné un œuf à la coque avec des mouillettes beurrées et du lait chaud. Il a été sage comme une image pendant tout ce temps-là. Martha était là pour préparer le petit déjeuner, mais nous n'avons pas parlé. J'ai été tout étonnée d'y trouver aussi Mr. Hearne qui faisait du café. Je suppose que Mrs. Riscoe était avec sa mère. Il n'avait pas l'air disposé à parler non plus. Probablement mécontent de ce que j'avais dit à Mrs. Riscoe. Il lui donne toujours raison, comme vous l'avez sans doute déjà deviné. Enfin, comme ils n'avaient pas l'air de vouloir discuter des mesures à prendre, j'ai décidé d'agir seule. Je suis passée avec Jimmy dans le hall et j'ai téléphoné à Miss Liddell pour lui raconter ce qui s'était passé et lui demander de reprendre le bébé jusqu'à ce que la situation se soit décantée. Elle est arrivée en taxi moins d'un quart d'heure après ; à ce moment-là, le Dr. Epps et la police étaient sur les lieux. Le reste, vous le savez.

— Voilà un récit très clair et qui sera très utile, Miss Bowers. Vous êtes observatrice par profession, c'est un avantage, mais toutes vos collègues ne sont pas capables de présenter les faits dans leur enchaînement logique. Je ne vais pas vous retenir encore longtemps. Je voudrais simplement remonter au début de la nuit. Jusqu'à maintenant, vous avez rapporté très clairement les événements d'hier soir et de ce matin. Ce que je veux maintenant, c'est établir la chronologie des faits à partir de vingt-deux heures. A ce moment-là, vous étiez encore, je crois, dans le bureau avec Mrs. Maxie, le Dr. Epps et Miss Liddell. Pourriez-vous partir de là, s'il vous plaît. »

Pour la première fois, Dalgliesh sentit une trace d'hésitation dans la réponse de sa suspecte. Jusqu'alors, elle avait réagi à ses questions avec une spontanéité facile qui lui avait paru incompatible avec une ruse quelconque. Il pouvait croire que jusqu'à cette minute Catherine Bowers n'avait pas trouvé l'entretien déplaisant. Mais désormais, il percevait un brusque fléchissement de l'assurance, une légère tension pour affronter un changement d'accent gênant. Elle confirma que Miss Liddell et le Dr. Epps avaient quitté le bureau vers vingt-deux heures trente et qu'après les avoir accompagnés, Mrs. Maxie était revenue vers Catherine. Ensemble elles avaient mis les papiers en ordre et déposé l'argent dans le coffre. Mrs. Maxie n'avait pas dit qu'elle avait vu Sally et ni l'une ni l'autre n'avait parlé d'elle. Après avoir refermé le coffre, elles étaient allées dans la cuisine. Martha était montée se coucher, mais elle avait laissé une casserole de lait sur le fourneau et un plateau de tasses sur la table de la cuisine. Catherine se rappelait avoir remarqué que le mazagran en Wedgwood de Mrs. Riscoe n'y était pas et trouvé étrange qu'elle ait pu rentrer du jardin avec Mr. Hearne sans que personne le sache. Il ne lui était pas venu à l'esprit que Sally aurait pu prendre la tasse et pourtant, c'était tout à fait le genre de chose qu'elle était capable de faire. La grosse tasse de Mr. Maxie était là avec un verre dans une monture de métal qui appartenait à Mrs. Maxie et deux tasses avec leur soucoupe destinées aux invités. Il y avait aussi un sucrier et des boîtes de deux boissons lactées sur la table. Pas de cacao.

Mrs. Maxie et Catherine avaient pris ce qu'elles voulaient boire, après quoi elles étaient montées dans le cabinet de toilette de Mr. Maxie où sa femme devait passer la nuit. Catherine avait aidé à faire le lit du malade et bu son Ovaltine devant le radiateur du cabinet de toilette. Elle avait offert ensuite de veiller un moment avec Mrs. Maxie, mais celle-ci ayant refusé, Catherine était partie au bout d'une demi-heure environ pour se rendre dans sa chambre. Elle couchait dans la partie de la maison opposée à celle de Sally. Elle n'avait vu personne en chemin. Après s'être déshabillée, elle était passée dans sa salle de bains, après quoi elle était de retour dans sa chambre vers vingt-trois heures quinze. Au moment où elle fermait la porte, il lui avait semblé entendre Mrs. Riscoe et Mr. Hearne monter l'escalier, mais elle n'en était pas sûre. Elle n'avait ni vu ni entendu Sally à cette heure-là. Sur ce, elle s'arrêta et Dalgliesh attendit patiemment mais avec un regain d'intérêt.

Dans son coin, le brigadier-chef Martin tourna une page de son carnet avec une discrétion née d'une longue habitude et lança un rapide coup d'œil en biais à son supérieur. Ou il se trompait lourdement, ou le vieux flairait quelque chose. « Oui, Miss Bowers ? » Dalgliesh relançait, sans pitié. Son témoin poursuivit bravement : « J'ai bien peur que vous trouviez cette partie de mon récit un peu étrange, mais sur le moment, tout ça semblait parfaitement naturel. Comme vous pouvez bien penser, la scène avant le dîner avait été un grand choc pour moi. Je ne pouvais pas croire que Stephen et cette fille étaient fiancés. Ce n'était pas lui qui l'avait annoncé après tout, et je ne crois absolument pas qu'il lui ait parlé mariage. Le dîner avait été quelque chose de terrible, vous vous en doutez, et après, tout le monde a fait comme si de rien n'était. Evidemment, les Maxie ne montrent jamais ce qu'ils pensent, mais Mrs. Riscoe est partie avec Mr. Hearne et je suis bien sûre qu'ils ont parlé de cette histoire et de ce qu'ils pouvaient faire. Personne ne m'a rien dit et pourtant, en un certain sens, j'étais la première concernée. Je trouvais que Mrs. Maxie aurait pu en parler avec moi une fois les deux autres invités partis, mais j'ai bien vu qu'elle n'en avait pas l'intention.

« Une fois dans ma chambre, je me suis dit que si je ne prenais pas l'initiative, personne ne le ferait. Je ne pouvais pas rester là toute la nuit sans savoir ce qu'il en était. Il fallait que je parvienne à la vérité. La chose qui semblait la plus naturelle, c'était de demander à Sally. Je me disais que si nous arrivions à avoir une conversation, seules toutes les deux, je pourrais mettre tout ça à plat. Je savais qu'il était tard, mais il me semblait que c'était la seule chance. J'étais restée couchée là dans le noir pendant un certain temps, mais une fois ma décision prise, j'ai allumé la lampe de chevet et vu qu'il était minuit moins trois. Dans l'état d'esprit où j'étais, ça ne m'a pas paru très tard. J'ai donc enfilé ma robe de chambre, pris une lampe de poche et je suis allée jusqu'à la chambre de Sally. La porte était fermée à clef, mais je voyais de la lumière par le trou de la serrure. J'ai frappé en l'appelant tout bas. La porte est très solide, comme vous savez, mais elle m'a sûrement entendue parce que, tout de suite, j'ai entendu qu'elle tirait le verrou et la lumière qui passait par le trou de la serrure a été masquée, comme si elle se tenait devant. J'ai encore frappé et appelé une fois, mais comme il était bien évident qu'elle ne voulait pas me faire entrer, je suis retournée dans ma chambre. Chemin faisant, j'ai pensé tout à coup qu'il fallait que je voie Stephen. Je ne me sentais pas capable de retourner me coucher avec toujours cette même incertitude qui me rongeait. Je pensais qu'il souhaiterait peut-être se confier à moi. Je suis donc allée jusqu'à sa chambre et comme celle-ci n'était pas éclairée, je suis entrée. Je me disais que si seulement je pouvais le voir tout s'arrangerait.

— Et tout s'est arrangé ? » demanda Dalgliesh.

Cette fois, l'assurance enjouée avait disparu. Impossible de ne pas voir la souffrance dans ces yeux si peu attirants.

« Il n'était pas là, inspecteur. Le lit était tout prêt pour la nuit, mais il n'était pas là. » Elle fit un brusque effort pour retrouver le ton qu'elle avait eu auparavant et le sourire qu'elle lui adressa était faux à en être presque pathétique.

« Bien sûr, je sais maintenant qu'il était chez

Bocock. Mais sur le moment, ça a été une grande déception.

— Je veux bien le croire », opina gravement Dalgliesh.

5

Très calme, Mrs. Maxie s'assit, lui proposa toutes les facilités dont il pouvait avoir besoin, et exprima le souhait que l'enquête pût être menée sans déranger son mari, gravement malade et incapable de se rendre compte de ce qui se passait. L'observant, de l'autre côté du bureau, Dalgliesh se disait qu'il voyait ce que Deborah deviendrait trente ans plus tard. Ses mains fortes, capables et brillantes de bijoux reposaient inertes sur ses genoux, et même à cette distance il vit comme elles ressemblaient à celles de son fils. Avec un intérêt accru, il remarqua que les ongles, tels ceux d'un chirurgien, étaient coupés très court. Pas trace de nervosité apparente. Elle semblait plutôt person-nifier l'acceptation sereine d'une épreuve inévitable. Non pas qu'elle se fût entraînée à l'endurance, semblait-il. C'était bien plutôt une sérénité fondée sur une stabilité essentielle et qu'une enquête de police serait bien incapable de troubler. Elle répondit à ses questions de manière réfléchie, comme si elle donnait une valeur à chaque mot, une valeur dont elle était seule à décider. Mais il n'y avait rien de neuf dans ce qu'elle pouvait dire. Elle confirma le témoi-gnage de Catherine Bowers sur la découverte du corps et le récit qu'elle fit de la journée précédente concordait avec ce qui en avait déjà été dit.

Après le départ de Miss Liddell et du Dr. Epps,

vers vingt-deux heures trente, elle avait fermé la
maison, à l'exception de la fenêtre du salon et de la
porte de service. Miss Bowers l'avait accompagnée.
Ensemble elles avaient pris leur tasse de lait dans la
cuisine — il ne restait plus que celle de son fils sur le
plateau — et ensemble elles étaient montées se
coucher. Elle avait passé la nuit moitié à dormir,
moitié à veiller son mari, sans rien entendre ni voir
d'insolite. Personne n'était venu vers elle avant Miss
Bowers, de bonne heure, pour lui demander de
l'aspirine. Elle n'avait rien su des comprimés préten-
dument découverts dans le lit de son mari et trouvait
l'histoire tout à fait invraisemblable. A son avis, il
était impossible qu'il ait caché quelque chose dans
son matelas sans que Mrs. Bultitaft l'ait trouvé. Son
fils ne lui avait pas parlé de l'incident, mais lui avait
dit qu'il avait remplacé les comprimés par une
préparation liquide et elle n'en avait pas été étonnée.
Elle avait pensé qu'il essayait un nouveau remède
provenant de l'hôpital et que de toute façon, il
n'aurait rien prescrit sans l'accord du Dr. Epps.

Il fallut attendre que l'interrogatoire patient, serré,
portât sur les fiançailles de son fils pour que son
calme parût ébranlé. Même alors ce fut l'irritation
plutôt que la peur qui rendit son ton plus coupant.
Dalgliesh sentit que les formules de courtoisie faciles
dont il faisait généralement précéder les questions
embarrassantes ne seraient pas de mise et blesseraient
plus que les questions elles-mêmes. Il demanda donc
brutalement :

« Quelle a été votre attitude, madame, devant ces
fiançailles entre Miss Jupp et votre fils ?

— La chose n'avait sûrement pas duré assez
longtemps pour mériter ce nom. Et je suis étonnée

que vous preniez la peine de poser cette question, vous devez bien savoir que je ne pouvais qu'y être tout à fait opposée. »

Voilà au moins qui est franc, se dit Dalgliesh. Mais qu'est-ce qu'elle pouvait dire d'autre ? Nous aurions eu de la peine à croire qu'elle était contente.

« Même si l'affection de votre fils avait été sincère ?

— Quelle différence cela pouvait-il faire ? J'aurais toujours été contre. Ils n'avaient rien de commun. Il aurait été obligé d'élever l'enfant d'un autre homme, ce qui aurait gêné sa carrière, et ils se seraient détestés au bout d'un an, ou moins. Ces mariages désassortis tiennent rarement. Comment le pourraient-ils ? Pas une fille de caractère n'aime à se dire qu'on s'est abaissé pour l'épouser et Sally ne manquait pas de caractère, même si elle ne voulait pas le montrer. De plus, je ne vois pas du tout de quoi ils auraient vécu. Stephen a très peu d'argent à lui. Bien sûr, j'étais contre ces prétendues fiançailles. Est-ce que vous auriez souhaité un mariage pareil pour votre fils ? »

L'espace d'une seconde, Dalgliesh crut qu'elle savait. C'était un argument parfaitement banal que n'importe quelle mère en pareille situation aurait pu utiliser. Elle ne pouvait avoir aucune idée de la force que le passé lui donnait. Il se demanda ce qu'elle dirait s'il lui répondait : « Je n'ai pas de fils. Mon seul enfant et sa mère sont morts trois heures après la naissance. Je n'ai pas de fils à marier — bien ou mal. » Il imaginait aisément la moue distinguée provoquée par cette faute de goût : l'embarrasser dans un moment pareil avec un chagrin personnel tout à la fois si ancien, si intime et si éloigné de l'affaire en suspens.

« Non, je ne l'aurais pas souhaité non plus. Je suis

désolé d'avoir pris tant de votre temps pour un problème qui a l'air de ne regarder que vous, mais vous devez bien voir son importance.

— Naturellement. De votre point de vue, il fournit un mobile à plusieurs personnes, moi en particulier. Mais on ne tue pas pour éviter une incongruité mondaine. Je reconnais que j'avais l'intention de faire tout mon possible pour empêcher ce mariage. Je me proposais d'avoir un entretien avec Stephen dès le lendemain. Je ne doute pas que nous aurions pu faire quelque chose pour Sally sans être obligés de l'accueillir dans la famille. Il doit y avoir une limite à ce que ces gens attendent. »

La soudaine amertume de cette dernière phrase arracha le brigadier Martin lui-même à la routine machinale de sa sténographie. Mais si Mrs. Maxie se rendit compte qu'elle en avait trop dit, elle n'aggrava pas son erreur en en disant davantage. Dalgliesh, qui ne la quittait pas des yeux, se dit qu'elle ressemblait étonnamment à une réclame en couleur pour une eau ou un savon de toilette. Même la jardinière de fleurs sur le bureau entre eux soulignait la sereine distinction de cette « Dame anglaise dans son Intérieur », comme si un habile photographe commercial l'avait placée là. Il se demanda quel effet elle produirait sur le patron et, si les choses en arrivaient là, sur un jury. Habitué comme il l'était à découvrir le mal dans les lieux les plus inattendus, voire les plus élevés, il avait du mal à associer Mrs. Maxie à un assassinat. Mais ses derniers mots avaient été révélateurs.

Il décida de laisser la question du mariage de côté pour le moment et de se concentrer sur les autres aspects de l'enquête. Une fois encore, il revint sur la préparation des boissons chaudes pour la nuit.

Impossible de confondre les tasses : le mazagran de Wedgwood bleu appartenait à Deborah Riscoe ; le lait était placé sur une cuisinière à charbon dont les plaques chauffantes étaient munies d'un gros couvercle ; ainsi la casserole mise sur l'un d'eux ne risquait pas de déborder. N'importe quel membre de la famille qui voulait faire bouillir du lait mettait la casserole sur la plaque elle-même et la replaçait ensuite sur le couvercle. Seules les tasses de la famille et des invités étaient disposées sur le plateau. Elle ne savait pas ce que Sally ou Mrs. Bultitaft buvaient habituellement le soir, mais à coup sûr, personne dans la famille ne prenait de cacao. Ils n'aimaient pas le chocolat.

« Donc, on arrive à ceci, dit Dalgliesh. Si, comme je le suppose maintenant, l'autopsie prouve que Miss Jupp a été droguée et si l'analyse prouve que le produit était dans la tasse de cacao, nous nous trouvons devant deux possibilités. Ou elle a pris le somnifère elle-même, peut-être tout simplement pour passer une bonne nuit après les bouleversements de la journée ; ou c'est quelqu'un d'autre qui l'a endormie pour une raison qui reste à découvrir, mais qu'on peut deviner sans grande difficulté. Pour ce qu'on en sait, Miss Jupp était une jeune femme en bonne santé. Si le crime a été prémédité, l'assassin a dû étudier la manière de pénétrer dans la chambre et de tuer sa victime en faisant le moins de bruit possible. La solution toute trouvée, c'était de la droguer — ce qui suppose qu'il connaissait bien le rituel des boissons du soir à Martingale et l'endroit où se trouvaient les drogues. Je suppose que les membres de la maisonnée ou les invités savent tout ça ?

— Alors ils sauraient certainement aussi que le mazagran en Wedgwood appartient à ma fille. Êtes-vous convaincu, inspecteur, que la drogue était bien destinée à Sally ?

— Pas entièrement. Mais je suis convaincu que l'assassin n'a pas pris le cou de Miss Jupp pour celui de Mrs. Riscoe. Admettons pour le moment que la drogue était destinée à Miss Jupp. Elle a pu être mise dans la casserole de lait ou dans le mazagran de Wedgwood, avant ou après que la boisson ait été préparée, dans la boîte de cacao ou dans le sucrier. Vous avez pris du lait dans la même casserole que Miss Bowers et du sucre dans le même sucrier sur la table, sans résultats fâcheux. Je ne crois pas que la drogue ait été mise dans la tasse vide ; elle a une couleur brunâtre qui se verrait facilement, sur le bleu de la porcelaine. Restent donc deux possibilités : ou elle a été écrasée dans le cacao sec, ou elle a été dissoute dans la boisson chaude après que Miss Jupp l'avait préparée mais avant qu'elle l'ait bue.

— Je ne crois pas que cette dernière hypothèse soit vraisemblable inspecteur. Mrs. Bultitaft met toujours le lait sur la cuisinière à dix heures. Or à dix heures vingt-cinq environ, nous avons vu Sally monter le mazagran dans sa chambre.

— Qui ça, " nous " ?

— Le Dr. Epps, Miss Liddell et moi-même. J'étais montée au premier avec Miss Liddell pour prendre son manteau. Quand nous sommes redescendues dans le hall, le Dr. Epps est sorti du bureau pour nous rejoindre et pendant que nous étions là ensemble, Sally est arrivée de la direction des cuisines et a monté le grand escalier en tenant le mazagran de Wedgwood. Elle portait un pyjama et une robe de chambre. Nous l'avons vue tous les trois, mais personne n'a rien dit. Miss Liddell et le Dr. Epps sont partis aussitôt.

— Est-ce que Miss Jupp avait l'habitude d'emprunter cet escalier ?

— Non, l'escalier de service conduit plus directement de la cuisine à sa chambre. Je crois qu'elle voulait faire un geste.

— Sans savoir qu'elle rencontrerait quelqu'un dans le hall ?

— Je ne vois pas en effet comment elle aurait pu le savoir.

— Vous dites que vous avez remarqué que Miss Jupp avait le mazagran de Mrs. Riscoe. Est-ce que vous l'avez signalé à l'un de vos invités, ou est-ce que vous l'avez réprimandée, elle ? »

Mrs. Maxie sourit faiblement. Pour la deuxième fois, les griffes délicates jaillirent de leur fourreau.

« Vous avez des idées bien vieux jeu, inspecteur. Vous pensiez que j'allais le lui arracher des mains, pour sa plus grande satisfaction et au risque de gêner beaucoup mes invités ? Que votre monde doit être excitant et épuisant ! »

Dalgliesh poursuivit son interrogatoire sans se laisser troubler par cette ironie feutrée, mais pas fâché de savoir que son témoin pouvait parfois perdre son sang-froid.

« Qu'est-ce qui s'est passé après le départ de Miss Liddell et du Dr. Epps ?

— J'ai rejoint Miss Bowers dans le bureau, où nous avons rangé les papiers et mis les sacs d'argent dans le coffre. Ensuite nous sommes allées dans la cuisine, j'ai pris du lait chaud et Miss Bowers a préparé son Ovaltine ; comme elle l'aime très sucrée, elle a rajouté du sucre qu'elle a pris dans le sucrier sur la table. Nous avons porté nos tasses dans le cabinet de toilette où je couche quand je suis de garde auprès de mon mari. Miss Bowers m'a aidée à refaire son lit, nous avons dû passer une vingtaine de minutes ensemble, après quoi elle m'a dit bonsoir et elle est partie.

— Elle avait pris son Ovaltine ?

— Oui. Pas tout de suite parce qu'elle était trop chaude, mais elle s'est assise et l'a finie avant de partir.

— Est-ce qu'elle a ouvert l'armoire à pharmacie pendant qu'elle était avec vous ?

— Non. Moi non plus. Mon fils avait donné quelque chose à son père dans la soirée pour le faire dormir et il avait l'air assoupi. Il n'y avait rien à faire, sinon l'installer aussi confortablement que possible pour la nuit. J'étais contente que Miss Bowers puisse m'aider. C'est une infirmière de profession et à nous deux nous avons pu refaire le lit sans déranger le malade.

— Quelles étaient les relations de Miss Bowers avec le Dr. Maxie ?

— Pour autant que je sache, Miss Bowers est l'amie de mes deux enfants. C'est le genre de question qu'il vaudrait mieux leur poser, à eux et à elle.

— A votre connaissance, votre fils n'est pas fiancé avec elle ?

— Je ne sais rien de leurs affaires personnelles. Cela me paraîtrait peu probable.

— Merci, dit Dalgliesh. Je vais voir Mrs. Riscoe, maintenant, si vous avez l'obligeance de me l'envoyer. »

Il se leva pour lui ouvrir la porte, mais elle ne bougea pas et dit :

« Je crois toujours que Sally a pris cette drogue de son plein gré. Il n'y a pas d'alternative raisonnable. Mais si tout de même quelqu'un d'autre l'avait administrée, alors je pense comme vous qu'elle avait dû être mise dans la boîte de cacao. Pardonnez-moi, mais est-ce que l'examen de la boîte et de son contenu ne pourrait pas vous renseigner ?

— Il aurait pu, répondit gravement Dalgliesh. Mais on a trouvé la boîte vide dans la poubelle, rincée et sans le sac de papier à l'intérieur. Il a dû être brûlé dans le fourneau de la cuisine. Quelqu'un a pensé que deux sûretés valaient mieux qu'une.

— Une dame drôlement cool », prononça Martin, une fois Mrs. Maxie partie. Il ajouta avec un humour tout à fait inhabituel : « On aurait dit une candidate libérale en train d'attendre le dépouillement du scrutin.

— Oui, dit sèchement Dalgliesh. Mais absolument sûre de l'organisation de son parti. Enfin, voyons un peu ce que les autres ont à nous dire. »

6

Felix se dit que ce n'était pas du tout la même pièce que la fois précédente, mais elle avait été tranquille et paisible aussi. Avec des tableaux, un lourd bureau d'acajou assez semblable à celui derrière lequel Dalgliesh était assis pour l'heure. Il y avait eu des fleurs, un petit bouquet dans un vase guère plus grand qu'une tasse à thé. Tout dans la pièce avait été confortable, sans apprêts — même l'homme derrière le bureau avec ses mains blanches potelées, ses yeux souriants protégés par de grosses lunettes. Étonnant le nombre des procédés pour extirper la vérité qui ne sont pas sanglants et ne demandent pas beaucoup de matériel. Il s'arracha à ses souvenirs et s'obligea à regarder le personnage assis au bureau. Les mains jointes étaient plus maigres, les yeux plus sombres et plus durs. Une seule autre personne dans la pièce, un autre policier anglais. Ils étaient à Martingale. En Angleterre.

Jusqu'alors les choses ne s'étaient pas trop mal passées. Deborah avait été absente une demi-heure à peu près ; à son retour elle était allée s'asseoir sans le regarder et lui s'était levé, tout aussi silencieusement pour suivre le policier en uniforme qui l'avait conduit au bureau. Il était content d'avoir résisté au désir de prendre un verre avant l'interrogatoire et refusé la cigarette offerte par Dalgliesh. Le truc avait déjà un peu trop servi. Il n'allait pas s'y laisser prendre. Si seulement il pouvait garder son calme, tout irait bien.

L'homme patient assis au bureau compulsait ses notes.

« Merci. Jusqu'ici tout est clair. Maintenant, remontons un peu plus haut si vous le voulez bien. Après le café, vous êtes allé avec Mrs. Riscoe aider à faire la vaisselle. Vers vingt et une heures vous êtes revenus tous les deux dans cette pièce où Mrs. Maxie, Miss Liddell, Miss Bowers et le Dr. Epps comptaient l'argent de la kermesse. Vous leur avez dit que vous sortiez avec Mrs. Riscoe et vous avez pris congé de Miss Liddell ainsi que du Dr. Epps, qui seraient sans doute partis au moment où vous rentreriez. Mrs. Maxie a dit qu'elle laisserait une des portes-fenêtres du salon ouverte et vous a recommandé de la fermer à clef quand vous rentreriez. Tous ceux qui se trouvaient alors dans la pièce ont entendu Mrs. Maxie expliquer cet arrangement.

— A ma connaissance, oui. Mais personne n'en a rien dit et comme ils étaient très occupés à compter l'argent, je doute qu'ils aient vraiment fait bien attention.

— Je trouve étonnant que la porte-fenêtre n'ait pas été fermée à clef, ni la porte de service. Ce n'est pas un Stubbs, là, derrière vous ? Il y a pas mal de belles choses dans cette maison et faciles à emporter. »

Felix ne tourna pas la tête.

« Flic et fin connaisseur. Je croyais qu'ils n'existaient que dans les romans policiers. Tous mes compliments. Mais les Maxie ne font pas étalage de ce qu'ils possèdent. Pas de danger venant du village. Les gens entrent et sortent ici assez librement depuis quelque trois cents ans. Mise à part la porte principale, on ferme à clef quand on y pense. Celle-là est rituellement fermée à clef et verrouillée tous les soirs par Stephen Maxie ou sa sœur, comme si le geste avait une signification ésotérique. Mais autrement, ils sont plutôt négligents. En ça comme en d'autres choses, ils semblent s'en remettre à notre merveilleuse police.

— Bien ! Vous êtes donc sorti dans le jardin avec Mrs. Riscoe vers vingt et une heures trente, et vous vous y êtes promenés. De quoi avez-vous parlé, Mr. Hearne ?

— J'ai demandé à Mrs. Riscoe de m'épouser. Je vais aller au Canada pour notre maison dans deux mois et j'avais pensé que ce serait agréable de combiner les affaires et un voyage de noces.

— Et Mrs. Riscoe a accepté ?

— C'est charmant à vous d'être intéressé, inspecteur, mais je suis malheureusement obligé de vous décevoir. Si inexplicable que cela puisse vous paraître, Mrs. Riscoe ne s'est pas montrée enthousiaste. »

Le souvenir reflua avec une vague d'émotion. La pénombre, le parfum entêtant des roses, les baisers durs, impatients qui exprimaient un besoin impérieux en elle, mais non pas, lui semblait-il, la passion. Et ensuite, la lassitude écœurée dans sa voix : « Le mariage, Felix ? Il n'a pas été assez question de mariage dans la famille ? Dieu, que je voudrais qu'elle soit morte ! » Il avait alors compris qu'il s'était laissé aller à parler trop tôt. Ni le temps, ni le lieu n'avaient été heureux. Les mots non plus, peut-être. Qu'est-ce qu'elle voulait au juste ? La voix de Dalgliesh le ramena au présent.

« Combien de temps êtes-vous resté dans le jardin, monsieur ?

— La galanterie la plus élémentaire voudrait que je prétende que le temps avait cessé d'exister, mais dans l'intérêt de votre enquête, j'avouerai que nous sommes rentrés par la porte-fenêtre du salon à vingt-deux heures quarante-cinq. La pendule sur la cheminée sonnait les trois quarts pendant que je fermais la fenêtre.

— Elle a toujours cinq minutes d'avance. Voulez-vous continuer, je vous prie.

— Nous sommes donc rentrés à vingt-deux heures quarante. Je n'ai pas regardé ma montre. Mrs. Riscoe m'a offert un whisky que j'ai refusé, de même que du lait, et elle est allée chercher le sien dans la cuisine. Elle est revenue au bout de quelques minutes en me disant qu'elle avait changé d'avis. Elle m'a dit aussi qu'apparemment son frère n'était pas encore rentré. Nous avons parlé un petit moment et convenu de nous retrouver le matin à sept heures pour faire une promenade à cheval. Après ça nous sommes montés nous coucher et j'ai passé une assez bonne nuit. Pour autant que je le sache, Mrs. Riscoe aussi. J'étais habillé et je l'attendais dans le hall quand j'ai entendu Stephen Maxie m'appeler du grenier. Il voulait que je l'aide à porter l'échelle. Vous savez le reste.

— Avez-vous tué Sally Jupp, Mr. Hearne ?

— Pas que je sache.

— Qu'est-ce que vous voulez dire par là ?

— Simplement que j'aurais pu le faire pendant une crise d'amnésie, mais enfin ce n'est pas une supposition bien vraisemblable.

— Je crois inutile de nous y arrêter. Miss Jupp a été tuée par quelqu'un qui savait ce qu'il faisait. Mais qui ? Avez-vous une idée ?

— Comptiez-vous que je prendrais cette question au sérieux ?

— Je compte que vous prendrez toutes mes questions au sérieux. Cette jeune mère a été assassinée. J'ai l'intention de découvrir l'assassin sans perdre trop ni de mon temps ni de celui des autres, et je compte que vous coopérerez avec moi.

— Je ne sais absolument pas qui l'a tuée et même si je le savais, je ne pense pas que je vous le dirais. Je n'ai pas votre évidente passion pour la justice abstraite. Mais je suis disposé à coopérer — dans une certaine mesure. Par exemple, vous signaler certains faits que dans votre enthousiasme pour les interrogatoires interminables vous avez peut-être négligés. Quelqu'un est passé par la fenêtre. Elle avait des animaux de verre sur le rebord et ils ont été projetés un peu partout. La fenêtre était ouverte et elle avait les cheveux mouillés. Or il a plu entre minuit et demi et trois heures du matin. J'en conclus qu'elle est morte avant minuit et demi, autrement, elle aurait fermé la fenêtre. L'enfant ne s'est pas éveillé avant son heure habituelle, donc on peut penser que le visiteur n'a pas fait de bruit et qu'il n'y a pas eu de dispute violente. J'imagine que c'est Sally elle-même qui a fait entrer son visiteur par la fenêtre. Il a sans doute utilisé l'échelle. Elle savait bien où on la rangeait. Il devait avoir un rendez-vous. Pourquoi ? Nous n'en savons rien, mais je n'ai jamais eu l'impression qu'elle avait une sexualité très exigeante ni une vie dévergondée. L'homme était probablement amoureux d'elle et quand elle lui a parlé de son intention d'épouser Stephen Maxie, il l'a tuée dans un brusque accès de jalousie ou de colère. Je ne peux pas croire qu'il y ait eu préméditation. Sally avait fermé la porte à clef pour ne pas être dérangée et l'homme ne l'a pas rouverte quand il est sorti par la fenêtre. Il ne s'était peut-être pas rendu compte que le verrou était mis. Sinon, il l'aurait probablement repoussé et il aurait pris plus de précautions en partant. Cette porte verrouillée a dû être une grosse déception pour vous, inspecteur. Même vous, je pense que vous pourriez difficilement vous représenter un membre quelconque de la famille escaladant une échelle et la dégringolant pour entrer dans la maison et en sortir. Je sais combien les fiançailles Maxie-Jupp ont dû vous passionner, mais vous n'avez pas besoin de me faire remarquer que si nous devions commettre un meurtre pour nous dégager de promesses inconsidérées, le taux de mortalité chez les femmes serait très élevé. »

Pendant qu'il parlait, Felix se rendait compte qu'il faisait une faute. Égaré par la peur, il s'était laissé aller non seulement à la colère mais à la verbosité. Le brigadier le regardait avec l'air résigné et légèrement apitoyé d'un homme qui en a vu trop d'autres se rendre grotesques pour s'étonner, mais déplore néanmoins le spectacle. Dalgliesh lui dit d'un ton bénin :

« Je croyais que vous aviez passé une bonne nuit. Pourtant, vous avez noté qu'il avait plu entre minuit et demi et trois heures.

— Disons une bonne nuit pour moi.

— Vous souffrez d'insomnie alors ? Qu'est-ce que vous prenez ?

— Du whisky. Mais rarement chez les autres.

— Vous m'avez déjà rapporté comment le corps a été découvert et comment vous êtes passé dans la salle de bain contiguë avec Mrs. Riscoe pendant que le Dr. Maxie téléphonait à la police. Au bout d'un moment, Mrs. Riscoe vous a laissé pour aller auprès de sa mère. Qu'est-ce que vous avez fait après ça ?

— J'ai pensé qu'il fallait aller voir comment allait Mrs. Bultitaft. Je me disais que personne n'aurait envie de déjeuner, mais il était évident que nous allions avoir besoin de beaucoup de café et l'idée de quelques sandwiches n'était pas déplaisante. Elle avait l'air assommée et répétait sans arrêt que Sally avait dû se tuer. Je lui ai fait remarquer avec force ménagements que c'était anatomiquement impossible, ce qui a paru la démonter encore plus. Elle m'a lancé un regard curieux, comme si j'étais un inconnu et puis elle a éclaté en sanglots. Quand j'ai eu fini de la calmer, Miss Bowers est arrivée avec le bébé, et elle lui a préparé son repas en nous faisant une démonstration très réussie de son efficacité professionnelle. Martha s'est ressaisie et nous avons pu préparer le café et le petit déjeuner pour Mr. Maxie. A ce moment-là, la police était sur les lieux et nous avons été priés d'attendre dans le salon.

— Quand Mrs. Bultitaft a éclaté en sanglots, est-ce que c'était le premier signe de chagrin qu'elle donnait ?

— Du chagrin ? » Pause presque imperceptible. « Elle était visiblement sous le choc, comme nous tous.

— Merci de votre aide, monsieur. Je vais faire dactylographier votre déclaration et ensuite, je vous prierai de la relire, puis, si vous êtes d'accord, de la signer. Si vous voyez quelque chose à ajouter, vous aurez tout le temps de le faire. Je vais rester dans la maison ou aux abords immédiats. Si vous retournez au salon, dites à Mrs. Bultitaft de venir. »

C'était un ordre. Au moment où il arrivait à la porte, Felix entendit de nouveau la voix calme et unie.

« Vous ne serez sans doute pas étonné d'apprendre que votre récit coïncide presque exactement avec celui de Mrs. Riscoe. Une exception cependant. Mrs. Riscoe dit que vous avez passé presque toute la dernière nuit dans sa chambre. Elle dit en fait que vous avez couché ensemble. »

Felix s'immobilisa un instant, le visage contre la porte, puis se retourna face à l'homme au bureau.

« Très gentil de sa part, mais ça complique les choses pour moi, n'est-ce pas ? Je crains bien que vous soyez obligé de trancher et de décider lequel de nous deux ment.

— Merci, dit Dalgliesh. C'est déjà fait. »

7

Dalgliesh avait rencontré un certain nombre de Martha au cours de sa carrière et il ne les avait jamais considérées comme des personnes compliquées. Elles s'occupaient du confort des corps, de la cuisine, des tâches subalternes sans nombre qui doivent nécessairement être faites par quelqu'un avant que la vie de l'esprit puisse avoir une validité quelconque. Leurs propres besoins affectifs, au reste peu exigeants, trouvaient leur satisfaction dans le service. Loyales, dures au travail et sincères, elles faisaient de bons témoins parce qu'elles n'avaient ni l'imagination ni l'entraînement nécessaires pour mentir avec succès. Elles pouvaient être gênantes si elles décidaient de couvrir ceux qui s'étaient assurés de leur fidélité, mais c'était un danger évident que l'on pouvait prévenir. Il ne s'attendait donc à aucune difficulté avec Martha et il fut d'autant plus irrité lorsqu'il constata que quelqu'un lui avait fait la leçon. Pas compliqué de deviner qui. Elle serait correcte, elle serait respectueuse, mais le moindre renseignement devrait lui être arraché et avec le maximum d'effort. Il maintint la pression, patient, acharné.

« Donc, vous faites la cuisine et vous aidez à donner des soins à Mr. Maxie. Ça fait beaucoup de travail. Est-ce que vous avez suggéré à Mrs. Maxie qu'elle engage Miss Jupp ?

— Non.

« — Savez-vous qui l'a fait ?

— Non. »

Martha resta silencieuse quelques secondes, comme si elle se demandait si elle risquait une indiscrétion.

« Peut-être Miss Liddell. Ou Madame y a peut-être pensé d'elle-même. Je ne sais pas.

— Mais je suppose que Mrs. Maxie en a parlé avec vous avant de prendre la jeune femme.

— Elle m'a parlé de Sally. C'était à Madame de décider. »

Dalgliesh commençait à trouver cette servilité irritante, mais son ton de voix ne changea pas. Jamais on ne l'avait vu s'emporter avec un témoin.

« Est-ce que Mrs. Maxie avait déjà employé une mère célibataire avant ?

— Dans le temps, on n'aurait jamais pensé à une chose pareille. Toutes nos filles venaient avec des références excellentes.

— Donc, c'était une expérience nouvelle. Vous trouvez que ça a été un succès ? C'est vous qui aviez le plus à faire avec Miss Jupp. Quel genre de personne c'était ? »

Martha ne répondit pas.

« Vous étiez satisfaite de son travail ?

— Assez, oui. Au commencement du moins.

— Qu'est-ce qui vous a fait changer d'avis ? Parce qu'elle se levait trop tard ? »

Les yeux obstinés aux paupières lourdes roulèrent brusquement dans les orbites creuses.

« Il y a pire que ça.

— Quoi, par exemple ?

— Elle commençait à être insolente.

— Ah, ça devait être pénible pour vous. Je me demande pourquoi elle avait changé.

— Elles sont comme ça. D'abord, elles font pas trop de bruit et ensuite on croirait qu'elles sont les maîtresses de la maison.

— Et si Sally s'était imaginée qu'un jour elle serait la maîtresse ici ?

— Alors, elle était folle.

— Mais le Dr. Maxie l'a bien demandée en mariage samedi soir.

— Je sais rien de ça. Le Dr. Maxie pouvait pas se marier avec Sally Jupp.

— En tout cas, quelqu'un a fait ce qu'il fallait pour que ça n'arrive pas, mais qui ? Vous avez une idée ? »

Martha ne répondit pas. Il n'y avait d'ailleurs rien à répondre. Si Sally avait vraiment été tuée pour cette raison-là, le cercle des suspects était étroit. Avec une fastidieuse minutie, Dalgliesh lui fit rapporter les événements du samedi, matin et après-midi. Sur la kermesse, elle ne pouvait pas dire grand-chose ; elle n'y avait apparemment pas participé, si ce n'est qu'elle avait fait le tour du jardin avant de donner son souper à Mr. Maxie et de l'installer confortablement pour la nuit. De retour dans la cuisine, elle avait constaté que Sally avait fait goûter Jimmy et l'avait emmené prendre son bain, parce que sa voiture était dans l'office et son bol dans l'évier. La famille s'était servie elle-même au dîner, qui était un repas froid, et Mrs. Maxie ne l'avait pas sonnée. Ensuite Mrs. Riscoe et Mr. Hearne étaient venus l'aider à laver la vaisselle. Ils n'avaient pas demandé si Sally était rentrée. Personne ne l'avait nommée. Ils avaient surtout parlé de la kermesse. Mr. Hearne avait ri et plaisanté avec Mrs. Riscoe. Il était très amusant. Ils n'avaient pas aidé à préparer les boissons chaudes. Ça se faisait plus tard. La boîte de cacao était dans un placard avec les autres provisions d'épicerie et ni Mrs. Riscoe ni Mr. Hearne ne l'avait ouverte. Elle était restée dans la cuisine pendant tout le temps où ils y étaient.

Après leur départ, elle avait regardé la télévision pendant une demi-heure à peu près. Non, elle ne s'était pas inquiétée de Sally, qui n'aurait qu'à rentrer quand ça lui chanterait. Vers dix heures moins cinq, Martha avait mis une casserole de lait à chauffer sur la plaque lente de la cuisinière, ce qui se faisait la plupart du temps à Martingale pour qu'elle puisse aller se coucher de bonne heure. Elle avait mis les tasses sur un plateau, les grandes avec une soucoupe pour les invités qui aimaient prendre quelque chose de chaud le soir. Sally savait très bien que le mazagran bleu était à Mrs. Riscoe, tout le monde le savait à Martingale. Après s'être occupée du lait, Martha était montée dans sa chambre. Elle était au lit avant dix heures et demie et n'avait absolument rien entendu de particulier pendant la nuit. Le matin, elle était allée réveiller Sally, avait trouvé la porte verrouillée et avait prévenu Madame. Le reste, il le savait.

Il avait fallu quarante minutes pour extirper ces renseignements si peu intéressants. Mais Dalgliesh ne manifesta pas la moindre impatience. Ils en arrivèrent alors à la découverte du corps. Il était important de savoir dans quelle mesure le récit de Martha coïnciderait avec celui de Catherine Bowers. Si oui, alors au moins une des hypothèses qu'il envisageait serait confirmée. Or, ils coïncidèrent. Toujours patient, il passa à la question du somnifère disparu. Mais là, il eut moins de succès. Martha ne croyait pas du tout que Sally eût trouvé les comprimés dans le lit de son maître.

« Elle aimait bien faire croire qu'elle le soignait. Elle prenait peut-être un tour de garde le soir, si Madame était trop fatiguée, mais il n'a jamais aimé personne autour de lui, sauf moi. Je lui donne tous les grands soins. S'il y avait eu quelque chose de caché dans le lit, je l'aurais vu. »

Jamais elle n'avait fait un aussi long discours et Dalgliesh eut l'impression qu'elle était sincère. Enfin, il la questionna au sujet de la boîte à cacao vide. Là encore elle s'exprima calmement mais avec certitude. Elle avait trouvé la boîte vide sur la table de la cuisine quand elle était descendue faire le thé du matin. Elle avait brûlé le papier qui était dedans, rincé la boîte et jeté celle-ci dans la poubelle. Pourquoi l'avoir rincée ? Parce que Madame n'aimait pas qu'on mette des boîtes poisseuses ou grasses dans la poubelle. Bien sûr, la boîte à cacao n'était pas grasse, mais ça n'avait pas d'importance. A Martingale, toutes les boîtes vides étaient rincées. Et pourquoi avoir brûlé le papier à l'intérieur ? Eh bien, elle ne pouvait pas rincer l'intérieur de la boîte avec la garniture de papier encore dedans, n'est-ce pas ? La boîte était vide, donc, elle l'avait rincée et jetée. Son ton laissait entendre qu'aucune personne raisonnable n'aurait pu faire autrement. Comment réfuter efficacement une pareille histoire ? Dalgliesh se sentait accablé à la seule idée d'interroger Mrs. Maxie sur la manière habituelle d'éliminer les boîtes de conserve vides de la famille. Mais une fois encore, il eut l'impression qu'on avait fait la leçon à Martha. Il commençait à distinguer l'ébauche d'un plan. L'infinie patience de l'heure écoulée avait été bien récompensée.

CHAPITRE V

1

Le Refuge St. Mary était situé à un peu plus d'un kilomètre du centre du village. Vilaine bâtisse de brique rouge hérissée d'une multitude de pignons et de tourelles discrètement isolés de la grand-route par une haie de lauriers. L'allée sablée conduisait à une grande porte dont le heurtoir étincelait, usé par des astiquages intensifs ; aux fenêtres, les rideaux de filet étaient blancs comme neige. Des marches de pierre sur le côté de la maison montaient jusqu'à une pelouse carrée où plusieurs voitures d'enfant étaient rangées les unes contre les autres. Une petite bonne en tablier et bonnet impeccables (sans doute une des mères, se dit Dalgliesh) les fit entrer et les conduisit dans une pièce à gauche du hall d'entrée. Elle n'avait pas l'air de bien savoir ce qu'il fallait faire et ne comprit pas le nom que Dalgliesh lui avait pourtant répété deux fois. De grands yeux sans expression encadrés de lunettes à monture d'acier le fixaient depuis le seuil qu'elle ne se résignait pas à franchir.

« Ça ne fait rien, lui dit gentiment Dalgliesh. Dites

seulement à Miss Liddell qu'il y a deux policiers de Martingale qui veulent la voir. Elle nous connaît.

— Il faut que j'aie le nom, monsieur, je veux devenir femme de chambre, je m'entraîne. » Elle persistait, malgré son affolement, déchirée entre la crainte des reproches de Miss Liddell et l'embarras de se trouver dans une même pièce avec deux inconnus et deux policiers pour tout arranger. Dalgliesh lui tendit sa carte.

« Bon, donnez-lui ça, alors. Ça sera encore plus correct. Et ne vous inquiétez pas. Vous ferez une très gentille femme de chambre. Aujourd'hui, elles valent leur pesant d'or.

— Pas quand elles ont un bâtard sur les bras », grogna Martin tandis que la mince silhouette disparaissait en murmurant ce qui était peut-être un « merci » insaisissable. « Bizarre de voir une gamine moche comme ça ici. Avec ça qu'elle a l'air d'avoir quelques plombs de sautés. On a dû abuser d'elle.

— C'est le genre dont on abuse depuis le jour de leur naissance.

— En pleine panique avec ça, trouvez pas, chef ? Je pense que cette Miss Liddell les traite convenablement ?

— Très bien, j'imagine, selon ses lumières. C'est facile de tomber dans la sensiblerie avec ce métier-là, mais elle a affaire à un milieu plutôt mélangé. Ce qu'il faut ici, c'est la foi, l'espérance et la charité en quantités illimitées. En d'autres termes, des saints, et on ne peut pas en demander tant à Miss Liddell.

— Oui, chef. » A la réflexion, il se dit que « non, chef » eût été plus approprié.

Nullement conscient d'avoir dévié de la stricte orthodoxie, Dalgliesh se mit à faire lentement le tour

de la pièce. Inconfortable, mais sans prétention, elle
avait dû être meublée avec nombre de choses appartenant à Miss Liddell. Tous les bois reluisaient de cire ;
on avait l'impression que l'épinette et la table en bois
de rose devaient être tièdes au toucher tant on leur
avait consacré de temps et d'énergie. La grande fenêtre
donnant sur la pelouse avait des rideaux de cretonne
fleurie, tirés pour l'heure à cause du soleil, et le tapis
bien qu'usagé n'était pas du genre fourni par les
services officiels, si dévoués au bien public fussent-ils.
La pièce faisait, au moins en esprit, autant partie de
Miss Liddell que si cette dernière avait été propriétaire
de la maison. Sur les murs, des photographies de
bébés, nus sur des coussins, la tête levée vers l'appareil
photo dans un mouvement d'impuissante absurdité.
Des bébés édentés souriant dans des voitures et des
berceaux. Des bébés laineux sur les bras de leur mère.
Et même un ou deux tassés dans les bras maladroits
d'un homme. C'étaient sans doute les chanceux, ceux
qui avaient enfin trouvé un père officiel. Au-dessus
d'un petit bureau en acajou, une gravure encadrée
représentant une fileuse portait une plaque : « Offert
à Miss Liddell Alice par le comité de Chadfleet et du
district pour le Bien Moral en souvenir de vingt ans de
service dévoué comme directrice du Refuge St.
Mary. » Dalgliesh et Martin la lurent ensemble.
« J'appellerais peut-être pas cette crèche-là exactement un refuge », dit le brigadier. Dalgliesh regarda
de nouveau les meubles, vestiges amoureusement
entretenus de l'enfance de Miss Liddell.

« Peut-être que si, pour une célibataire de l'âge de
Miss Liddell. Elle en a fait son chez-elle depuis vingt
ans. Elle serait peut-être capable d'aller assez loin
pour éviter d'en être chassée. »

Martin n'eut pas le temps de répondre. La dame de céans entrait, toujours très à l'aise sur son terrain. Elle leur serra la main et s'excusa de les avoir fait attendre, le tout très tranquillement. En la regardant de près, Dalgliesh se dit qu'elle avait dû consacrer l'intervalle à se poudrer et à s'armer de courage. Visiblement résolue à placer la rencontre sur le plan mondain dans toute la mesure du possible, elle les invita à s'asseoir avec le charme appuyé d'une hôtesse inexpérimentée. Dalgliesh refusa le thé offert en évitant soigneusement le regard lourd de reproche de son acolyte ; Martin, qui suait à grosses gouttes, estimait qu'il ne fallait pas pousser trop loin le formalisme envers un possible suspect et qu'une bonne tasse de thé par une journée torride n'avait encore jamais entravé la marche de la justice.

« Nous allons essayer de ne pas vous tenir trop longtemps, Miss Liddell. Comme vous le savez certainement, j'enquête sur la mort de Sally Jupp. Je crois que vous avez dîné à Martingale hier soir. Vous étiez également à la kermesse pendant l'après-midi et vous avez évidemment connu Miss Jupp quand elle était ici, à St. Mary. Il y a un ou deux points que vous allez pouvoir, j'espère, m'expliquer. » A ce dernier mot, Miss Liddell sursauta et tandis que Martin sortait son calepin avec une sorte de résignation, Dalgliesh nota qu'elle se mouillait rapidement les lèvres, les mains imperceptiblement crispées et se dit qu'elle était sur ses gardes.

« Tout ce que vous voudrez, bien sûr, inspecteur. Je connaissais très bien Sally et toute cette affaire a été un choc terrible pour moi. Mais je crains bien de ne pas vous être d'un grand secours. Je ne suis pas très observatrice, figurez-vous, et j'ai une assez mauvaise mémoire. C'est gênant, parfois, mais nous ne pouvons pas tous être détectives, n'est-ce pas ? » Le rire nerveux était un peu trop haut perché pour être naturel.

« Tiens, on l'a drôlement secouée, se dit Martin. Elle est peut-être marron. »

« Nous pourrions peut-être commencer par Sally Jupp elle-même, dit gentiment Dalgliesh. Je crois savoir qu'elle a passé ici les cinq derniers mois de sa grossesse et qu'elle est revenue quand elle est sortie de l'hôpital après la naissance. Elle est restée jusqu'à ce qu'elle soit engagée à Martingale où elle est entrée alors que son bébé avait quatre mois. Jusqu'à ce moment-là, elle aidait aux travaux ménagers ici. Vous avez eu le temps de très bien la connaître. Est-ce qu'elle vous était sympathique ? »

Elle rit nerveusement. « C'est une question un peu étrange, non, inspecteur ?

— Vraiment ? En quoi ? »

Elle fit effort pour dissimuler son embarras et prêter à la question l'attention qu'elle méritait.

« Je ne sais trop quoi dire. Si vous m'aviez demandé cela il y a une semaine, j'aurais répondu sans hésiter que Sally travaillait très bien, qu'elle était très méritante et qu'elle faisait de son mieux pour réparer sa faute. Maintenant, bien sûr, je me demande forcément si je ne me suis pas trompée à son sujet et si elle était sincère. » Elle s'exprimait avec la tristesse de l'expert dont le jugement jusqu'alors infaillible a été mis en défaut. « Je suppose que nous ne le saurons jamais.

— Par sincère, je pense que vous faites allusion à ses sentiments pour Stephen Maxie. »

Miss Liddell secoua mélancoliquement la tête.

« Les apparences étaient contre elle. Je n'ai jamais été aussi choquée de ma vie, inspecteur, jamais. Elle n'avait pas le droit de l'accepter, quels qu'aient été ses sentiments pour lui. Elle avait un air positivement triomphant devant cette fenêtre quand elle nous a annoncé la nouvelle. Lui était horriblement embarrassé, évidemment ; il est devenu blanc comme un linge. Quel moment terrible pour la pauvre Mrs. Maxie ! Je me reprocherai toujours ce qui s'est passé. J'avais recommandé Sally à Martingale, vous comprenez. Ça paraissait être une chance si merveilleuse pour elle, à tous points de vue. Et maintenant, ça.

— Vous croyez donc que la mort de Sally Jupp est la conséquence directe de ses fiançailles avec Mr. Maxie ?

— Ma foi, ça en a tout l'air, non ?

— Je conviens que cette mort est bien commode pour quiconque avait des raisons d'être hostile au mariage envisagé. La famille Maxie, par exemple. »

Le visage de Miss Liddell s'empourpra.

« Mais c'est ridicule, inspecteur ! C'est terrible de dire ça. Terrible. Bien sûr, vous ne connaissez pas la famille comme nous, mais vous pouvez m'en croire, ça ne tient pas debout. Vous ne pouvez pas penser que c'est ce que j'ai voulu dire ! Pour moi, ce qui s'est passé est parfaitement clair : Sally a joué double jeu avec un homme — nous ne savons pas qui — et quand il a appris les fiançailles — eh bien, il a perdu tout contrôle de lui-même. Il est passé par la fenêtre, n'est-ce pas ? Miss Bowers me l'a dit. Ça prouve assez qu'il n'était pas de la famille.

— Le meurtrier est probablement sorti de la

chambre par la fenêtre. Nous ne savons pas comment il — ou elle — y est entré.

— Vous ne pouvez pas vous imaginer Mrs. Maxie descendant le long de ce mur. Elle en serait bien incapable.

— Je n'imagine rien. Il y avait une échelle à l'endroit habituel, à la portée de tout le monde. Elle aurait pu être mise en place, prête à servir, même si le meurtrier est entré par la porte.

— Mais Sally aurait entendu ! Même si l'échelle avait été mise là très doucement. Ou alors, elle aurait pu regarder par la fenêtre et la voir !

— Peut-être. Si elle avait été éveillée.

— Je ne vous comprends pas, inspecteur. Vous avez l'air décidé à soupçonner la famille. Si vous saviez tout ce qu'elle a fait pour cette fille !

— J'aimerais bien qu'on me le dise. Et d'ailleurs, comprenez-moi bien. Je soupçonne tous ceux qui ont connu Miss Jupp et qui n'ont pas d'alibi pour le moment où elle a été tuée. C'est pourquoi je suis ici.

— Eh bien, je suppose que vous êtes au courant de mes mouvements. Je n'ai aucune intention d'en faire mystère. Le Dr. Epps m'a ramenée dans sa voiture. Nous sommes partis de Martingale vers dix heures et demie. J'ai écrit un moment dans cette pièce et puis je suis allée faire un tour dans le jardin. Je me suis couchée vers onze heures, ce qui est assez tard pour moi. J'ai appris cette affreuse chose pendant que je finissais mon petit déjeuner. Miss Bowers m'a téléphoné pour me demander si je pouvais reprendre Jimmy, jusqu'à ce qu'on sache quoi faire de lui. Naturellement, j'ai laissé mon adjointe, Miss Pollack, s'occuper des filles et je suis partie aussitôt. J'avais téléphoné à George Hopgood de venir me chercher avec son taxi.

— Vous avez dit il y a quelques instants qu'à votre avis, l'annonce des fiançailles de Miss Jupp avec Mr. Maxie était la raison de l'assassinat. Est-ce que la nouvelle était connue en dehors de la maisonnée ? J'ai cru comprendre que Mr. Maxie ne s'était déclaré que samedi soir, si bien que les personnes qui ne se trouvaient pas à Martingale après ce moment-là ne pouvaient pas avoir été prévenues.

— Le Dr. Maxie s'est peut-être déclaré samedi soir, mais la fille avait certainement décidé de mettre le grappin sur lui bien avant. Il s'était passé quelque chose, j'en suis sûre. Je l'ai vue à la kermesse et tout l'après-midi elle était rouge de surexcitation. Est-ce qu'on vous a dit qu'elle avait copié la robe de Mrs. Riscoe ?

— Vous ne voulez pas dire que c'était un autre motif pour la tuer ?

— Ça montrait bien son état d'esprit. Ne vous y trompez pas. Sally a cherché ce qui lui est arrivé. Ce qui me désespère, c'est que les Maxie aient tous ces ennuis à cause d'elle.

— Vous m'avez dit que vous vous étiez couchée vers onze heures après un tour dans le jardin. Vous avez quelqu'un qui pourrait le confirmer ?

— A ma connaissance, personne n'a dû me voir ; Miss Pollack et les filles se couchent à dix heures. J'ai ma clef bien entendu. Ce n'est pas du tout dans mes habitudes de ressortir comme ça, mais j'étais très perturbée. Je ne pouvais pas m'empêcher de penser à Sally, à Mr. Maxie et je savais que je ne dormirais pas si je me couchais trop tôt.

— Merci. Juste deux autres questions. Où rangez-vous vos papiers personnels dans cette maison ? Je veux dire les documents concernant l'administration du Refuge. Les lettres du comité, par exemple. »

Miss Liddell se leva et alla au bureau en acajou.

« Dans ce tiroir, inspecteur. Naturellement, je le ferme à clef, bien que seules les filles les plus sérieuses soient autorisées à faire le ménage de la pièce. La clef est toujours dans ce petit compartiment en haut. »

Tout en parlant, elle leva l'abattant du bureau et montra l'endroit. Dagliesh se dit qu'il faudrait être bien bête ou bien peu curieux pour ne pas trouver cette clef, à condition d'avoir le toupet de la chercher. Miss Liddell était évidemment habituée à être entourée de filles trop impressionnées par les papiers et les documents officiels pour oser y toucher. Or Sally Jupp n'avait pas été ni bête ni, lui semblait-il, dépourvue de curiosité. Il le dit à Miss Liddell et comme il s'y attendait, l'image des doigts fureteurs de Sally et de ses yeux amusés, ironiques, la firent sortir de ses gonds, bien plus que les précédentes questions sur les Maxie.

« Vous voulez dire qu'elle aurait fouillé dans mes affaires ? Il fut un temps où je n'aurais jamais voulu le croire, mais vous avez peut-être raison. Oh, oui, je m'en rends compte, maintenant. C'est pour ça qu'elle aimait tant travailler ici. Toute cette docilité, cette politesse, c'était de la frime ! Et dire que je lui faisais confiance ! Je croyais vraiment qu'elle avait de l'amitié pour moi, que je l'aidais. Elle se confiait à moi. Mais je pense maintenant que toutes ces histoires, c'étaient des mensonges. Elle devait bien se moquer de moi. Et vous pensez sans doute aussi que j'ai été joliment bête. Ma foi, peut-être, mais je n'ai pas honte de ce que j'ai fait. Je n'ai à rougir de rien. Absolument rien. On a dû vous raconter la scène dans la salle à manger des Maxie, sûrement. Elle ne m'a pas fait peur. Il a pu y avoir de petites difficultés ici par le passé. Je ne suis pas très forte pour les chiffres et les comptes. Mais je n'ai rien fait de mal. Vous pouvez demander à n'importe quel membre du comité. Sally Jupp pouvait fouiner tant qu'elle voulait. Ça lui a fait une belle jambe ! »

Elle tremblait de rage, sans chercher à cacher l'amère satisfaction qui brûlait dans ses derniers mots. Mais Dalgliesh ne s'attendait guère à l'effet de son ultime question.

« Un de mes hommes est allé voir les Proctor, les plus proches parents de Sally. Nous espérions bien entendu qu'ils pourraient nous donner sur sa vie quelques renseignements qui nous aideraient. Leur jeune fille était là et elle nous a en effet fourni spontanément certaines indications. Pouvez-vous me dire, Miss Liddell, pourquoi vous avez appelé Mr. Proctor samedi matin, le matin de la kermesse ? La fillette dit que c'est elle qui a répondu au téléphone. »

Le passage de la fureur à la stupéfaction fut presque comique. Miss Liddell le regarda, littéralement bouche bée.

« Moi ? Téléphoner à Mr. Proctor ? Je ne vois absolument pas ce que vous voulez dire. Je n'ai eu aucun contact avec eux depuis le placement de Sally à Martingale. Ils ne se sont jamais intéressés à elle. Pourquoi diable aurais-je téléphoné aux Proctor ?

— C'est ce que je me demandais, dit Dalgliesh.

— Mais c'est ridicule ! Si j'avais téléphoné à

Mr. Proctor, je l'admettrais sans aucune difficulté.
Mais je ne l'ai pas fait. Cette petite ment.

— Quelqu'un ment, c'est sûr.

— Eh bien, ce n'est pas moi », riposta vigoureusement Miss Liddell. Et sur ce point au moins,
Dalgliesh était disposé à la croire. Tandis qu'elle le
raccompagnait jusqu'à la porte, il lui demanda,
négligemment :

« Quand vous êtes rentrée ici, est-ce que vous avez
parlé de ce qui s'était passé à Martingale ? Si votre
assistante était encore debout, c'était bien naturel que
vous lui annonciez les fiançailles de Sally. »

Miss Liddell hésita, puis lança d'un ton assez
belliqueux :

« La nouvelle devait forcément se répandre, n'est-
ce pas ? Je veux dire, les Maxie ne pouvaient pas
espérer la garder secrète. En fait, j'en ai touché un
mot à Miss Pollack. Mrs. Pullen était là aussi. Elle
était venue de Rose Cottage rapporter des cuillères
que nous avions prêtées pour les thés à la kermesse.
Elle était encore là en train de bavarder avec Miss
Pollack quand je suis rentrée de Martingale. Donc
elle était au courant. Mais vous n'allez pas me dire
que ça a eu quelque chose à voir avec la mort de
Sally. »

Dalgliesh fit une réponse évasive. Il n'en était pas
si sûr que ça.

2

Quand arriva l'heure du dîner, l'activité de la
journée sembla ralentir à Martingale. Dalgliesh et
Martin travaillaient encore dans le bureau, d'où le

dernier surgissait à intervalles réguliers pour parler à l'homme de faction à la porte. Les voitures de police disparaissaient encore mystérieusement, pour reparaître, dégorger leurs passagers en uniformes ou imperméables, puis après une courte attente les remmener. Les Maxie et leurs invités regardaient ces allées et venues de leurs fenêtres, mais personne n'avait été convoqué depuis la fin de l'après-midi, les interrogatoires avaient l'air terminés pour la journée et il semblait que l'on pût envisager la perspective d'un dîner mangé en paix. La maison était soudain devenue très silencieuse et quand Martha frappa le gong à sept heures et demie d'une main hésitante et nerveuse, il résonna comme une intrusion vulgaire dans le silence de la tristesse, faisant tressauter les nerfs tendus de la famille. Le repas lui-même se déroula presque en silence. L'ombre de Sally se glissait entre la desserte et la porte et quand Mrs. Maxie sonna, puis que le battant s'ouvrit pour laisser passer Martha, personne ne leva la tête. La pauvreté du repas trahissait les préoccupations personnelles de la cuisinière et si personne n'avait faim, rien n'était fait non plus pour donner de l'appétit.

Ensuite, tout le monde se rendit au salon comme d'un commun accord et ce fut un soulagement quand on vit passer Mr. Hinks devant la porte-fenêtre. Très vite, Stephen alla à sa rencontre : enfin un représentant du monde extérieur, et que personne ne pouvait accuser d'avoir assassiné Sally Jupp ! Il était sans doute venu apporter la bonne parole, mais le seul réconfort qui eût été le bienvenu pour les Maxie, c'eût été de savoir que Sally n'était pas morte, qu'ils venaient de vivre un bref cauchemar dont ils pouvaient désormais s'éveiller, un peu fatigués par le manque de sommeil, mais ravis de constater qu'il n'en subsistait rien. Cependant, si cela ne pouvait se faire, il était au moins rassurant de parler avec quelqu'un qui se trouvait hors de l'ombre du soupçon et pouvait donner une apparence de normalité à cette effroyable journée. Ils s'aperçurent alors qu'ils avaient parlé si bas entre eux que l'appel de Stephen au recteur résonnait telle une clameur. Quand ce dernier entra, quatre paires d'yeux l'interrogèrent comme pour connaître le jugement du monde extérieur sur eux.

« Pauvre fille, dit-il, pauvre petite fille. Et elle était si heureuse hier soir.

— Vous lui avez parlé après la kermesse, alors ? » Stephen n'arrivait pas à masquer l'urgence de la question.

« Non, non, pas après la kermesse. Je n'ai aucune notion du temps. C'est stupide de ma part. Je mélange tout. Maintenant que vous y faites allusion... non... je ne lui ai pas parlé de la journée hier, mais bien sûr je l'ai vue dans les jardins. Quelle jolie robe blanche elle avait ! Non, je lui ai parlé jeudi soir. Nous sommes remontés ensemble par la route et je lui ai demandé des nouvelles de Jimmy. Je crois que c'était jeudi. Oui, c'était forcément jeudi, puisque vendredi je suis resté chez moi tout l'après-midi. C'est jeudi soir que nous nous sommes parlés pour la dernière fois. Elle était si heureuse. Elle m'a parlé de son mariage et elle m'a dit que Jimmy allait avoir un père, mais vous savez tout ça, je pense. J'ai été très étonné. Mais bien sûr heureux pour elle. Et maintenant cette catastrophe. Est-ce que la police a déjà des indications ? »

Il regarda autour de lui, d'un air aimablement

interrogateur, sans se rendre compte apparemment de l'effet produit par ses paroles. Personne ne dit mot pendant un court instant, puis Stephen intervint : « Il faut que vous sachiez, monsieur le recteur, que j'avais demandé à Sally de m'épouser. Mais elle n'a pas pu vous en parler jeudi. A ce moment-là elle ne le savait pas elle-même. Jamais je ne lui ai parlé mariage avant sept heures quarante, le samedi. »

Catherine Bowers eut un petit rire, puis détourna la tête, embarrassée, tandis que Deborah la regardait. Mr. Hinks fronça les sourcils d'un air soucieux, mais sa vieille voix douce était assurée.

« Je m'embrouille parfois dans les dates, c'est vrai, mais c'est certainement jeudi que nous nous sommes rencontrés. Je sortais de l'église après complies et Sally passait avec Jimmy dans sa poussette. Je ne peux pas me tromper non plus pour la conversation. Pas les termes exacts, mais la teneur générale : Sally a dit que Jimmy allait bientôt avoir un père ; elle m'a demandé de ne pas en parler et j'ai dit que je m'en garderais, mais que j'étais très heureux pour elle. J'ai demandé qui était le futur, mais elle s'est contentée de rire en disant qu'elle préférait que ce soit une surprise. Elle était très excitée et heureuse. Nous n'avons fait qu'un petit bout de chemin ensemble, puisque je l'ai laissée à la cure, et je pense qu'elle est venue ici. Je supposais que vous étiez au courant de tout cela. C'est important ?

— L'inspecteur Dalgliesh estimera sans doute que oui, dit Deborah d'une voix lasse. Je pense que vous devriez aller lui dire. D'ailleurs, il n'y a pas vraiment le choix. Cet homme a un don inquiétant pour extirper les vérités inconfortables. »

Mr. Hinks parut troublé, mais la nécessité de

répondre lui fut épargnée par l'entrée de Dalgliesh qui tendit la main vers Stephen : entourée d'un mouchoir d'homme blanc, elle tenait un petit flacon maculé de boue.

« Reconnaissez-vous ceci ? »

Stephen s'approcha et regarda un instant mais sans faire mine de toucher.

« Oui. C'est le flacon de somnifère qui était dans l'armoire à pharmacie de mon père.

— Il y a sept comprimés dedans. Confirmez-vous qu'il en manque trois depuis que vous les avez mis dans ce flacon ?

— Bien entendu, je vous l'avais dit. Il y avait dix comprimés.

— Merci. » Dalgliesh se dirigea de nouveau vers la porte mais juste au moment où il mettait la main sur la poignée, Deborah éleva la voix.

« Est-ce que nous pouvons demander où ce flacon a été trouvé ? »

Dalgliesh la regarda comme si la question exigeait vraiment un examen sérieux.

« Pourquoi pas ? Il est probable que l'un d'entre vous au moins est sincèrement désireux de le savoir. Il a été trouvé par l'un des hommes qui travaillent avec moi, enterré dans la partie de la pelouse utilisée pour la chasse au trésor. Comme vous le savez, le gazon a été retourné sur une assez grande surface, sans doute par des concurrents pleins d'espoir. Il y a encore plusieurs mottes disséminées sur la surface. Le flacon avait été mis dans l'un des trous et le gazon tassé dessus. Le responsable avait même pris la précaution de marquer l'endroit avec l'une des fiches en bois comme il en traînait un peu partout. Assez curieusement, elle portait votre nom, Mrs. Riscoe.

Votre mazagran avec le cacao au somnifère, votre fiche qui marque la cache du flacon...

— Mais pourquoi, pourquoi ? demanda Deborah.

— Si l'un d'entre vous peut répondre à cette question, je serai dans le bureau pendant une heure ou deux encore. » Il se tourna respectueusement vers Mr. Hinks. « Je pense, monsieur, que vous êtes Mr. Hinks. J'espérais vous voir. Si cela ne vous dérange pas trop, peut-être pourriez-vous m'accorder quelques minutes maintenant ? »

Le recteur regarda les Maxie, perplexe et compatissant, s'arrêta, parut sur le point de parler, puis, sans un mot, sortit de la pièce derrière Dalgliesh.

3

C'est à dix heures seulement que Dalgliesh parvint à interroger le Dr. Epps. Celui-ci avait été insaisissable presque toute la journée, faisant des visites qui pouvaient être (ou n'être pas) assez urgentes pour justifier des déplacements le dimanche, mais qui lui avaient à coup sûr fourni une excuse pour repousser les questions. S'il avait quelque chose à cacher, sa stratégie devait être désormais bien au point. Il ne comptait pas parmi les suspects tout désignés, car on aurait eu peine, en particulier, à lui trouver un motif. Mais il était médecin et ami intime de la famille Maxie. Il ne ferait pas d'obstruction délibérée, seulement ses vues sur la justice n'étaient peut-être pas très orthodoxes et il aurait toujours l'échappatoire du secret professionnel s'il voulait éviter les questions gênantes. Dalgliesh avait déjà eu des difficultés par le passé avec des témoins de ce genre. Mais ses appréhensions se révélèrent injustifiées. Comme s'il reconnaissait un caractère semi-médical à la rencontre, le Dr. Epps l'invita de bon gré à venir dans le cabinet de brique rouge malencontreusement ajouté à son agréable maison georgienne et se tassa dans un fauteuil derrière son bureau tandis qu'il faisait signe à Dalgliesh d'occuper celui des clients, si bas qu'il était difficile de s'y sentir à l'aise, ou de prendre une initiative. Il s'attendait presque à ce que le médecin défilât aussitôt un chapelet de questions personnelles et embarrassantes. De fait, Epps avait visiblement décidé de tenir le crachoir, ce qui arrangeait bien le policier, persuadé qu'il est des cas où c'est par le silence qu'on en apprend le plus. Le médecin alluma une grosse pipe d'une forme très particulière et attaqua.

« Je ne vous offre pas de cigarette. Ni un verre d'ailleurs. Je sais que vous ne buvez pas avec les suspects. » Il lança un regard pointu à Dalgliesh pour guetter sa réaction, mais n'obtenant pas de commentaire, il tira quelques bouffées vigoureuses de sa pipe et se mit à parler.

« Je ne vais pas vous faire perdre votre temps à répéter que ce qui s'est passé est épouvantable. Difficilement croyable, même. Mais enfin quelqu'un l'a tuée. Lui a mis les mains autour du cou et l'a étranglée. Terrible pour Mrs. Maxie. Pour la fille aussi, bien sûr, mais je pense naturellement aux vivants. Stephen m'a appelé vers sept heures et demie. Bien entendu, la fille était morte. Depuis sept heures environ, à mon avis. Votre médecin en sait plus long là-dessus que moi. Elle n'était pas enceinte. Je l'ai soignée pour des petites histoires sans gravité et ça, j'en suis sûr. Le village sera bien déçu. Les gens adorent mettre les choses au pire. Et ça aurait été un motif, je suppose — pour quelqu'un.

— Si nous pensons aux mobiles, répondit Dalgliesh, nous pourrions commencer par ses fiançailles avec le Dr. Maxie. »

Le médecin se tortilla dans son fauteuil, l'air gêné.

« Une connerie. Ce garçon est un imbécile. Il n'a pas un rond en dehors de ce qu'il gagne, c'est-à-dire pas lourd, Dieu sait. Il aura quelque chose à la mort de son père, évidemment, mais les vieilles familles qui vivent et entretiennent leurs propriétés sur le capital, c'est miracle qu'elles ne soient pas obligées de tout bazarder. Le gouvernement fait d'ailleurs de son mieux pour les tuer sous les impôts. Et pendant ce temps-là, un type comme Price compense ses bénéfices sur une de ses entreprises par les pertes d'une autre et s'engraisse de dépenses non imposables ! On en arrive à se demander si le monde n'est pas fou. Enfin, notre problème n'est pas là. Vous pouvez m'en croire, cependant, Maxie n'est pas en état d'épouser qui que ce soit pour le moment. Et où est-ce qu'il s'imaginait que Sally allait vivre ? A Martingale, avec sa belle-mère ? Cet idiot-là devrait se faire examiner la cervelle.

— Tout cela prouve donc que le mariage projeté aurait été calamiteux pour les Maxie. Et cela fait que plusieurs personnes avaient intérêt à ce qu'il ne se fasse pas. »

Le médecin se pencha sur son bureau, l'air provocant.

« Au prix d'un assassinat ? En rendant ce gosse orphelin de mère aussi bien que de père ? Pour qui nous prenez-vous donc ? »

Dalgliesh ne répondit pas. Les faits étaient incon-

tournables. Quelqu'un avait tué Sally Jupp. Quelqu'un qui n'en avait même pas été détourné par la
présence de l'enfant endormi. Mais il nota que le cri
d'indignation du médecin le liait aux Maxie. « Pour
qui nous prenez-vous donc ? » Le camp choisi ne
faisait aucun doute.

L'obscurité s'épaississait dans la petite pièce. Non
sans que ce léger effort lui arrache un grognement, le
médecin s'aplatit sur son bureau et alluma une lampe
dont le pied articulé, soigneusement ajusté, lui permit de faire tomber une flaque de lumière sur ses
mains en laissant son visage dans l'ombre. Dalgliesh
commençait à sentir la fatigue, mais il avait encore
beaucoup à faire avant que sa journée de travail fût
finie. Il passa au but principal de sa visite.

« Mr. Simon Maxie était votre client, je crois ?

— Bien sûr. Depuis toujours. Plus grand-chose à
faire pour lui, maintenant. Simple question de temps
et de soins. C'est surtout Martha qui s'occupe de lui,
mais lui, il est mon malade. Complètement inerte.
Artériosclérose avancée avec complications diverses.
Si vous pensez qu'il s'est traîné à l'étage au-dessus
pour bousiller la bonne, vous vous trompez. Je doute
même qu'il ait su qu'elle existait.

— Je crois savoir que vous lui avez prescrit des
comprimés de somnifère depuis un an environ ?

— Je voudrais bien que vous arrêtiez de dire
continuellement que vous " croyez savoir " ça ou ça.
Vous savez très bien que je les ai prescrits. Pas de
secret. Je ne vois d'ailleurs pas ce que ça a à voir avec
cette histoire. » Il se redressa brusquement : « Vous
n'allez pas me dire qu'elle a été droguée avant ?

— Nous n'avons pas encore le rapport d'autopsie,
mais ça paraît très probable. »

Le médecin ne feignit pas de ne pas comprendre.
« Mauvais.

— Ça rétrécit le champ des investigations, certainement. Et puis il y a d'autres éléments inquiétants. »
Dalgliesh raconta alors la disparition des comprimés de somnifère, la prétendue découverte de Sally, ce que Stephen avait fait des dix comprimés et l'exhumation du flacon dans le gazon de la chasse au trésor. Quand il eut fini, le silence tomba. Le médecin était affaissé dans le fauteuil qui avait d'abord paru trop petit pour contenir ses joviales rondeurs et quand il parla, sa voix profonde était soudain devenue vieille et lasse.

« Stephen ne m'en a jamais parlé. Avec la kermesse, ça n'était guère possible, bien sûr. Mais il a pu aussi changer d'avis. Il a pu penser que je ne lui serais pas d'un grand secours. J'aurais dû savoir, vous comprenez. Il n'aurait pas passé sur une négligence comme ça. Son père... mon malade. Je connais Simon Maxie depuis trente ans. J'ai mis ses enfants au monde. On doit connaître ses malades, savoir quand ils ont besoin d'aide. Je me suis contenté de laisser l'ordonnance, semaine après semaine. Je ne montais même plus l'examiner très souvent, ces derniers temps. Je n'en voyais pas bien l'utilité. Mais seulement, je me demande ce que faisait Martha. Elle le soignait, tout. Elle devait bien être au courant pour ces comprimés. Du moins, si Sally disait la vérité.

— Difficile d'imaginer qu'elle ait inventé tout ça. D'ailleurs, elle avait les comprimés. Je pense qu'ils ne sont délivrés que sur ordonnance ?

— Certainement. On ne peut pas entrer dans une pharmacie et les acheter comme ça. Oh, c'est sûrement vrai. Je n'en ai jamais vraiment douté d'ailleurs.

Je me fais des reproches. J'aurais dû voir ce qui se passait à Martingale. Pas seulement pour Simon Maxie. Pour tous. »

Dalgliesh se dit : « Il pense que c'est l'un d'eux qui a fait le coup. Il voit assez clairement la tournure que prennent les événements et elle ne lui plaît guère. On ne peut pas l'en blâmer. Il sait bien que c'est un crime signé Martingale, seulement en est-il tout à fait certain et si oui, qui ? »

Il interrogea le médecin sur le dîner du samedi soir et le récit qu'il entendit — apparition de Sally avant le dîner et révélation de la proposition de Stephen —, s'il était beaucoup moins dramatique que ceux de Catherine Bowers ou de Miss Liddell, ne s'en éloignait pas sur l'essentiel. Il confirma que ni lui ni Miss Liddell n'avaient quitté le bureau pendant le comptage de l'argent et qu'il avait vu Sally Jupp monter le grand escalier au moment où lui-même et son hôtesse traversaient le hall pour aller à la porte. Il avait l'impression qu'elle était en robe de chambre et qu'elle tenait quelque chose, mais il ne savait plus quoi. Peut-être une tasse avec sa soucoupe ou un mazagran. Il ne lui avait pas parlé. C'était la dernière fois qu'il l'avait vue vivante.

Dalgliesh lui demanda à qui d'autre dans le village il prescrivait le fameux somnifère.

« Il faudra que je regarde mes fiches, si vous voulez une réponse précise. L'affaire d'une demi-heure à peu près. Ce n'est pas une prescription courante. Je me rappelle un ou deux malades qui en prenaient. Il peut y en avoir d'autres bien sûr. Je sais que Sir Reynold Price et Miss Pollack à St. Mary en avaient. Mr. Maxie, bien sûr. Au fait, qu'est-ce qu'il est devenu, son remède, maintenant ?

— Nous le gardons. Le Dr. Maxie a dû prescrire un équivalent. Et maintenant, docteur, je pourrais peut-être dire un mot à votre gouvernante avant de partir. »

Il s'écoula bien une minute avant que le médecin parût entendre. Puis il s'extirpa de son fauteuil en marmonnant une excuse et conduisit Dalgliesh du cabinet de consultation dans la maison. Là, ce dernier put se faire confirmer que le Dr. Epps était rentré chez lui à dix heures quarante-cinq la veille au soir, puis avait été appelé pour un accouchement à onze heures dix. Il ne s'attendait pas à autre chose. Il lui faudrait vérifier avec la famille de la parturiente, mais elle fournirait sans aucun doute un alibi au praticien jusqu'à trois heures du matin, heure à laquelle il avait laissé Mrs. Baines de Nessinford, toute fière de son fils premier né ! Cette nuit-là, le Dr. Epps avait consacré son temps à mettre une nouvelle vie au monde, et non pas à étouffer celle de Sally Jupp.

Le médecin ayant marmonné quelque chose au sujet d'une dernière visite à faire, accompagna Dalgliesh jusqu'à la grille, non sans s'être protégé auparavant de l'air du soir au moyen d'une opulente et volumineuse veste nettement trop grande pour lui. Arrivé à la porte, il plongea les mains dans ses poches, sursauta et, ouvrant la droite, découvrit un petit flacon. Il était presque plein de comprimés bruns. Les deux hommes le regardèrent en silence pendant un moment. Puis le Dr. Epps dit : « Le somnifère. »

Dalgliesh prit un mouchoir, enveloppa le flacon et le glissa dans sa poche après avoir noté avec intérêt un premier geste instructif de résistance du médecin.

« C'est à Sir Reynold, ça, inspecteur. Rien à voir

avec la famille. C'était la veste de Price. » Il était visiblement sur la défensive.

« Quand ce vêtement est-il entré en votre possession, docteur ? » demanda Dalgliesh. De nouveau une longue pause. Puis le médecin sembla se rappeler que pour certains faits il était inutile d'essayer de dissimuler.

« Je l'ai acheté samedi. A la kermesse. C'était plutôt une blague entre moi et... la vendeuse.

— Et c'était qui... la vendeuse ? » demanda inexorablement Dalgliesh.

Le Dr. Epps évita son regard en lui répondant : « Mrs. Riscoe. »

4

Le dimanche avait été sécularisé et coupé du temps au point que le lundi parut à peine sorti des limbes, sans couleur ni personnalité. Le courrier fut plus abondant que d'ordinaire, preuve de l'efficacité du téléphone omniprésent comme des moyens de communication plus subtils et moins scientifiques de la campagne. Celui du lendemain le serait peut-être plus encore quand la nouvelle du crime à Martingale parviendrait à ceux qui dépendaient de l'imprimé pour être renseignés. Deborah avait fait venir une demi-douzaine de journaux et sa mère se demandait si cette prodigalité était un geste de défi ou un os à ronger pour une curiosité vraie.

La police qui utilisait toujours le bureau avait néanmoins fait connaître son intention de se transporter aux Armes du Cacatois dans la journée. Mrs. Maxie lui souhaita à part elle bien du plaisir avec la cuisine. La chambre de Sally était toujours fermée, seul Dalgliesh en avait la clef et il ne donnait aucune explication sur les fréquentes visites qu'il y faisait, ni sur ce qu'il y trouvait, ou espérait y trouver.

Lionel Jephson était arrivé le matin, tracassier, scandalisé et inefficace. La famille espérait simplement qu'il était aussi exaspérant pour les enquêteurs que pour elle. Comme Deborah l'avait prédit, il était complètement perdu dans une situation sans aucun rapport avec ses affaires et ses expériences normales. Son inquiétude trop évidente et ses admonitions réitérées donnaient à penser qu'il doutait gravement de l'innocence de son client, ou des capacités de la police. Ce fut un soulagement pour toute la maisonnée quand il détala avant le déjeuner pour aller conférer avec un collègue.

A midi, le téléphone sonna pour la vingtième fois. Mrs. Maxie décrocha.

La voix de Sir Reynold Price roula comme un tonnerre le long du fil.

« Mais c'est une honte, chère madame. Que fait la police ?

— Je crois que pour le moment, ils essaient de retrouver le père du bébé.

— Grand Dieu ! Pour quoi faire ? J'aurais cru qu'il valait mieux trouver celui qui a tué la mère.

— Ils semblent croire qu'il pourrait y avoir un lien.

— Ils ont décidément des idées bougrement bêtes. Ils sont venus ici, figurez-vous. Ils voulaient des renseignements sur des pilules qu'Epps m'avait prescrites. Il doit y avoir des mois. Comment a-t-il fait pour se rappeler, après tout ce temps-là ? Je me demande bien pourquoi ils s'occupent tant de ça. Très extraordinaire. J'ai dit à l'inspecteur : " Vous n'allez pas encore m'arrêter, non ? " On voyait bien qu'il était amusé. » Le rire bruyant de Sir Reynold craquela désagréablement à l'oreille de Mrs. Maxie.

« Comme c'est ennuyeux pour vous, dit-elle. Cette triste affaire provoque beaucoup d'ennuis à tout le monde. Les avez-vous renvoyés satisfaits ?

— Chère madame, les policiers ne sont jamais satisfaits. Je leur ai dit carrément qu'il ne fallait pas compter trouver quoi que ce soit dans cette maison. Les bonnes balancent tout ce qui n'est pas sous clef. Alors, vous pensez, chercher un flacon de comprimés que j'avais il y a des mois... Totalement crétinoïde. L'inspecteur avait l'air de croire que j'aurais dû me rappeler exactement combien j'en avais pris et ce qu'il était advenu des autres. Je vous demande un peu ! Je lui ai dit que j'étais un homme très occupé et que j'avais mieux à faire de mon temps. Ils m'ont questionné aussi à propos de ce petit ennui que nous avions eu à St. Mary, il y a deux ans environ. L'inspecteur avait l'air très intéressé. Il voulait savoir pourquoi vous aviez démissionné du comité, etc.

— Je me demande bien comment ils ont eu vent de ça.

— Un imbécile a trop parlé, probablement. C'est drôle, les gens ne peuvent pas la fermer. Surtout quand il s'agit de la police. Ce Dalgliesh m'a dit qu'il trouvait drôle que, menant pratiquement tout le reste dans le village, vous ne fassiez pas partie du comité de St. Mary. Je lui ai dit que vous aviez démissionné, il y a deux ans, quand on avait eu des petits ennuis. Naturellement, il a voulu savoir quels ennuis et il m'a demandé pourquoi nous n'avions pas viré Liddell à l'époque. Je lui ai dit : " Mon brave, on ne peut pas virer purement et simplement une bonne femme après vingt-cinq ans de service. Pas comme s'il y avait eu des malversations. " Ça, je n'en démords pas, comme vous savez. Je l'ai toujours soutenu et je le soutiendrai toujours. Négligence. Désordre généralisé dans les comptes peut-être, mais nous sommes bien loin d'une malhonnêteté délibérée. J'ai dit au type que nous l'avions convoquée devant le comité — très discrètement, beaucoup de tact bien entendu — et que nous lui avions envoyé une lettre confirmant les nouvelles dispositions financières pour qu'il n'y ait pas l'ombre d'un malentendu. Une lettre bougrement raide, d'ailleurs, à tout bien considérer. Je sais qu'à l'époque vous trouviez qu'il aurait fallu confier le Refuge au comité de bienfaisance diocésain ou à l'une des associations nationales pour les mères célibataires au lieu de le garder comme œuvre charitable privée, et je l'ai dit à l'inspecteur.

— J'estimais en effet qu'il était temps de confier une tâche difficile à des gens expérimentés, Sir Reynold. » Et tout en parlant, Mrs. Maxie maudissait l'indiscrétion qui faisait resurgir cette vieille histoire.

« Tout à fait mon avis. J'ai dit à Dalgliesh : " Mrs. Maxie avait peut-être raison. Je ne dis pas le contraire, mais Lady Price était très attachée à cette maison. Elle l'avait pratiquement fondée en fait et je n'étais pas très chaud non plus pour l'abandonner. Il n'y a plus assez de ces petites maisons individualisées aujourd'hui. Les contacts personnels, c'est ça qui compte. Pas de doute, évidemment que Miss Liddell s'était plantée jusqu'aux yeux dans les comptes. Trop de soucis pour elle. Les chiffres, ça n'est pas l'affaire des femmes. " Il était de cet avis, bien sûr. Il a beaucoup ri. »

Mrs. Maxie le croyait sans peine. Le tableau n'était pas beau. A n'en pas douter, cette faculté d'être tout à tous était une condition indispensable du succès pour un policier. Une fois retombée la robuste hilarité d'homme à homme, Mrs. Maxie était bien persuadée que l'esprit de Dalgliesh s'activait sur une nouvelle théorie. Et pourtant, comment aurait-ce été possible ? Les tasses et les mazagrans pour ces boissons du soir avaient certainement été mis en place à dix heures, et ensuite, Miss Liddell avait été continuellement auprès de son hôtesse. Ensemble dans le hall, elles avaient vu cette silhouette triomphante, rayonnante, monter le mazagran de Deborah dans sa chambre. Miss Liddell aurait peut-être eu un mobile, si la menace de Sally avait eu une signification quelconque, mais rien n'indiquait qu'elle avait les moyens et, moins encore, les occasions de la mettre à exécution. Mrs. Maxie, qui n'avait jamais aimé Miss Liddell, espérait encore que des humiliations à demi oubliées, subies deux ans auparavant, pourraient rester ignorées et que la directrice du Refuge, pas très intelligente mais foncièrement bonne et bien intentionnée, serait laissée en paix.

Mais Sir Reynold parlait toujours.

« Ah, au fait, si j'étais vous je ne prêterais pas la moindre attention à ces bruits invraisemblables qui courent dans le village. Les gens ne peuvent pas s'empêcher de parler, mais tout ça tombera à rien dès que la police aura pincé son homme. Espérons qu'ils vont retrousser leurs manches. N'oubliez pas surtout de me faire savoir si je peux faire quelque chose. Et fermez bien tout à clef le soir. La prochaine fois, ce pourrait être Deborah ou vous. Et puis, il y a autre chose. » Le ton devint si confidentiel que Mrs. Maxie dut tendre l'oreille. « C'est au sujet du gamin. Il est gentil d'après ce que j'ai pu voir. Je l'ai regardé dans sa voiture, à la kermesse, vous savez. Je me suis dit ce matin que je voudrais bien faire quelque chose. Pas drôle de perdre sa mère. Pas de vraie famille. Il faudrait que quelqu'un ait l'œil sur lui. Où est-il maintenant ? Chez vous ?

— Jimmy est retourné à St. Mary. Ça semblait être la meilleure solution. Je ne sais pas ce qui sera décidé pour lui. C'est trop tôt et je ne pense pas qu'on ait beaucoup pensé à la question.

— Eh bien, il serait temps de le faire, chère madame, il serait temps. On jugera peut-être qu'il est adoptable. Mieux vaut se faire inscrire sur la liste, hein ? Je suppose que c'est à Miss Liddell qu'il faut poser la question. »

Mrs. Maxie ne sut trop que répondre. Connaissant mieux que Sir Reynold les lois sur l'adoption, elle ne pensait pas qu'il fût considéré comme le plus apte à prendre Jimmy en charge. S'il devait être adopté, les candidats ne manqueraient pas. Elle-même avait déjà pensé à l'avenir de l'enfant. Mais elle n'y fit pas allusion et se contenta de signaler que la famille de Sally accepterait peut-être de le prendre et que rien ne pouvait être fait avant de connaître leur position. Il était même possible que le père fût retrouvé, hypothèse que Sir Reynold balaya avec un énorme ricanement de dérision. Mais il promit de ne rien faire trop précipitamment et après avoir renouvelé ses mises en garde contre des fous homicides, il raccrocha, laissant Mrs. Maxie fort perplexe. Était-il possible d'être aussi bête que Sir Reynold semblait l'être, et pourquoi ce soudain intérêt pour Jimmy ?

Elle reposa le combiné avec un soupir et se tourna vers les lettres du jour. Une demi-douzaine provenait d'amis, qui visiblement embarrassés par cette incongruité mondaine, traduisaient leur sympathie pour la famille et leur confiance dans son innocence par des invitations à dîner. Mrs. Maxie jugea cette démonstration plus comique que rassurante. Les trois autres enveloppes avaient été écrites par des mains inconnues et elles les ouvrit avec répugnance. Peut-être eût-il mieux valu les détruire sans les lire, mais on ne savait jamais : quelque renseignement de valeur risquait d'être perdu. De plus, il était plus courageux d'affronter carrément les désagréments et Eleanor Maxie n'avait jamais manqué de courage. Au reste, les deux premières lettres étaient moins détestables qu'elle l'eût cru. L'une voulait même être réconfortante. Elle contenait trois petits textes imprimés qui rapprochaient roses et rouge-gorge dans un audacieux déni des contraintes imposées par les saisons et l'assurance que quiconque souffrirait jusqu'au bout avec patience serait sauvé. Elle demandait une petite contribution pour assurer la diffusion de la bonne nouvelle et suggérait de copier les textes, puis de les distribuer aux amis dans la peine. La plupart des relations de Mrs. Maxie étaient très discrètes à ce sujet-là, mais elle n'en éprouva pas moins un petit remords en jetant le pli dans la corbeille. La deuxième lettre, enveloppe mauve et parfumée, provenait d'une dame qui se prétendait dotée de pouvoirs psychiques et prête à organiser une séance à laquelle Sally Jupp pourrait apparaître et désigner son assassin. Elle ne semblait pas douter que la révélation fût parfaitement acceptable pour les Maxie, ce qui laissait entendre qu'elle leur accordait au moins le bénéfice du doute. La dernière communication, timbrée du bureau de poste local était brève : « Ça ne vous a pas suffi de la crever au travail, sales criminels ? » Mrs. Maxie regarda attentivement l'écriture, mais ne put se rappeler l'avoir déjà vue. Toutefois, le cachet de la poste était très net et elle se sentit défiée. Elle décida donc d'aller faire quelques courses dans le village.

Le petit magasin était plus plein que d'habitude et le silence qui tomba dès qu'elle apparut ne lui permit aucun doute quant au sujet de la conversation. Mrs. Nelson était là, Miss Pollack, le vieux Simon, qui prétendait être le doyen du village et semblait penser que cela le dispensait de toute hygiène personnelle, ainsi qu'une ou deux des femmes du nouveau lotissement dont les visages lui étaient encore inconnus. Un murmure général répondit à son « bonjour » et Miss Pollack s'aventura jusqu'à dire : « Belle journée, n'est-ce pas ? » avant de plonger précipitamment le nez dans sa liste d'achats en essayant de cacher son visage tout rouge derrière les barricades de Quaker Oats. Mr. Wilson lui-même abandonna la confection de factures qui l'occupait dans les coulisses pour venir, discrètement respectueux comme toujours, s'occuper de Mrs. Maxie. Grand, maigre et cadavérique, il avait une expression de tristesse si poignante qu'on avait peine à croire qu'il était non pas au bord de la faillite mais propriétaire d'une petite affaire florissante. Il entendait plus de cancans que personne dans le village, mais exprimait si rarement une opinion que ses déclarations étaient écoutées avec un profond respect et se gravaient en général dans les mémoires. Jusqu'alors, il était resté obstinément silencieux sur le sujet de Sally Jupp, mais on ne supposait pas pour autant qu'il le jugeât impropre au commentaire, ni qu'il fût étouffé par le respect devant une mort si brutale. On avait le sentiment que, tôt ou tard, Mr. Wilson rendrait son arrêt et le village eût été bien étonné qu'il ne coïncidât pas avec celui de la Loi elle-même, plus tardif et entouré de plus de cérémonial. Il prit la commande de Mrs. Maxie sans mot dire et s'affaira à servir sa meilleure cliente, tandis qu'un par un les petits groupes de femmes marmonnaient leurs au revoir et sortaient de sa boutique à regret ou avec une hâte marquée.

Quand elles furent parties, Mr. Wilson regarda autour de lui d'un air complice, leva ses yeux chassieux au ciel, comme s'il y cherchait l'inspiration, puis s'aplatit sur le comptoir en direction de Mrs. Maxie.

« Derek Pullen, souffla-t-il. C'est lui.

— Je ne comprends pas ce que vous voulez dire, Mr. Wilson. » Non seulement Mrs. Maxie disait la vérité, mais elle aurait pu ajouter qu'elle ne tenait pas particulièrement à comprendre.

« Je ne dis rien, vous pensez bien, madame. Comme je dis, la police n'a qu'à faire son travail. Mais s'ils vous embêtent à Martingale, demandez-leur donc où Derek Pullen allait samedi soir. Demandez-leur ça. Il est passé ici à minuit ou à peu près. Je l'ai vu de ma fenêtre de chambre. »

Mr. Wilson se redressa avec l'air satisfait de quelqu'un qui vient d'assener un argument imparable, puis changea totalement de comportement pour achever l'addition de Mrs. Maxie. Elle aurait dû lui dire, elle le sentait bien, que tous les renseignements qu'il avait ou qu'il croyait avoir devaient être communiqués à la police, mais les mots ne voulaient pas sortir. Elle se rappelait Derek Pullen, petit, boutonneux qui arborait des vêtements de ville trop ajustés et des souliers bon marché. Sa mère était membre du Women's Institute et son père travaillait pour Sir Reynold sur la plus grande des deux fermes. C'était trop bête et injuste. Si Wilson ne pouvait pas tenir sa langue, la police serait chez les Pullen avant la nuit et Dieu seul savait ce qu'elle pourrait découvrir. Le garçon, qui avait l'air timide, perdrait sans doute le peu de moyens qu'il avait. Et puis soudain Mrs. Maxie se rappela que quelqu'un était entré dans la chambre de Sally cette nuit-là. Peut-être Derek Pullen. Si elle voulait éviter d'autres souffrances à Martingale il lui fallait choisir son camp et n'en pas sortir. « Si vous avez des renseignements, Mr. Wilson, dit-elle, je crois que vous devriez les communiquer à l'inspecteur Dalgliesh. En attendant, vous pourriez faire du tort à beaucoup d'innocents en lançant ce genre d'accusation. »

Mr. Wilson accueillit ce reproche bénin avec une satisfaction débordante, comme s'il n'attendait que cette confirmation pour ses théories. Ayant visiblement dit tout ce qu'il avait à dire, il considérait l'affaire comme close. « Quatre et cinq, plus dix et neuf et une livre un shilling, ça nous fait une livre seize et deux pence, s'il vous plaît madame. » Mrs. Maxie paya.

5

Pendant ce temps, Johnnie Wilcox, un gamin de douze ans crasseux et rabougri, était interrogé par Dalgliesh dans le bureau. Il s'était présenté à Martingale, en annonçant que le recteur l'envoyait voir l'inspecteur et que c'était important. Dalgliesh le reçut avec une courtoisie empreinte de gravité et l'invita à s'asseoir pour qu'il raconte son histoire confortablement installé. Il le fit bien, clairement et il en émergea l'élément le plus énigmatique dont le policier ait eu connaissance depuis un bout de temps.

Apparemment Johnnie était de corvée avec d'autres camarades du catéchisme pour aider à servir les thés et à faire la vaisselle. Cette tâche était en général jugée ancillaire, dégradante et assez assommante par les gamins. Certes il y avait des promesses de festin par la suite, avec les restes, mais les thés étaient toujours très appréciés et l'année précédente plusieurs volontaires étaient venus aider très tardivement, puis partager les maigres dépouilles avec ceux qui avaient porté le poids du jour et de la chaleur. Dès qu'il était arrivé assez d'enfants pour que son absence pût passer inaperçue, Johnnie Wilcox jugeant inutile de s'attarder plus longtemps, s'était emparé de deux sandwiches, trois petits pains au chocolat et deux tartelettes à la confiture qu'il avait emportés dans le fenil de l'écurie Bocock, persuadé que le propriétaire était occupé à faire faire des promenades avec les poneys.

Johnnie était paisiblement installé dans le foin en train de déguster son butin et de lire une BD — inutile de lui demander depuis combien de temps, mais il ne lui restait qu'un pain au chocolat — quand il entendit des pas et des voix. Il n'était pas le seul à avoir recherché un peu de tranquillité ; deux autres personnes étaient dans l'écurie. Sans attendre de voir si les intrus avaient eux aussi l'intention de grimper dans le fenil, il s'était judicieusement replié dans un coin avec son petit pain et caché derrière une grosse botte de foin. Cette précaution n'avait rien d'excessif ; Johnnie venait d'un univers où beaucoup d'ennuis — depuis les claques jusqu'au coucher prématuré — pouvaient être évités par ce procédé très simple : ne pas se faire voir. Une fois encore, d'ailleurs, sa prudence se trouva justifiée. Les pas montèrent bel et bien jusqu'au fenil et il entendit le bruit mat de la trappe qui retombait. Après cela, il dut rester assis là sans rien dire, à ronger son frein, tout en grignotant son petit pain pour le faire durer jusqu'au départ des visiteurs. Ils n'étaient que deux, de cela il était sûr et l'un d'eux était Sally Jupp. Il avait aperçu ses cheveux avant qu'elle se hisse par la trappe ; certes il avait été obligé de se rejeter en arrière avant qu'elle apparût tout entière, mais le doute n'était pas possible, il connaissait assez Sally pour être certain que c'était elle qu'il avait vue et entendue dans le fenil samedi après-midi. Par contre, il n'avait ni vu ni reconnu l'homme qui était avec elle. Une fois Sally dans le grenier, il eût été risqué de passer le nez hors de la botte de foin, car le moindre mouvement provoquait des bruissements et froissements étonnamment forts ; Johnnie avait donc employé toutes ses énergies à maintenir une immobilité tout à fait inhabituelle pour lui.

En partie parce que la lourde botte de foin avait étouffé les voix et en partie parce qu'il trouvait

invariablement les conversations des grandes personnes rasoir autant qu'incompréhensibles, il n'avait
fait aucun effort pour suivre ce qui se disait. Tout ce
que Dalgliesh pouvait considérer comme sûr, c'était
que les deux visiteurs avaient discuté, mais tout bas,
qu'il avait été question de quarante livres et que Sally
avait conclu en disant qu'il n'y aurait aucun risque
s'il gardait son sang-froid et « faisait bien attention à
la lumière ». Selon Johnnie, ils avaient beaucoup
parlé, mais doucement et très vite. Il n'avait retenu
que quelques phrases. Il ne pouvait pas dire combien
de temps ils étaient restés dans le grenier ; le temps
lui avait paru affreusement long et il était tout
ankylosé quand il avait entendu le bruit de la trappe
qui retombait. Sally était descendue d'abord, et
l'homme l'avait suivie. Johnnie n'avait pas osé sortir
de sa cachette avant que le bruit de leurs pas se fût
éloigné dans l'escalier. Mais cette fois, il avait eu le
temps de voir une main gantée de brun qui remettait
le battant de la trappe en place. Il avait encore
attendu quelques minutes, puis rejoint en courant la
kermesse où son absence avait soulevé très peu
d'intérêt.

Tel était le bilan de l'aventure de Johnnie Wilcox et
il était irritant de constater que quelques petits
changements dans les circonstances auraient pu
accroître singulièrement sa valeur. Si le gamin avait
été un peu plus aventureux, il aurait vu l'homme. S'il
avait eu quelques années de plus ou un sexe différent,
il n'aurait certainement pas considéré ce rendez-vous
clandestin comme la simple interruption de son
festin et il aurait certainement écouté et retenu tout
ce qu'il pouvait de la conversation. Difficile, désormais, d'interpréter les bribes dont il se souvenait.

C'était apparemment un petit garçon honnête et sérieux, mais assez prêt à admettre qu'il avait pu se tromper. Il croyait que Sally avait parlé de « lumière », mais peut-être se l'était-il imaginé. Il n'avait pas vraiment écouté et ils parlaient très bas. En revanche, il était absolument sûr que c'était Sally, et absolument sûr que la rencontre n'avait pas été amicale. Il ne savait pas au juste à quelle heure il avait quitté le fenil. On commençait à servir le thé vers trois heures et demie, puis on continuait tant qu'il y avait des amateurs... et quelque chose à manger. Johnnie pensait qu'il avait échappé à la vigilance de Mrs. Cope vers quatre heures et demie ; mais il ne pouvait pas se rappeler combien de temps il était resté caché dans l'écurie. Ça lui avait semblé interminable et Dalgliesh dut se contenter de cette approximation. Tout cela ressemblait dangereusement à une tentative de chantage, et il paraissait probable qu'un autre rendez-vous avait été pris. Mais le fait que Johnnie n'avait pas reconnu la voix de l'homme prouvait à l'évidence qu'il ne s'agissait ni de Stephen Maxie ni d'un habitant du village, qu'il connaissait bien pour la plupart. C'était au moins un argument en faveur de l'hypothèse d'une intervention extérieure. Si Sally essayait de faire chanter cet étranger et s'il se trouvait effectivement à la kermesse, l'horizon s'éclaircissait pour les Maxie. Pendant qu'il remerciait le gamin, lui enjoignait de ne parler à personne de son aventure et le renvoyait au plaisir revigorant d'une confession générale au recteur, l'esprit de Dalgliesh travaillait déjà ferme sur de nouveaux éléments.

CHAPITRE VI

1

L'enquête publique était fixée au mardi trois heures et demie et les Maxie constatèrent qu'ils l'attendaient avec une sorte d'impatience, ou au moins comme une obligation qui aiderait peut-être à passer plus vite les heures lentes, inconfortables. Une sensation de gêne pesait continuellement sur eux, telle la tension d'une journée torride, où l'orage inévitable n'arrive pas à éclater. La conviction tacite que personne à Martingale ne pouvait être un assassin excluait toute discussion réaliste sur la mort de Sally. Ils avaient tous peur d'en dire trop, ou de se tromper de confident. Deborah souhaitait parfois que la maisonnée pût se réunir et décider au moins d'une base solide pour sa stratégie. Mais quand Stephen exprima le même désir, non sans hésitation, elle recula, prise d'une soudaine panique. Stephen parlant de Sally ? Intolérable !

Felix Hearne était différent. Avec lui on pouvait aborder pratiquement tous les sujets. Ne craignant pas la mort pour lui-même, il ne voyait apparemment

pas en quoi parler de celle de Sally sans passion, voire en badinant, eût été de mauvais goût.

Au début, Deborah se mêla à ces conversations par bravade, puis elle se rendit compte que l'humour n'était qu'une faible tentative pour discréditer la peur. Ce mardi-là, avant le déjeuner, elle arpentait la roseraie aux côtés de Felix, dont le torrent de fariboles la poussait à échafauder au même rythme des théories tout aussi divertissantes. « Sérieusement, Deborah, si j'écrivais un bouquin je prendrais un des gars du village comme coupable : Derek Pullen, par exemple.

— Mais il n'a pas de mobile.

— Le mobile est la dernière chose à rechercher. On peut toujours en trouver un. Peut-être que le cadavre le faisait chanter. Peut-être qu'elle le harcelait pour qu'il l'épouse et lui ne voulait pas. Elle pouvait lui dire qu'elle était enceinte. Pas vrai, bien sûr, mais lui ne pouvait pas le savoir. Vous comprenez, ils avaient la liaison passionnée standard. Je le dépeindrais du genre intense et silencieux. Ils sont capables de tout. Dans les romans, du moins.

— Mais elle ne voulait pas l'épouser. Elle avait Stephen. Elle n'aurait pas voulu de Derek Pullen, alors qu'elle pouvait avoir Stephen.

— Ainsi parle la partialité aveugle d'une sœur. Mais enfin, admettons. Qui proposez-vous ?

— Qu'est-ce que vous diriez de mon père ?

— Le vieux monsieur cloué sur son lit ?

— Oui, mais il ne l'aurait pas été. Ça pourrait être une de ces intrigues genre Grand Guignol. Le vieux monsieur ne voulait pas que son fils épouse cette intrigante effrontée, alors il s'est traîné, marche après marche, jusqu'à l'étage au-dessus et l'a étranglée avec une cravate aux couleurs de son école. »

Felix considéra cette proposition et la rejeta.

« Pourquoi est-ce que ça ne serait pas le visiteur mystérieux avec un nom comme un chat de cinéma ? Qui est-il ? D'où vient-il ? Pourrait-il être le père de l'enfant ?

— Oh, je ne crois pas.

— Si, justement. Il avait rencontré le cadavre quand c'était une innocente jeune fille dans sa première place. Tirons le voile sur ce pénible épisode, mais imaginez sa surprise et son horreur quand il se trouve dans le château de sa fiancée, celle dont il a abusé. Et avec l'enfant qu'il lui a fait !

— Il avait une fiancée ?

— Évidemment. Une veuve extrêmement séduisante qu'il est bien décidé à séduire. La pauvre fille abusée menace de tout dire, alors il est obligé de la réduire au silence. Je ferais volontiers de lui un de ces cyniques tellement antipathiques que personne ne regrette qu'il soit pincé.

— Vous ne trouvez pas que ce serait un peu sordide ? Et si c'était la directrice de St. Mary ? On pourrait faire un de ces thrillers psychologiques plein de Freud, avec des citations au commencement des chapitres.

— Si Freud vous tente, je mise sur l'oncle du cadavre. Alors là, il y aurait matière à des plongées dans les profondeurs de la psychologie, et en apnée encore ! Disons que c'était un homme dur, étroit d'esprit, qui l'avait chassée dès qu'il avait vu qu'elle était enceinte. Seulement, comme tous les puritains dans les romans, il ne valait pas mieux qu'elle. Il avait des relations coupables avec une petite jeune fille simplette rencontrée à la chorale et elle était dans le même home que celui où le cadavre était en train de confectionner son bébé. Alors l'horrible vérité ayant été découverte, Sally le tapait de trente shillings par semaine pour la boucler. Il ne pouvait pas risquer l'esclandre. Il était bien trop respectable pour ça.

— Qu'est-ce qu'elle faisait des trente shillings ?

— Elle les mettait sur un livret de caisse d'épargne pour le moutard, bien sûr. Tout ça sera révélé en son temps.

— Ce serait bien agréable, si ça se pouvait. Mais vous n'oubliez pas la future belle-sœur du cadavre ? Pas difficile de lui trouver un mobile.

— Mais ce n'était pas une criminelle, dit aussitôt Felix, très dégagé.

— Que vous êtes horripilant, Felix ! Est-ce qu'il faut vraiment que vous affichiez un tact aussi épais ?

— Je sais très bien que vous n'avez pas tué Sally Jupp, alors pourquoi faudrait-il que je mime l'embarras et la suspicion par plaisir ?

— Je la haïssais, Felix. Je la haïssais vraiment.

— Bon, entendu, ma très chère. Vous la haïssiez vraiment. Ça vous met inévitablement en position de faiblesse vis-à-vis de vous-même. Mais ne vous dépêchez pas trop de confier vos sentiments à la police. Ce sont de très braves gens, sans aucun doute, et ils ont d'excellentes manières. Mais ils ont peut-être une imagination assez limitée. Après tout, leur grande force, c'est le bon sens, base de tout travail de recherche bien fait. Le mobile, ils l'ont. Laissons-les gagner un peu de l'argent des contribuables.

— Croyez-vous que Dalgliesh va trouver celui qui a fait ça ? demanda Deborah après un court silence.

— Il le connaît peut-être déjà maintenant, répondit calmement Felix. Mais réunir assez de preuves pour justifier une inculpation, c'est une autre affaire. Nous verrons peut-être cet après-midi jusqu'où la police est parvenue et ce qu'elle est disposée à divulguer. Ça peut amuser Dalgliesh de nous laisser dans l'incertitude, mais il faudra bien qu'il découvre son jeu tôt ou tard. »

Mais l'enquête publique fut à la fois un soulagement et une déception. Le coroner n'avait pas de jury et cet homme à la voix douce, au visage de saint-bernard déprimé, donnait l'impression d'être arrivé là par hasard. Malgré cela, il savait ce qu'il voulait et ne perdit pas de temps. Il y avait moins de villageois que les Maxie l'avaient prévu. Sans doute gardaient-ils leur temps et leur énergie pour les funérailles généralement plus distrayantes. En tout cas, ceux qui étaient là n'en surent pas beaucoup plus long. Le coroner parvint presque à faire croire que tout cela était fort simple. L'identité fut établie par une petite femme nerveuse et insignifiante qui se révéla être la tante de Sally. Stephen Maxie vint témoigner et les détails concernant la découverte du corps furent brièvement tirés au clair. Le rapport d'autopsie indiqua que le décès était dû à une inhibition vagale pendant la strangulation manuelle, et qu'il avait été très soudain. Il y avait environ sept centigrammes d'un dérivé d'acide barbiturique dans l'estomac. Le coroner ne posa pas d'autres questions que celles qui étaient nécessaires. La police demanda un renvoi, qui fut accordé. Tout se passa presque amicalement, dans une ambiance détendue.

Les témoins étaient recroquevillés sur les chaises

basses utilisées par les enfants des catéchismes, tandis que le coroner planait sur les délibérations du haut de l'estrade du surveillant. Il y avait des pots à confiture pleins de fleurs d'été sur le rebord des fenêtres et un panneau mural représentait avec force crayons de couleur des scènes de l'itinéraire du chrétien depuis le baptême jusqu'aux obsèques. C'est dans ce cadre innocent et incongru que la justice prit note dans les formes mais sans simagrées inutiles que Sally Jupp avait été mise à mort par félonie.

2

Il y avait désormais les obsèques à affronter. Mais là, l'assistance était facultative et la décision pour ou contre posa des problèmes, sauf à Mrs. Maxie. Elle déclara aussitôt sans ambiguïté qu'elle était bien résolue à s'y rendre. Sally Jupp était morte dans leur maison et alors qu'elle était à leur service ; ses seuls parents n'avaient évidemment aucune intention de lui pardonner d'avoir été aussi embarrassante et peu orthodoxe dans sa mort que dans sa vie. Ils ne voulaient prendre aucune part à l'enterrement qui partirait de St. Mary et serait payé par l'institution. Sans s'exprimer en ces termes, Mrs. Maxie fit claire-ment comprendre à son fils et à sa fille que ce geste était une simple courtoisie et que ceux qui ouvraient leur maison aux autres devaient, si malheureusement la nécessité s'imposait, pousser cette courtoisie jus-qu'à les accompagner dignement à leur tombe. Lorsqu'elle avait essayé de se représenter la vie à Martingale pendant une enquête criminelle, jamais Deborah n'avait pensé que des questions de goût ou

de protocole relativement peu importantes y tien-
draient autant de place. Il était étrange que, provisoi-
rement au moins, l'angoisse térébrante de l'avenir
parût moins urgente que la question de savoir si la
famille devait ou non envoyer une couronne aux
obsèques et si oui, quelle serait la formule de
condoléances la plus convenable à inscrire sur la
carte. Là encore la difficulté ne sembla pas exister
pour Mrs. Maxie, qui demanda simplement s'ils
voulaient se réunir tous, ou si Deborah envoyait une
gerbe séparément.

Il apparut très vite que Stephen était dispensé
d'obsèques. La police l'avait autorisé à retourner à
l'hôpital et il ne reviendrait à Martingale que le
samedi suivant, sauf pour de brèves apparitions.
Personne ne s'attendait qu'il fournît une composition florale de haut goût pour la délectation des
commères du village. Il avait toutes les bonnes
raisons possibles pour retourner à Londres et reprendre son travail. Dalgliesh lui-même ne pouvait lui
demander de rester indéfiniment à Martingale pour la
commodité de la police.

Catherine, qui aurait eu une excuse presque aussi
valable pour retourner à Londres, ne s'en prévalut
pas. Elle avait encore, semblait-il, sept jours à
prendre sur son congé annuel et elle ne demandait
pas mieux que de les passer à Martingale. Dûment
consultée, l'infirmière en chef s'était montrée com-
préhensive. Aucune difficulté si elle pouvait aider
Mrs. Maxie. Et elle le pouvait. Il y avait toujours les
soins à donner à Simon Maxie, il y avait les interrup-
tions continuelles des tâches quotidiennes provo-
quées par l'enquête de Dalgliesh et il n'y avait plus
Sally.

Une fois établi que sa mère avait l'intention d'assister à l'enterrement, Deborah se mit en devoir de vaincre sa répulsion naturelle et annonça abruptement qu'elle serait là aussi. Elle ne fut pas étonnée quand Catherine exprima une intention identique, mais quand Felix déclara qu'il les accompagnerait, la surprise se mêla au soulagement. « Ce n'est absolument pas nécessaire, lui dit-elle avec irritation. Je ne comprends pas toutes ces histoires. Personnellement, je trouve tout ça morbide et déplaisant, mais si vous avez envie de venir pour que les gens vous dévisagent bêtement, la bouche ouverte, c'est votre affaire. Le spectacle est gratuit. » Elle sortit rapidement du salon puis revint quelques minutes après pour dire avec ce formalisme déconcertant qu'il trouvait si désarmant chez elle :

« Désolée d'avoir été si malhonnête, Felix. Je vous en prie, venez si vous voulez. C'était bien gentil à vous d'y penser. »

Felix eut un brusque accès de colère contre Stephen. Il est vrai que le garçon avait toutes les excuses possibles pour retourner à son travail, mais il était néanmoins typique et irritant qu'il eût cette échappatoire si simple pour esquiver responsabilités et ennuis. Ni Deborah ni sa mère, bien entendu, ne seraient de cet avis, et Catherine Bowers, pauvre buse infatuée, était prête à tout lui pardonner. Aucune des femmes ne songerait à répercuter ses difficultés sur lui. Mais Felix se disait que si ce jeune Don Quichotte avait su discipliner ses élans les plus inconsidérés, rien de tout cela ne se serait produit. C'est animé d'une rage froide que Felix se prépara, rage qu'il soupçonnait d'être pour partie frustration et pour partie envie, ce qui n'améliorait pas son humeur.

Encore une journée magnifique. La foule était en robes d'été ; certaines des jeunes filles arboraient même des accoutrements plus indiqués pour une plage que pour un cimetière. Un grand nombre avait évidemment pique-niqué et appris par hasard la possibilité du divertissement plus relevé offert par l'enterrement. Ils étaient chargés des reliefs de leurs festins et certains finissaient encore sandwiches ou oranges. Mais une fois près de la tombe, leur comportement était exemplaire. La mort exerce presque partout un effet modérateur et quelques gloussements nerveux furent vite réprimés par les regards indignés des plus conformistes ; ce n'était pas leur comportement qui exaspérait Deborah, mais le simple fait qu'ils étaient là. Elle se sentit envahie par un mépris glacial et une colère d'une intensité effrayante. Par la suite, elle s'en félicita parce qu'ils ne laissaient pas place au chagrin ou à la gêne.

Les Maxie, Felix Hearne et Catherine Bowers se tinrent ensemble près de la fosse ouverte avec Miss Liddell et une poignée de filles de St. Mary serrées derrière eux. Devant eux, Dalgliesh et Martin. Police et suspects face à face devant une tombe béante. Un peu plus loin, un autre enterrement se déroulait sous l'égide d'un ecclésiastique venu d'une autre paroisse. Le petit groupe d'affligés était tout en noir et tellement serré autour de la tombe qu'il semblait accomplir quelque rite secret interdit aux yeux du profane. Personne ne leur prêtait la moindre attention, et la voix du prêtre était couverte par les froissements discrets de la foule venue pour Sally.

Ensuite, ils s'en allèrent en silence et Deborah se dit qu'eux au moins avaient enterré leur mort avec dignité. Mais Mr. Hinks était déjà en train de dire quelques mots. Très sagement, il ne fit pas allusion aux circonstances de la mort, mais assura que les voies de la Providence étaient insondables, ce que peu de ses auditeurs étaient en mesure de contester, encore que la présence de la police pût faire penser qu'une partie au moins du mystère était le fait de l'intervention humaine.

Mrs. Maxie participa activement à toute la cérémonie ; ses « amen » sonnaient comme autant d'approbations appuyées à la fin de chaque invocation, elle trouvait avec dextérité la bonne place dans le Book of Common Prayer et elle aida même deux filles de St. Mary qui avaient perdu pied, trop troublées par le chagrin ou la timidité. A la fin du service, elle s'avança jusqu'au bord de la tombe et resta un moment à regarder le cercueil. Deborah sentit plus qu'elle n'entendit son soupir. Ce qu'il signifiait, personne n'aurait pu le dire d'après le visage calme qu'elle tourna ensuite vers la foule. Elle enfila ses gants et se pencha pour lire une des cartes de condoléances avant de rejoindre sa fille.

« Quelle foule pitoyable ! On aurait pu penser que les gens avaient mieux à faire. Enfin, si cette pauvre enfant était bien l'exhibitionniste qu'elle semble avoir été, ces obsèques lui auraient plu. Que fait donc cet enfant ? C'est ta maman ? Votre petit garçon sait sûrement qu'on ne saute pas sur les tombes. Il faut le surveiller un peu mieux que ça si vous voulez l'amener dans un cimetière. C'est une terre consacrée, pas un terrain de jeux.

D'ailleurs, un enterrement n'est pas un amusement qui puisse convenir à un enfant. »

Mère et enfant les suivirent du regard bouche bée, deux visages blêmes, stupéfaits, avec le même nez pointu, les mêmes cheveux clairsemés. Et puis, la femme tira son enfant en arrière, non sans jeter un regard affolé autour d'elle. Déjà la grande tache de couleur se désintégrait, les bicyclettes étaient tirées hors des touffes de marguerites le long du mur du cimetière, les photographes remballaient leur matériel. Un ou deux petits groupes attendaient encore, en chuchotant, une occasion de fouiner au milieu des couronnes. Déjà le sacristain ramassait en marmottant les reliefs des épluchures d'oranges et des sacs en papier. La tombe de Sally était une orgie de couleurs, rouges, bleus, ors étendus comme un patchwork sur le gazon piétiné et les planches, odeur de terre grasse mêlée au parfum des fleurs.

3

« Est-ce que ça n'est pas la tante de Sally ? » demanda Deborah. Une femme maigre et nerveuse, dont les cheveux avaient peut-être été rouges autrefois, parlait avec Miss Liddell. Elles s'en allèrent ensemble vers la grille du cimetière. « C'est certainement la personne qui a identifié Sally à l'enquête. Si c'est la tante, nous pourrions peut-être la ramener chez elle. Il y a bien peu de cars à cette heure-ci.

— Ce serait peut-être intéressant d'avoir une petite conversation avec elle », dit Felix, méditatif. La proposition avait été dictée par pure bonté, dans le désir d'éviter à quelqu'un une longue attente en plein soleil, mais désormais, ses avantages pratiques s'imposaient.

« Demandez à Miss Liddell de vous présenter, Felix. Je vais amener la voiture. Vous pourriez essayer de savoir où Sally travaillait avant d'être enceinte, si son oncle l'aimait vraiment et qui est le père de Jimmy.

— En quelques minutes de conversation, ça m'étonnerait.

— Nous aurions tout le trajet pour la faire parler. Essayez, je vous en prie, Felix. »

Deborah fila rejoindre sa mère et Catherine aussi vite que les convenances le permettaient, laissant Felix à sa mission. Arrivées à la route, la femme et Miss Liddell échangeaient quelques derniers mots. Vues de loin, les deux silhouettes semblaient exécuter une sorte de danse rituelle, se rapprochant pour se serrer la main, puis s'écartant pour se saluer. Finalement, Miss Liddell, qui s'était détournée, pivota sur elle-même pour ajouter encore une remarque et le pas de deux reprit.

Tandis que Felix s'approchait d'elles, elles se retournèrent pour le regarder et il vit remuer les lèvres de Miss Liddell. Il les rejoignit, les inévitables présentations eurent lieu, une main maigre gantée de rayonne noire bon marché serra timidement la sienne deux brèves secondes, puis retomba. Mais ce contact amorphe et presque imperceptible lui avait permis de sentir qu'elle tremblait. Les yeux gris, angoissés, fuyaient ceux de Felix tandis qu'il lui disait doucement :

« Nous nous demandions, Mrs. Riscoe et moi, si nous pourrions vous ramener chez vous ; l'attente du car va être bien longue et nous serions heureux de

faire le chemin avec vous. » Cela au moins était vrai.
Elle hésita un moment. Miss Liddell, ayant apparemment décidé que l'offre, bien qu'inattendue, ne
pouvait être repoussée sans incorrection, commençait à recommander de l'accepter. Deborah arriva à
leur hauteur avec la Renault de Felix et la question se
trouva réglée. La tante de Sally, présentée sous le
nom de Mrs. Proctor, fut confortablement encastrée
dans le siège avant sans que quiconque ait le temps de
discuter. Felix, qui éprouvait quelque répugnance
pour l'opération, s'installa derrière, prêt à admirer
Deborah en action. « Spécialité d'extraction sans
douleur », se dit-il tandis que la voiture dévalait la
pente ; il se demandait aussi jusqu'où ils allaient et si
la jeune femme avait pris la peine de prévenir sa mère
de leur absence. Il l'entendit qui disait : « Je sais à
peu près où vous habitez, c'est juste à la sortie de
Canningbury, mais il faudra que vous m'indiquiez la
route. C'est très gentil à vous de nous permettre de
vous accompagner. Horribles, les enterrements.
C'est un vrai soulagement de s'échapper un
moment. »

Le résultat de ces propos lénifiants fut tout à fait
inattendu. Soudain, Mrs. Proctor se mit à pleurer,
sans bruit, sans presque remuer le visage ; comme si
ses larmes étaient absolument incontrôlables, elle les
laissait couler à la manière d'un ruisseau le long de
ses joues et tomber sur ses mains jointes. Quand elle
parla, sa voix était basse, mais assez claire pour être
audible malgré le bruit du moteur. Et toujours les
larmes coulaient, silencieuses et faciles.

« Je n'aurais pas dû venir. Mr. Proctor ne serait pas
content s'il savait que je suis venue. Il ne sera pas
rentré quand j'arriverai chez moi et Beryl est à

l'école, alors il ne saura rien. Mais il ne serait pas content. Comme on fait son lit on se couche, voilà ce qu'il dit, et on ne peut pas le critiquer. Après tout ce qu'il a fait pour elle. Jamais de différence entre Sally et Beryl. Jamais. Ça, je le dirai jusqu'à mon dernier jour. Pourquoi ça nous est arrivé, une chose pareille, pourquoi ? »

Felix trouvait déraisonnable cette éternelle plainte de l'infortuné. A sa connaissance, les Proctor avaient rejeté toute responsabilité depuis la grossesse de Sally et s'étaient certainement dissociés de sa mort avec un plein succès. Il se pencha en avant pour mieux entendre. Deborah avait peut-être émis quelques onomatopées encourageantes, il ne pouvait en être sûr, mais le témoin n'avait nul besoin d'être cuisiné ; elle avait gardé trop longtemps tout cela sur le cœur.

« On l'a élevée bien convenablement. Personne ne peut dire le contraire. Et ça n'a pas toujours été facile. Elle a eu des bourses, mais il fallait qu'on la nourrisse. Une enfant pas commode avec ça. Je pensais que c'était peut-être les bombardements, mais Mr. Proctor ne voulait pas que ça soit dit. Ils étaient avec nous à l'époque. On avait une maison à Stoke Newington ; il n'y avait pas eu beaucoup de raids et on se sentait en sécurité avec l'abri Anderson et tout. C'est un de ces V1 qui a écrasé Lil et George. Je ne me rappelle rien, pas même d'avoir été déterrée. On m'a dit pour Lil une semaine après, seulement. Ils nous ont tous sortis, mais elle était morte et George est mort à l'hôpital. On a eu de la chance. Enfin, je suppose. Mr. Proctor a été vraiment mal pendant longtemps et, bien sûr, il est resté handicapé. Mais il paraît qu'on a eu de la chance. »

Comme moi, se dit amèrement Felix. J'ai eu de la chance.

« Et alors vous avez pris Sally et vous l'avez élevée ? » Deborah ne voulait pas laisser tomber le sujet.

« En fait, il n'y avait personne d'autre. Maman ne pouvait pas, elle n'avait pas la santé pour. J'essayais de me dire que Lil aurait été contente. Mais ce n'est pas ça qui vous aide à aimer un enfant. Et Sally n'était pas affectueuse. Pas comme Beryl. Mais seulement Sally avait dix ans quand Beryl est arrivée et je pense que c'était dur pour elle, après avoir été toute seule pendant si longtemps. Pourtant, on n'a jamais fait de différence. Elles ont toujours eu les mêmes leçons de piano et tout. Et maintenant, ce malheur. La police est venue après sa mort. Ils n'étaient pas en uniforme, mais on voyait bien qui c'était. Tout le monde était au courant. Ils nous ont demandé le nom de l'homme, mais bien sûr, on ne savait pas.

— Celui qui l'a tuée ? » Deborah était stupéfaite.

« Oh non, le père du petit. Je pense qu'ils se disaient qu'il avait pu le faire. Mais on n'a rien pu leur dire.

— Ils ont dû vous poser des tas de questions sur votre emploi du temps ce soir-là. »

Pour la première fois, Mrs. Proctor parut prendre conscience de ses larmes. Elle fouilla dans son sac et les essuya. L'intérêt provoqué par son histoire semblait avoir apaisé le chagrin auquel elle s'adonnait. Felix se dit qu'elle n'avait sans doute jamais pleuré Sally. Était-ce le souvenir ressuscité de Lil, de George et de l'enfant sans défense qu'ils avaient laissée qui avait provoqué ces larmes, ou la fatigue et un sentiment d'échec ? Comme si elle avait senti la question, elle dit :

« Je me demande pourquoi je pleure. Ça ne ramènera pas les morts. Je pense que c'était le service. On a chanté cette hymne-là pour Lil, *Le Seigneur est mon berger*. Ça ne tombe pas très bien, ni pour l'une, ni pour l'autre. Vous demandiez, pour la police. Je suppose que vous en avez bien eu votre part. Ils sont venus chez nous, vous pensez bien. Je leur ai dit que j'étais à la maison avec Beryl. Ils m'ont demandé si on était allées à la kermesse de Chadfleet et je leur ai dit qu'on n'était au courant de rien. De toute façon, on n'y serait pas allées, on ne voyait jamais Sally et on n'allait pas aller mettre le nez là où elle travaillait. Je me rappelle très bien ce jour-là. C'était drôle, d'ailleurs ; Miss Liddell avait téléphoné le matin à Mr. Proctor, chose qu'elle n'avait jamais faite depuis que Sally était dans sa nouvelle place. Beryl a répondu au téléphone et ça lui a fait un drôle d'effet. Elle croyait qu'il était arrivé quelque chose à sa cousine pour que Miss Liddell appelle, mais c'était seulement pour dire que Sally allait bien. C'était bizarre, quand même. Elle savait bien qu'on ne voulait pas savoir. »

Deborah dut aussi trouver l'incident étrange, car elle demanda :

« Est-ce que Miss Liddell vous téléphonait, avant, pour vous dire comment allait Sally ?

— Non, pas depuis que Sally était à Martingale. Elle nous a téléphoné pour nous dire ça. Du moins je crois. Elle a peut-être écrit à Mr. Proctor, mais je ne me rappelle pas bien. Elle avait dû penser qu'il fallait qu'on sache que Sally avait quitté le Refuge, parce que Mr. Proctor était son tuteur. C'est-à-dire qu'il l'était, mais maintenant elle a plus de vingt et un ans, elle est indépendante et elle peut aller où elle veut. Ça ne nous regarde plus. Elle ne nous a jamais aimés, non personne, pas même Beryl. J'ai pensé qu'il valait mieux que je vienne aujourd'hui, parce que ça fait bizarre quand il n'y a personne de la famille, Mr. Proctor a beau dire. Mais en fait, il avait raison. Ça n'aide pas les morts qu'on soit là, ça sert juste à vous retourner. Et puis tous ces gens, aussi. Ils devraient avoir mieux à faire.

— Donc, Mr. Proctor n'avait pas revu Sally depuis qu'elle est partie de chez vous ? poursuivit Deborah.

— Oh, non. Il n'y avait pas de raison, n'est-ce pas ?

— Je pense que la police lui a demandé où il était, la nuit où elle est morte. On le fait toujours. C'est une simple formalité, bien entendu. »

Si Deborah avait craint de vexer, elle fut aussitôt rassurée.

« Ah, ils ont de drôles de manières ! De la façon dont ils parlaient, on aurait cru qu'on savait quelque chose. Ils posaient des questions sur la vie de Sally et ils demandaient si elle avait des espérances et les noms de ses amis. On aurait bien cru que c'était quelqu'un d'important. Ils ont fait venir Beryl à propos de ce téléphone de Miss Liddell. Ils ont même demandé à Mr. Proctor ce qu'il faisait la nuit où Sally est morte. Comme si on risquait de l'oublier ! C'est la nuit où il a eu son accident de bicyclette. Il est rentré à minuit et dans un bel état, avec sa lèvre tout enflée et sa bicyclette tordue. Il avait aussi perdu sa montre, ce qui est bien ennuyeux parce que c'était un héritage de son père et de l'or véritable. On nous a toujours dit qu'elle avait beaucoup de valeur. Ah non ! On ne risque pas de l'oublier, cette nuit-là, je vous le dis. »

Mrs. Proctor, désormais tout à fait remise des émotions de l'enterrement, bavardait avec l'entrain de quelqu'un qui est plus habitué à écouter qu'à avoir un auditoire. Deborah, les mains légèrement posées sur le volant, les yeux bleus fixés sur la route, pensait visiblement à tout autre chose qu'au pilotage, Felix en était persuadé. Elle émit de petits grognements compatissants pour ponctuer l'histoire de Mrs. Proctor et répondit :

« Quel choc épouvantable, pour vous deux ! Vous avez dû être terriblement inquiètes en le voyant rentrer si tard. Qu'est-ce qui s'était passé au juste ?

— Il est tombé en arrivant au bas d'une colline vers Finchworthy. Je ne sais pas où exactement. Il descendait assez vite et quelqu'un avait laissé des débris de verre sur la route ; ils ont crevé son pneu avant, il a perdu le contrôle de sa bicyclette et il est allé au fossé. Il aurait pu se tuer, comme je lui ai dit, ou se blesser et alors Dieu sait ce qui lui serait arrivé, parce que ces routes-là sont terriblement désertes. On pourrait rester là par terre pendant des heures sans que personne passe. Mr. Proctor n'aime pas les routes trop fréquentées pour faire de la bicyclette et ça ne m'étonne pas. Impossible d'avoir la paix, si on ne s'écarte pas pour être tout seul.

— Il aime la bicyclette ? demanda Deborah.

— Il en est fou. Depuis toujours. Bien entendu, il ne peut plus vraiment faire de la route maintenant. Pas depuis la guerre et sa blessure, mais il en a fait beaucoup quand il était jeune et il aime toujours aller se promener ; en général, on ne le voit pas beaucoup les samedis après-midi. »

Un certain soulagement perçait dans sa voix et ses deux interlocuteurs ne furent pas longs à le remarquer. Felix se dit qu'une bicyclette et un accident pouvaient fournir un excellent alibi, mais s'il était rentré chez lui à minuit, impossible d'en faire un suspect. Il lui aurait fallu au moins une heure pour revenir de Martingale, même s'il avait simulé l'accident et utilisé la bicyclette tout le long du chemin. Difficile, d'ailleurs, d'imaginer un mobile plausible, puisque Proctor n'en avait évidemment pas trouvé un pour tuer sa nièce avant qu'elle entre à St. Mary et ne semblait pas avoir eu de contact avec elle depuis. Il envisagea aussi la possibilité d'un héritage qui, à la mort de Sally, reviendrait très opportunément à Beryl Proctor. Seulement, il savait bien dans le fond de lui-même qu'il cherchait non pas l'assassin de Sally Jupp, mais quelqu'un qui aurait des mobiles et des possibilités d'exécution assez convaincants pour détourner l'enquête de suspects plus indiqués. Rien à espérer du côté des Proctor à son avis, mais Deborah était visiblement convaincue qu'il restait quelque chose à découvrir chez eux. Le facteur temps semblait la préoccuper, elle aussi. « Vous ne vous étiez pas couchée, Mrs. Proctor ? A minuit vous deviez commencer à être affolée, à moins qu'il ait l'habitude de rentrer tard.

— Oh, c'était souvent un peu tard, oui et il disait toujours qu'il ne fallait pas l'attendre, alors j'allais presque tous les samedis soirs au cinéma avec Beryl. On a la télé bien sûr et on la regarde quelquefois, mais ça change de sortir une fois par semaine.

— Alors, vous étiez couchée quand votre mari est rentré ? »

Deborah insistait gentiment.

« Il avait sa clef, alors je n'avais pas de raison de rester debout. Si j'avais su qu'il rentrerait si tard, alors ça aurait été différent. Quand il est sorti, je vais en général me coucher vers dix heures. Notez bien que le dimanche matin, on n'a pas tant à se dépêcher, mais je n'ai jamais été du soir. C'est ce que j'ai dit à la police, j'ai dit, je n'ai jamais été du soir. Ils m'ont aussi parlé de l'accident de Mr. Proctor. L'inspecteur a été très compréhensif. " Pas rentré avant minuit ", comme je leur ai dit. Ils ont bien vu qu'on avait eu assez de soucis cette nuit-là sans que Sally aille encore se faire assassiner.

— Je pense que Mr. Proctor vous a réveillée quand il est rentré. Ça a dû être un choc de le voir dans cet état-là.

— Vous pouvez le dire. Je l'ai entendu dans la salle de bain et quand j'ai appelé, il est venu vers moi. Il avait la figure de toutes les couleurs, horrible, et il tremblait comme une feuille. Je ne sais pas comment il a pu arriver jusqu'à la maison. Je me suis levée pour lui faire une tasse de thé pendant qu'il prenait un bain. Je me souviens de l'heure parce qu'il me l'a demandée. Il avait perdu sa montre après l'accident, vous vous rappelez, et on n'avait que la petite pendule dans la cuisine et celle du living. Elles marquaient toutes les deux minuit dix. Ça m'a donné un coup, vous pouvez m'en croire. Il devait bien être minuit et demi quand on s'est couchés et je n'aurais jamais cru qu'il pourrait se lever le lendemain matin. Mais si, comme d'habitude. Il descend toujours le premier pour faire le thé. Il croit que personne ne sait le faire comme lui et c'est sûr qu'il s'en tire très bien. Mais je n'aurais jamais cru qu'il se lèverait de bonne heure ce dimanche-là, avec la tête qu'il avait la veille

au soir. Même maintenant il n'est pas encore dans
son assiette. C'est pourquoi il n'est pas allé à
l'enquête. Et là-dessus la police qui débarque pour
nous apprendre ce qui est arrivé à Sally, non, on n'est
pas près d'oublier cette nuit-là. »

4

En arrivant à Canningbury, ils trouvèrent une
longue file d'attente aux feux qui réglaient l'afflux
des voitures au croisement entre High Road et
Broadway. C'était de toute évidence un après-midi
volontiers consacré aux courses dans cette banlieue
surpeuplée à l'est de Londres. Le pavé grouillait de
ménagères qui, à tout instant, comme poussées par
quelque instinct primitif, coupaient la file des voitures avec une lenteur exaspérante. Des deux côtés de
la rue, les magasins avaient été autrefois des maisons
d'habitation et leurs vitrines grandioses contrastaient
violemment avec les fenêtres et les toits très modestes
qui les surmontaient. La mairie, qui avait l'air d'avoir
été conçue par un comité de débiles profonds, ivres
de fierté civique — et de boissons fortes —, se
dressait dans un splendide isolement entre deux
emplacements bombardés où la reconstruction commençait tout juste.

Les yeux fermés pour fuir la chaleur et le bruit,
Felix s'obligeait à considérer quelques réalités : Canningbury était l'une des banlieues les plus évoluées
avec un enviable niveau d'excellence pour ses services
publics et plus d'un n'aurait pas souhaité habiter une
maison georgienne à Greenwich, où le brouillard
montait du fleuve en rubans blanchâtres, cependant

que seuls les amis les plus tenaces parvenaient à trouver le chemin jusqu'à sa porte. Il fut content de voir changer les feux et de pouvoir avancer par bonds prudents sous la conduite de Mrs. Proctor avant de prendre un virage à gauche pour quitter l'artère principale. Là, on récupérait les retours du centre commercial, les femmes qui rentraient chez elles avec leurs sacs pleins, de nouveaux magasins plus petits et des coiffeurs aux noms pseudo-français. Au bout de quelques minutes, nouveau virage pour entrer dans une rue tranquille où une rangée de maisons identiques s'étendait à perte de vue — identiques du moins quant à l'architecture, mais très différentes d'aspect, car aucun des petits jardins ne ressemblait à ses voisins. Tous, d'ailleurs, plantés et entretenus avec soin. Quelques propriétaires avaient exprimé leur personnalité au moyen d'araucarias, de farfadets mignards pêchant dans des bassins microscopiques, ou de rocailles postiches ; mais la plupart s'étaient contentés de créer des tableautins violemment colorés qui faisaient honte à la nullité des maisons derrière eux. Les rideaux soigneusement mais maladroitement choisis portaient les traces de fréquents lavages et des stores de dentelle ou de filet complétaient la protection des intérieurs contre la curiosité d'un monde vulgaire. Windermere Crescent avait l'aspect respectable d'une rue qui, étant un cran au-dessus de ses voisines, est bien décidée à garder sa supériorité.

Tel avait donc été le cadre de Sally Jupp, qui avait si lamentablement dérogé à ses principes. La voiture s'arrêta devant la grille du 17 et Mrs. Proctor, serrant son sac informe sur sa poitrine, se mit à tripoter maladroitement la poignée. « Attendez », dit Deborah qui se pencha devant elle pour lui ouvrir la porte. Sa passagère se répandit alors en remerciements que l'autre coupa net.

« Je vous en prie, nous avons été très heureux de vous ramener. Oh, est-ce que je pourrais me permettre de vous demander un verre d'eau ? Conduire donne terriblement soif par cette chaleur, n'est-ce pas ? Simplement un verre d'eau. Je bois rarement autre chose.

— Tu parles ! » se dit Felix en regardant les deux femmes disparaître dans la maison.

Il se demandait ce que Deborah pouvait bien encore manigancer et espérait qu'il n'aurait pas trop longtemps à attendre. Mrs. Proctor n'avait pas eu le choix : elle ne pouvait guère laisser sa bienfaitrice dehors et lui apporter le verre d'eau dans la voiture. Pourtant il était sûr qu'elle n'avait pas accueilli l'intrusion de bon gré : elle avait jeté un coup d'œil inquiet à droite et à gauche avant d'entrer. Il se doutait que l'heure avançait dangereusement et qu'elle avait une hâte fébrile de voir partir l'auto avant l'arrivée de son mari. Un peu de l'angoisse qu'elle avait manifestée au moment de la première rencontre au cimetière était revenue. Il éprouva un bref mouvement d'irritation envers Deborah : la manœuvre n'avait pas beaucoup de chance d'être utile et il était peu glorieux de tourmenter cette pauvre femme pathétique.

Inaccessible à ces nuances, Deborah pénétrait à ce moment-là dans la salle de séjour. Une écolière qui disposait un cahier de musique sur le piano avant d'entamer des exercices fut sommairement expédiée hors de la pièce avec l'injonction : « Va chercher un verre d'eau, ma chérie. » L'enfant sortit à regret, non

sans avoir fixé longuement Deborah. Assez remarquablement laide, elle avait néanmoins des traits de
ressemblance indiscutables avec sa cousine.
Mrs. Proctor ne l'avait pas présentée et Deborah se
demandait si c'était un oubli dû à la nervosité, ou la
volonté délibérée de laisser l'enfant ignorer les activités de sa mère cet après-midi-là. Dans ce cas, il
faudrait inventer une histoire quelconque pour expliquer la visite. Or elle n'avait pas paru dotée d'une
imagination bien fertile.

Elles s'assirent dans des fauteuils qui se faisaient
face, chacun avec un dossier brodé de dames en
crinolines cueillant des roses trémières et d'impeccables coussins rebondis. C'était évidemment la plus
belle pièce de la maison, réservée aux invités ou aux
exercices de piano ; elle avait une vague odeur de
renfermé faite de cire, de mobilier neuf et de fenêtres
rarement ouvertes. Sur le piano, deux petites filles en
tutu, leur corps sans grâce contourné en poses
anguleuses, souriaient dans leur cadre, couronnées de
roses artificielles. L'une d'elles était l'enfant qui
venait de sortir de la pièce. L'autre était Sally.
Étrange que dès cet âge-là, le même teint, la même
chevelure, la même charpente osseuse aient donné
chez l'une une distinction foncière et chez l'autre une
lourde insignifiance qui n'augurait rien de bon pour
l'avenir. Mrs. Proctor avait vu la direction du regard.

« Oui, on a tout fait pour elle. Tout. Il n'y a jamais
eu de différence. Elle a eu des leçons de piano aussi,
comme Beryl, quoi qu'elle n'ait jamais été douée
comme elle. Mais on les a toujours traitées de la
même façon. C'est terrible que ça se soit terminé
comme ça. L'autre photo, c'est le groupe qu'on a pris
après le baptême de Beryl. Là, c'est moi et Mr.

Proctor avec le bébé et Sally. C'était une jolie petite
fille à cette époque-là, mais ça n'a pas duré. »

Deborah s'approcha de la photographie. Le
groupe était assis, tout raide dans de lourds fauteuils
sculptés, devant un fond de rideaux drapés qui faisait
paraître la photographie plus vieille qu'elle n'était.
Mrs. Proctor, plus jeune et plus en chair, tenait
maladroitement le bébé et semblait mal à l'aise dans
ses vêtements neufs.

Sally avait l'air de bouder. Le mari, debout derrière elles, appuyait ses mains gantées sur les dossiers
avec un air de propriétaire. La posture n'était pas
naturelle, mais le visage ne livrait rien. Deborah le
regarda attentivement. Elle était sûre de l'avoir déjà
vu quelque part, mais le souvenir était flou, peu
convaincant. Après tout, il n'avait rien de remarquable et la photographie datait de plus de dix ans. Elle
se détourna de ces effigies avec un sentiment de
déception. Elles lui avaient dit fort peu de choses et
elle ne savait d'ailleurs pas ce qu'elle avait espéré y
trouver.

Beryl Proctor revint avec un beau verre d'eau sur
un petit plateau. Toujours pas de présentations, et
Deborah sentit, tandis qu'elle buvait, que la fille
comme la mère souhaitaient la voir partir. Soudain,
elle-même n'eut plus qu'une idée : sortir de la
maison et se débarrasser d'elles. Son intrusion avait
obéi à une impulsion incompréhensible due à l'ennui,
à l'espoir et surtout à la curiosité. Sally morte était
devenue plus intéressante que Sally vivante et Deborah avait voulu savoir de quelle sorte de foyer elle
avait été rejetée. Cette curiosité semblait désormais
présomptueuse et son entrée dans la maison, une
indiscrétion qu'elle ne voulait pas prolonger.

Elle prit congé, rejoignit Felix qui se glissa au volant et le silence tomba jusqu'à ce que, s'étant libérés des tentacules suburbaines, ils se fussent lancés à travers la campagne.

« Eh bien, dit enfin Felix, l'exercice de détection en valait-il la peine ? Êtes-vous sûre que vous voulez le poursuivre ?

— Pourquoi pas ?

— Vous pourriez découvrir des choses que vous préféreriez ne pas savoir.

— Par exemple que ma famille compte un assassin ?

— Je n'ai pas dit ça.

— Vous avez pris le plus grand soin de ne pas le dire, mais je préférerais l'honnêteté au tact. C'est bien ce que vous pensez, n'est-ce pas ?

— En tant que meurtrier moi-même, j'admets que c'est une possibilité.

— Vous pensez à la Résistance. Ce n'étaient pas des meurtres, vous n'avez pas tué de femmes.

— J'en ai tué deux. C'était par balle et à l'époque, je le reconnais, on pouvait penser que c'était opportun.

— Ce crime est tombé bien à propos — pour quelqu'un, dit Deborah.

— Alors, pourquoi ne pas le laisser à la police ? Leur plus grande difficulté, ce sera de trouver assez de preuves pour justifier une inculpation. Si nous commençons à nous en mêler, nous risquons de leur fournir les éléments qui leur manquent. Pour le moment tout est possible. Je suis passé avec Stephen par la fenêtre de Sally... comme presque n'importe qui aurait pu le faire. La plupart des gens dans le village devaient savoir où l'échelle était rangée. La porte verrouillée est incontournable, c'est bien le cas de le dire. Quel que soit le moyen utilisé par le meurtrier pour entrer, il n'est pas sorti par la porte. Il n'y a que le somnifère pour relier ce crime à Martingale et le lien n'est nullement inéluctable ; les deux n'ont peut-être aucun rapport. D'ailleurs d'autres gens avaient accès à ce remède.

— Vous ne tablez pas trop sur des coïncidences ? demanda froidement Deborah.

— Il en survient tous les jours, des coïncidences. Un jury moyen pourra sûrement se rappeler une demi-douzaine de cas dans ses propres expériences. Jusqu'à maintenant l'interprétation la plus vraisemblable des faits, c'est que quelqu'un, connu de Sally, est entré par sa fenêtre et l'a tuée. Il a ou n'a pas utilisé l'échelle. Il y a des égratignures sur le mur comme s'il avait glissé par le tuyau d'évacuation des eaux et lâché prise presque au moment d'arriver par terre. La police a bien dû les remarquer, mais je ne vois pas comment elle pourra déterminer le moment où elles ont été faites. Sally avait pu faire entrer maintes fois des visiteurs par ce procédé-là.

— Ça peut paraître bizarre, mais je ne le crois pas ; ça ne lui ressemble pas. Je voudrais bien le croire, dans notre intérêt, mais je n'y arrive pas. Je n'ai jamais aimé Sally, mais je ne crois pas que c'était une Marie-couche-toi-là. Je ne veux pas de la sécurité si pour ça il faut noircir encore un peu plus la réputation de la pauvre diablesse maintenant qu'elle n'est plus là pour se défendre.

— Je crois que vous avez raison en ce qui la concerne, dit Felix. Mais je ne vous conseille pas de donner votre opinion à l'inspecteur. Ce serait un trop beau cadeau. Laissez-le faire son diagnostic psychologique. Toute l'affaire peut se perdre dans les sables si nous gardons la tête froide et la bouche cousue. C'est le somnifère le plus grand danger. Le fait que le flacon a été caché semble lier les deux choses. Mais même comme ça, la drogue a été mise dans votre mazagran, et ça, n'importe qui a pu le faire.

— Même moi.

— Même vous. Même Sally. Elle a pu prendre le mazagran pour vous agacer. Personnellement je le crois ; mais elle a pu aussi mettre de la drogue dans son cacao tout simplement parce qu'elle voulait passer une bonne nuit. La dose n'était pas mortelle.

— Dans ce cas, pourquoi cacher le flacon ?

— Disons que c'est le fait de quelqu'un qui a cru, à tort, que l'administration du somnifère et le crime étaient liés et qui voulait le dissimuler, ou de quelqu'un qui savait qu'il n'en était rien, mais voulait compromettre la famille. Comme la fiche à votre nom qui marquait la cachette, on peut penser que la personne en question vous visait très spécialement. Voilà une idée agréable qui pourra vous tenir compagnie. »

Ils longeaient la crête qui domine Little Chadfleet. Le village s'étendait au-dessous d'eux et l'on apercevait les hautes cheminées grises de Martingale au-dessus des arbres. Avec le retour dans cette maison, l'oppression et la peur que le trajet en voiture n'avait que partiellement dissipées retombèrent comme un nuage noir.

« S'ils ne trouvent jamais le coupable, dit Deborah, est-ce que vous nous imaginez vraiment continuant de vivre heureux à Martingale ? Vous n'avez jamais l'impression qu'il vous *faut* connaître la vérité ? Vous ne vous persuadez jamais honnêtement que c'est Stephen qui l'a fait, ou moi ?

— Vous ? Avec ces mains et ces ongles ? Vous n'avez donc pas remarqué qu'on a exercé une force considérable et que son cou était meurtri, mais pas du tout égratigné ? Stephen est une possibilité. Tout comme Catherine, et votre mère et Martha. Ou moi. La multiplicité des suspects est notre meilleure protection. Que Dalgliesh fasse son choix. Quant à ne pas pouvoir vivre à Martingale avec un crime impuni suspendu sur vos têtes — j'imagine que la maison a vu sa part de violences pendant les trois derniers siècles. Vos ancêtres n'ont pas tous mené des vies parfaitement réglées, même si leur mort a été bénie par le clergé. Dans deux cents ans, la mort de Sally Jupp sera l'une des légendes racontées le jour de la Toussaint pour effrayer vos arrière-petits-enfants. Et si vous ne pouvez vraiment plus supporter Martingale, il y aura toujours Greenwich. Je ne vous ennuierai plus avec ça, mais vous connaissez mes sentiments. »

Sa voix était presque sans expression. Ses mains reposaient, légères sur le volant et ses yeux fixaient la route avec une concentration sans effort. Il dut sentir ce qu'elle pensait, car il reprit :

« Il ne faut pas que ça vous tracasse. Je ne compliquerai pas les choses. C'est simplement que je ne veux pas voir un de ces costauds avec lesquels vous sortez se tromper sur le genre d'intérêt que je vous porte.

— Est-ce que vous voudriez de moi, Felix, si je m'enfuyais ?

— Voilà qui est bien mélodramatique, non ? Qu'est-ce que nous faisons, pour la plupart, depuis dix ans ? Mais si vous envisagez le mariage comme moyen de fuir Martingale, vous allez peut-être constater qu'en fin de compte, le sacrifice n'est pas nécessaire. En quittant Canningbury, nous avons croisé Dalgliesh et l'un de ses sbires. Je parie qu'ils étaient sur la même piste. Votre instinct ne vous a peut-être pas beaucoup trompée au sujet des Proctor, après tout. »

Ils mirent la voiture au garage en silence et passèrent dans la fraîcheur du hall. Catherine Bowers était en train de monter l'escalier, tenant un plateau recouvert d'un linge blanc, et la blouse de nylon qu'elle portait habituellement quand elle soignait Simon Maxie avait un aspect frais et assez seyant. Il n'est jamais agréable de voir une autre personne accomplir publiquement et efficacement des devoirs qui nous incombent et Deborah était assez honnête pour déceler la raison de son moment d'irritation. Elle essaya de le cacher par un élan de confiance tout à fait exceptionnel.

« Horrible l'enterrement, n'est-ce pas Catherine ? Je suis absolument désolée d'avoir filé comme ça avec Felix. Nous avons ramené Mrs. Proctor chez elle. J'ai eu tout à coup une envie irrésistible de mettre le crime sur le dos du vilain méchant oncle. »

Catherine resta de marbre :

« J'ai demandé ce qu'il pensait de l'oncle à l'inspecteur quand il m'a interrogée la deuxième fois. Il m'a dit que Mr. Proctor ne pouvait pas avoir tué Sally, la police en est certaine. Il ne m'a pas expliqué pourquoi. Je pense que le mieux est de s'en remettre à lui. Dieu sait qu'il y a assez de travail à faire ici. »

Elle continua son chemin et tout en la suivant du regard, Deborah soupira.

« Je ne suis sans doute pas charitable, mais si quelqu'un de Martingale a tué Sally, je préférerais que ce soit Catherine.

— Peu vraisemblable, non ? dit Felix. Je ne la vois pas capable d'un assassinat.

— Le reste d'entre nous le serait, même Maman ?

— Surtout elle, je pense, si elle le jugeait nécessaire.

— Je ne peux pas le croire, dit Deborah. Mais même si c'était vrai, est-ce que vous la voyez rester silencieuse pendant que la police envahit Martingale et que des gens comme Miss Liddell ou Derek Pullen sont soupçonnés ?

— Non, répondit Felix, non je ne la vois pas du tout. »

CHAPITRE VII

1

Rose Cottage, sur la route de Nessingford, était de ces fermettes fin XVIIIᵉ avec assez de charme superficiel pour inciter les automobilistes de passage à dire qu'on pourrait en faire quelque chose. Entre les mains des Pullen, ce quelque chose avait été une réplique des milliers de logements clonés dans les lotissements HLM. Un gros berger allemand en plâtre se vautrait devant le séjour et derrière lui les rideaux de dentelle élégamment drapés étaient attachés avec des rubans bleus. La porte d'entrée donnait directement dans la pièce principale, où l'enthousiasme des Pullen pour le décor moderne avait eu raison de la plus élémentaire prudence, donnant un résultat curieusement irritant et bizarre. Un mur était tapissé de papier bleu à fond constellé d'étoiles roses, du rose que l'on retrouvait, mais en uni cette fois, sur le mur opposé. Les sièges étaient recouverts d'un tissu aux rayures d'un bleu soigneusement assorti à celui du papier. Le tapis rose pâle avait souffert des allées et venues de souliers boueux.

Rien n'était net, rien n'était simple, rien n'était fait pour durer. Dalgliesh trouva tout cela profondément déprimant.

Derek Pullen et sa mère étaient chez eux et cette dernière, loin d'avoir les réactions habituelles à l'arrivée des policiers menant une enquête criminelle, les accueillit avec un torrent de clichés aussi incohérents qu'enthousiastes, comme si elle était restée là uniquement pour les recevoir après une longue attente. Les phrases se bousculaient et s'entrechoquaient. « Ravie de vous voir... mon frère dans la police... vous avez peut-être entendu parler de lui... il est à Barkingway... toujours mieux de dire la vérité à la police... non pas qu'il y ait quelque chose à dire... Pauvre Mrs. Maxie... pouvais pas le croire quand Miss Liddell me l'a dit... en rentrant, l'ai dit à Derek qui ne pouvait pas le croire non plus... pas du tout le genre de personne dont un homme bien voudrait... très fiers les Maxie... une fille qui cherchait bien ce qui lui est arrivé. » Pendant qu'elle parlait, le regard de ses yeux pâles glissait sur le visage de Dalgliesh, mais sans exprimer la moindre compréhension. A l'arrière-plan, le fils, debout, se raidissait pour affronter l'inévitable.

Donc, Pullen avait appris les fiançailles très tard le samedi, bien que comme la police l'avait déjà établi, il eût passé la soirée au Théâtre Royal à Stratford avec un groupe d'amis de son bureau sans être passé par la kermesse.

Dalgliesh eut quelque difficulté à persuader la volubile Mrs. Pullen de se retirer dans sa cuisine et de laisser son fils répondre lui-même ; mais il fut aidé par le garçon qui ne cessait de répéter à sa mère qu'il fallait les laisser tranquilles. De toute évidence, il s'attendait à cette visite. Quand Dalgliesh et Martin s'étaient annoncés, il s'était levé pour les affronter avec le courage pathétique d'un homme dont les maigres réserves ont à peine suffi pour lui faire franchir la période d'attente. Dalgliesh le traita sans rudesse, comme s'il s'adressait à un fils. Martin l'avait déjà vu employer cette technique qui réussissait parfaitement avec les sujets nerveux, surtout s'ils étaient accablés par le remords. Drôle de chose, le remords, se disait Martin. Ce garçon n'avait probablement rien fait de plus grave que rencontrer Sally Jupp pour un baiser, un brin de câlin, mais il n'aurait pas un instant de repos tant qu'il n'aurait pas vidé son sac. D'un autre côté, c'était peut-être un assassin et dans ce cas, la peur lui fermerait la bouche un peu plus longtemps, mais il finirait toujours par craquer. Il ne tarderait pas à voir dans Dalgliesh, patient, compréhensif et omnipotent le père confesseur que sa conscience réclamait avidement. Alors, le sténographe aurait peine à suivre le torrent des accusations qu'il accumulerait contre lui. En fin de compte, c'était le mental de l'homme lui-même qui le trahissait et Dalgliesh le savait mieux que la plupart. Il y avait des moments où Martin, qui n'était pourtant pas du genre hypersensible, trouvait que la besogne de l'enquêteur n'était pas jolie, jolie.

Mais pour l'heure, Pullen résistait bien. Il reconnut qu'il était passé devant Martingale tard dans la soirée du samedi : il préparait un examen et avait eu envie de prendre un peu l'air avant de se coucher. Il se promenait souvent tard le soir, sa mère pourrait le confirmer. Il prit l'enveloppe vénézuélienne trouvée dans la chambre de Sally, remonta sur son front une paire de lunettes un peu tordue, regarda les dates griffonnées avec l'application d'un myope et reconnut que c'était bien son écriture. L'enveloppe provenait d'un correspondant en Amérique du Sud. Il avait l'habitude de noter les moments où il pouvait rencontrer Sally Jupp. Il ne se rappelait pas quand il la lui avait donnée, mais les dates se rapportaient à leurs rendez-vous du mois précédent.

« Elle fermait sa porte à clef et puis elle se laissait glisser le long du tuyau de descente pour vous retrouver, n'est-ce pas ? demanda Dalgliesh. N'ayez pas peur de trahir sa confiance, nous avons trouvé ses empreintes digitales sur le conduit. Qu'est-ce que vous faisiez pendant ces rencontres ?

— On est allés se promener dans le jardin une fois ou deux. La plupart du temps, on s'asseyait sur le vieux montoir de l'écurie et on causait. » Il crut sans doute voir l'incrédulité se peindre sur le visage de Dalgliesh, car il rougit et lança, sur la défensive : « On ne faisait pas l'amour si c'est à ça que vous pensez. Sans doute que les policiers sont obligés de s'entraîner à voir le mal partout, mais elle n'était pas du tout comme ça.

— Alors elle était comment ? demanda doucement Dalgliesh. De quoi parliez-vous ?

— De tout. De n'importe quoi, en fait. Je crois qu'elle avait besoin de voir quelqu'un de son âge. A St. Mary elle n'était pas heureuse, mais il y avait les autres filles pour s'amuser. Elle imitait les gens, incroyable. Il me semblait que j'entendais Miss Liddell. Elle me parlait de sa famille aussi. Ses parents avaient été tués pendant la guerre. Tout aurait été différent pour elle s'ils avaient vécu. Son père était professeur d'université, alors elle aurait eu un autre genre de foyer que chez sa tante. Cultivé et puis… différent, quoi. »

Dalgliesh se dit que la jeune personne aimait bien faire travailler son imagination et qu'elle avait trouvé au moins un auditeur crédule en Derek Pullen. Mais il y avait sûrement plus dans ces rencontres clandestines que ce qu'il avait accepté d'en divulguer. La fille l'avait utilisé dans un dessein. Lequel ?

« Vous gardiez son enfant, n'est-ce pas, quand elle est allée à Londres le mercredi avant sa mort ? »

C'était vraiment un saut dans l'inconnu, mais Pullen ne parut même pas étonné que l'autre fût au courant.

« Oui. Je travaille dans un bureau de l'administration et je peux prendre un jour de congé de temps en temps. Sally m'a dit qu'elle voulait aller à Londres et je ne voyais pas du tout pourquoi elle n'aurait pas pu le faire. Je suppose qu'elle avait envie de voir un film ou de faire des courses. Les autres mères le font bien.

— Ça paraît drôle qu'elle n'ait pas plutôt laissé son bébé à Martingale. Mrs. Bultitaft n'aurait probablement pas demandé mieux que de s'en occuper à l'occasion. Tout ce mystère paraît bien inutile.

— Elle aimait faire les choses en cachette. Je crois que c'était surtout pour ça qu'elle aimait sortir la nuit. J'avais quelquefois l'impression qu'elle ne s'amusait pas vraiment. Elle s'inquiétait du bébé, ou elle avait sommeil. Mais il fallait qu'elle vienne. Elle était contente de pouvoir se dire le lendemain qu'elle l'avait fait et qu'on ne l'avait pas pincée.

— Vous ne lui avez pas fait remarquer que vous auriez des ennuis tous les deux si la chose était découverte ?

— Je ne vois pas en quoi ça pouvait me faire du tort, dit Pullen, maussade.

— Je pense que vous faites semblant d'être beaucoup plus naïf que vous ne l'êtes en réalité. Je suis prêt à croire que vous n'étiez pas amants tous les deux, parce qu'il me plaît de penser que je sais quand les gens disent la vérité et parce que ça concorde avec ce que je sais de vous deux. Mais vous ne pouvez pas croire honnêtement que les autres seraient aussi accommodants. Les faits comportent une interprétation évidente et c'est celle-là que la plupart leur donneraient, surtout en pareilles circonstances.

— C'est ça. Simplement parce que la pauvre gamine avait un enfant illégitime, c'était forcément une nymphomane. » Le garçon lança le mot comme s'il ne le connaissait que depuis peu et ne l'avait encore jamais employé.

« Oh, vous savez, je doute qu'ils connaissent le sens du mot. Les gens ont peut-être l'esprit mal tourné, mais c'est étonnant de voir comme ils sont souvent justifiés. Je crois que Sally ne jouait pas franc jeu avec vous quand elle utilisait les écuries pour échapper à Martingale. Vous avez bien dû vous le dire aussi ?

— Oui, peut-être. » Le garçon détourna la tête, l'air lamentable, et Dalgliesh attendit. Il avait l'impression qu'il restait encore quelque chose à expliquer, mais que Pullen était empêtré dans son habituel mutisme et arrêté par la difficulté d'expliquer cette jeune femme qu'il avait connue vivante, gaie et téméraire à deux officiers de police qui ne l'avaient jamais vue. Difficulté aisée à comprendre. Il ne doutait pas de la manière dont un jury accueillerait l'histoire de Pullen et se réjouissait de ne pas

avoir à convaincre douze honorables citoyens que
Sally Jupp jeune, jolie et déjà perdue de réputation
s'échappait de sa chambre la nuit en laissant son bébé
tout seul uniquement pour le plaisir de conversations
intellectuelles avec Derek Pullen.

« Est-ce que Miss Jupp vous a parfois laissé
entendre qu'elle avait peur, ou qu'elle était menacée
par un ennemi ?

— Oh ! non. Elle n'était pas assez importante
pour avoir des ennemis. »

Sauf peut-être samedi soir, se dit Dalgliesh qui
poursuivit tout haut : « Elle ne vous a rien dit
au sujet de l'enfant, qui était le père, par
exemple ?

— Non. » Le garçon avait en partie dominé sa
terreur et son ton était bougon.

« Est-ce qu'elle vous a dit pourquoi elle voulait
aller à Londres, jeudi dernier ?

— Non. Elle m'a demandé de garder Jimmy parce
qu'elle en avait plus qu'assez de le trimballer dans le
bois et qu'elle voulait changer de place. On s'est mis
d'accord sur l'endroit où elle devait me le donner —
à la gare de Liverpool Street. Elle avait apporté la
poussette pliante et je l'ai promené dans St. James's
Park. Le soir, je le lui ai redonné et nous sommes
rentrés séparément. On n'allait pas donner aux
vieilles chipies du village l'occasion de déblatérer
encore plus.

— Vous n'avez jamais eu l'idée qu'elle devenait
peut-être amoureuse de vous ?

— Je sais bougrement bien que non. » Il lança un
bref regard très direct à Dalgliesh et lui dit, comme si
la confidence l'étonnait lui-même :

« Elle ne voulait même pas que je la touche. »

Le policier attendit un instant, puis dit tranquillement :

« Ce ne sont pas vos lunettes, n'est-ce pas ? Qu'est-ce qui est arrivé à celles que vous portez habituellement ? »

Le garçon faillit les arracher de sur son nez et referma les mains sur les verres dans un geste si dérisoire qu'il en était pathétique. Puis, se rendant compte de la signification de ce réflexe, il chercha un mouchoir dans sa poche et fit semblant d'essuyer les verres.

Ses mains tremblaient en remettant les lunettes sur le nez où elles glissèrent, tout de travers, et sa voix grinça de frayeur.

« Je les ai perdues. C'est-à-dire, je les ai cassées. Je les fais réparer.

— Vous les avez cassées au moment où vous vous êtes fait cette meurtrissure au-dessus de l'œil ?

— Oui. Je me suis cogné dans un arbre.

— Vraiment. Les arbres m'ont l'air curieusement dangereux dans le coin. Le Dr. Maxie s'est écorché la main contre l'écorce de l'un d'eux, me dit-on. Est-ce que c'était le même par hasard ?

— Les ennuis du Dr. Maxie, j'en ai rien à faire. Je ne sais pas ce que vous voulez dire.

— Je crois que si, dit Dalgliesh doucement. Je m'en vais vous demander de réfléchir à ce que vous m'avez dit, et par la suite vous aurez à faire une déclaration que vous signerez. Il n'y a pas une très grande urgence. Nous savons où vous trouver si nous avons besoin de vous. Parlez de tout ça à votre père quand il rentrera et si l'un de vous veut me voir, faites-le-moi savoir. Et rappelez-vous bien ceci : quelqu'un a tué Sally. Si ce n'est pas vous, vous n'avez rien à·craindre. De toute façon, j'espère que vous aurez le courage de nous dire ce que vous savez. »

Il attendit un instant, mais ses yeux ne rencontrèrent que le regard vitreux de la peur et de la résolution. Au bout d'une minute, il pivota sur ses talons et fit signe à Martin de le suivre.

Une demi-heure plus tard, le téléphone sonna à Martingale. Deborah, qui traversait le hall en portant le plateau de son père s'arrêta, le cala sur sa hanche et décrocha l'appareil. Une minute après, elle passait la tête dans le salon.

« C'est pour toi, Stephen. Derek Pullen, ô stupeur ! »

Stephen, venu tout à fait inopinément pour quelques heures, ne leva pas la tête qu'il avait baissée sur un livre, mais Deborah vit bien le brusque arrêt du mouvement et la légère tension du dos.

« Oh, Seigneur, qu'est-ce qu'il veut ?

— Te parler. Il a l'air pas mal perturbé.

— Dis-lui que je n'ai pas le temps. »

Deborah traduisit le message en lui donnant un semblant de civilité, mais la voix au bout du fil grimpa de plusieurs tons et l'agitation devint de l'incohérence. Deborah se répandit en onomatopées lénifiantes, cependant qu'elle sentait monter le flot du fou rire nerveux qui n'était jamais bien loin en ce temps-là. Elle retourna dans le salon.

« Vas-y, Stephen. Il est vraiment hors de lui. Qu'est-ce que tu as bien pu lui faire ? Il dit que la police est venue l'interroger.

— C'est tout ? Il n'est pas le seul. Dis-lui qu'ils m'ont tenu à peu près pendant six heures au total. Et ils n'ont pas fini. Dis-lui de la fermer et de s'arrêter de bavasser.

— Il vaudrait mieux lui dire ça toi-même, tu ne crois pas ? suggéra Deborah, très suave. Je ne suis pas dans tes secrets et encore moins dans les siens. »

Stephen jura entre ses dents et alla au téléphone. En passant dans le hall, Deborah entendit ses objurgations brèves autant que furibardes :

« C'est bon, c'est bon. Dis-leur si tu veux. Je ne t'en empêche pas. Ils écoutent probablement notre conversation d'ailleurs. Non, il se trouve que je ne l'ai pas fait, mais que ça ne t'influence pas... Le parfait petit gentleman, en somme... Mon vieux, je me fous de ce que tu peux leur dire, mais pour l'amour du ciel, ne sois donc pas si emmerdant ! Au revoir. »

En s'éloignant dans le corridor, Deborah se disait tristement : « Stephen et moi nous sommes si loin l'un de l'autre maintenant que je pourrais lui demander brutalement s'il a tué Sally sans être certaine de la réponse que j'aurais. »

2

Dans la petite salle des Armes du Cacatois, Dalgliesh et Martin subissaient cet état de réplétion sans joie qui suit communément un piètre repas. On leur avait assuré que Mrs. Piggott, qui tenait l'auberge avec son mari, était réputée pour sa cuisine saine et abondante, ce qui ne pouvait que faire naître l'appréhension la plus vive chez des hommes dont les déplacements les avaient mis en contact avec la plupart des divagations culinaires anglaises. C'était sans doute Martin qui souffrait le plus. Ses années de guerre en France et en Italie lui avaient donné pour la cuisine continentale un goût qu'il ne cessait de cultiver depuis par des voyages à l'étranger. La plupart de ses loisirs et toutes ses disponibilités financières y étaient consacrés. Enthousiastes et jamais blasés, sa femme et lui ne doutaient pas un instant d'être compris, acceptés et bien nourris dans presque tous les coins d'Europe. Chose assez étrange, ils n'avaient encore jamais été déçus. Tout en essayant de surmonter des malaises intestinaux aigus, Martin laissait son esprit batifoler autour du cassoulet de Toulouse et se rappelait avec émotion la poularde en vessie dégustée pour la première fois dans une modeste auberge de l'Ardèche. Les besoins de Dalgliesh étaient à la fois moins compliqués et plus difficiles à satisfaire : il voulait une cuisine anglaise simple, convenablement préparée.

Mrs. Piggott avait la réputation de soigner ses soupes et c'était vrai, dans la mesure où les ingrédients déshydratés étaient assez bien mélangés pour éviter les grumeaux. Elle faisait même des expériences avec les saveurs et la mixture de ce jour-là, tomate (orange) et oxtail (brun rougeâtre), assez épaisse pour que la cuillère tînt debout dedans, était aussi inquiétante pour le palais que pour l'œil. Ce brouet avait été suivi par une paire de côtelettes de mouton artistement blotties contre un monticule de pommes de terre et flanquées de petits pois en boîte plus gros et plus luisants que tous ceux qui avaient jamais connu la cosse. Ils avaient le goût de la farine de soja. Une teinture verte qui ne rappelait que de fort loin la couleur d'un végétal connu en suintait et allait se mêler désagréablement au jus de viande. Avait suivi une tarte pommes et cassis où les fruits ne s'étaient jamais rencontrés ni entre eux ni avec la croûte avant d'être disposés sur le plat par la main vigilante de Mrs. Piggott et ensevelis sous un plâtras de crème synthétique.

Martin s'arracha à la contemplation de ces horreurs culinaires pour fixer son attention sur le problème en discussion.

« Curieux, patron, que le Dr. Maxie soit allé chercher Mr. Hearne pour l'aider à mettre l'échelle en place. Un homme robuste peut très bien la manœuvrer tout seul. Le chemin le plus direct pour aller jusqu'au montoir de l'écurie, c'est par l'escalier de service. Au lieu de ça, Maxie va chercher Hearne. Comme s'il voulait avoir un témoin de la découverte du corps.

— C'est très possible. Même s'il n'a pas tué la fille, il a pu vouloir un témoin pour ce qui allait être trouvé dans la pièce. D'ailleurs, il était en pyjama et en robe de chambre, ce qui n'est pas la tenue la plus pratique pour escalader les échelles et les fenêtres.

— Sam Bocok a confirmé la version du Dr. Maxie jusqu'à un certain point. Ce qui ne signifie pas grand-chose, tant que l'heure du décès n'est pas établie. Mais enfin, ça prouve tout de même qu'il a dit la vérité sur un point.

— Sam Bocock confirmerait n'importe quelle histoire des Maxie. Cet homme-là serait un don du ciel pour l'avocat. Mise à part sa capacité naturelle pour parler peu tout en donnant une impression de véracité absolue et incorruptible, il croit honnêtement que les Maxie sont innocents. Vous l'avez entendu : " C'est des gens bien, au château. " Simple énoncé de la vérité. Et il n'en démordrait pas même si le Tout-Puissant venait affirmer le contraire. Ce n'est pas le tribunal qui va l'effrayer.

— Il me faisait l'effet d'être un témoin honnête, patron.

— Bien sûr. Mais je l'aurais mieux aimé s'il ne m'avait pas regardé avec cette expression curieuse, mi-amusée et mi-apitoyée que j'ai déjà remarquée chez de vieux paysans. Vous qui êtes de la campagne, vous pouvez certainement l'expliquer. »

Martin le pouvait bien en effet, mais chez lui la prudence l'avait emporté depuis longtemps sur la témérité.

« Apparemment un grand amateur de musique, ce vieux monsieur. Il avait un bien beau magnétophone, ça faisait drôle de voir un ensemble haute fidélité dans une bicoque comme ça. »

L'appareil avec ses casiers de disques longue durée paraissait en effet incongru dans une pièce où presque tout le reste était un héritage du passé. Bocock partageait évidemment la crainte respectueuse du paysan pour l'air frais : les deux petites fenêtres étaient fermées et rien n'indiquait qu'elles eussent jamais été ouvertes. Les roses fanées d'une autre époque s'enlaçaient sur le papier ; trophées et souvenirs de la Grande Guerre se bousculaient dans un certain désordre sur les murs : un détachement de cavaliers, un petit médaillier, une reproduction violemment colorée du Roi George V et de la Reine. Les inévitables photos de famille étaient de celles qu'aucun observateur ne pouvait espérer identifier sans un examen microscopique. Ce jeune homme sérieux et moustachu avec son épousée edwardienne était-il le père ou le grand-père de Bocock ? Pouvait-il vraiment conserver une lueur d'esprit de famille pour ces groupes (sépia) de ruraux endimanchés en chapeau melon flanqués de leurs épouses massives ? Les

photos les plus récentes étaient au-dessus de la
cheminée. Stephen Maxie, tout fier sur son premier
poney hirsute, avec un Bocock plus jeune mais
parfaitement reconnaissable à côté de lui. Une Deborah Maxie penchée sur sa selle, nattes pendantes,
pour recevoir une rosette. Malgré son agrégat de neuf
et de vieux, la pièce portait les marques du soin avec
lequel un vieux soldat discipliné entretient ses biens
personnels.

Bocock les avait reçus avec une dignité sans apprêt.
Il venait de finir son thé. Bien que vivant seul, il avait
gardé l'habitude très féminine de mettre en même
temps sur la table tout ce qui se mange. Il y avait un
pain croustillant, un pot de confiture avec sa cuillère,
de la betterave en tranches dans une jatte de verre très
ornée, des oignons blancs, et un concombre en
équilibre instable dans un petit broc. Au milieu de la
table, un saladier de laitue disputait la préséance à un
gros gâteau visiblement fait à la maison. Dalgliesh
s'était rappelé que la fille de Bocock avait épousé un
agriculteur de Nessingford et qu'elle s'occupait de
son père. Le gâteau était sans doute une offrande
récente de la piété filiale. En plus de cette abondance,
la vue et l'odorat témoignaient que le maître de céans
venait d'achever un repas de poisson frit et de chips.

Dalgliesh et Martin, dirigés vers les lourds fauteuils flanquant la cheminée — même par cette
chaude journée de juillet un petit feu y brûlait, sa
flamme à peine visible dans un rayon de soleil tombé
de la fenêtre ouest — reçurent l'offre de la tradition-
nelle tasse de thé. Après quoi, Bocock se dit évidemment que les devoirs de l'hospitalité avaient été
remplis et que c'était à ses visiteurs d'exposer le but
de leur démarche. Il continua son repas, rompant

avec ses mains brunes et maigres des morceaux de pain bis qu'il portait d'un air distrait à sa bouche, où ils étaient mâchés et malaxés avec une silencieuse concentration. Sans donner spontanément la moindre indication, il répondit aux questions de Dalgliesh avec une lenteur délibérée qui faisait penser à un manque d'intérêt plutôt qu'à un refus de coopérer, tout en jaugeant franchement les deux policiers d'un regard amusé que Dalgliesh, les cuisses piquées par le crin du siège et le visage cuit par la chaleur, trouvait un peu déconcertant et plus qu'un peu irritant.

Le lent interrogatoire n'avait rien apporté de neuf ni d'inattendu. Stephen Maxie, venu la veille au soir, était arrivé pendant les nouvelles de neuf heures, mais Bocock ne pouvait dire à quel moment il était parti. Assez tard. Mr. Stephen le saurait. Très tard ? « Ouais, après onze heures, peut-être plus tard, peut-être pas mal plus tard. » Dalgliesh remarqua assez sèchement que Mr. Bocock se le rappellerait sans aucun doute plus précisément quand il aurait eu le temps d'y penser et l'autre admit la force de cette hypothèse. De quoi avaient-ils parlé ? « Écouté Beethoven, surtout. Mr. Stephen n'est pas du genre bavard. » Bocock avait l'air de déplorer sa propre loquacité ainsi que la déplorable verbosité du monde en général et des policiers en particulier. Rien autre n'émergea. Il n'avait pas remarqué Sally à la kermesse, sinon vers la fin de l'après-midi quand elle avait fait une petite promenade à cheval avec le bébé dans ses bras et vers six heures quand le ballon d'un des enfants du catéchisme s'était accroché dans un orme. Mr. Stephen était allé chercher l'échelle pour le récupérer et Sally avait tenu le pied ; elle se trouvait alors près de lui, avec le bébé dans la poussette. A part cela, il ne l'avait pas remarquée.

Oui, il avait vu le jeune Johnnie Wilcox vers quatre heures moins dix à peu près. Il se glissait hors de la tente des thés avec un paquet qui avait l'air joliment suspect. Non, il ne l'avait pas arrêté. C'était un brave gosse. Aucun des gamins n'aimait aider au service. Bocock non plus, dans son jeune temps. Et si Johnnie disait qu'il était sorti de la tente à quatre heures et demie, il se trompait un peu. Il n'avait pas fait plus d'une demi-heure de travail, au maximum. Et si le vieil homme se demandait pourquoi la police s'intéressait à Wilcox et à ses peccadilles, il n'en manifesta rien. Toutes les questions de Dalgliesh reçurent des réponses sereines, décontractées et apparemment sincères. Il ignorait tout des fiançailles de Mr. Maxie et n'en avait entendu parler dans le village ni avant ni après le meurtre. « Y a des gens qui disent n'importe quoi. Les ragots de village, faut pas y faire attention. »

Telle avait été sa déclaration finale. Sans aucun doute, quand il aurait parlé avec Stephen Maxie et saurait ce qu'il fallait dire, il se rappellerait plus précisément l'heure à laquelle ce dernier l'avait quitté la veille au soir. Pour le moment, il était sur ses gardes, mais il avait de toute évidence choisi son camp. Ils le laissèrent, encore en train de manger, assis, imposant et solitaire, au milieu de ses souvenirs et de ses disques.

« Non, dit Dalgliesh. Nous n'avons pas beaucoup de chances de lui tirer quelque chose d'utile sur les Maxie. Si le jeune avait besoin d'un allié, il a bien su le trouver. Mais enfin, nous avons tout de même appris un détail qui n'est pas sans intérêt. Si Bocock ne se trompe pas pour les heures et il est vraisemblablement plus précis que Johnnie Wilcox, la rencontre dans le fenil a eu lieu avant quatre heures et demie. Cela coïnciderait avec ce que nous savons des mouvements ultérieurs de Jupp, y compris la scène sous la tente, quand elle est arrivée dans une copie de la robe de Mrs. Riscoe. On ne l'avait pas vue habillée comme ça avant quatre heures et demie, donc elle a dû se changer après la conversation dans le fenil.

— Drôle d'idée de faire ça, non ? Et puis pourquoi attendre ce moment-là ?

— Elle avait peut-être acheté la robe dans l'idée de la porter en public pour une occasion ou pour une autre. Il est peut-être arrivé quelque chose pendant la conversation qui l'a libérée de toute dépendance vis-à-vis de Martingale. Elle pouvait alors se permettre un dernier geste. D'un autre côté, si elle savait avant samedi dernier qu'elle allait épouser Maxie, elle était vraisemblablement libre de faire son geste quand elle en avait envie. Il y a une curieuse contradiction entre les témoignages à propos de cette offre de mariage. Si nous en croyons Mr. Hicks — et pourquoi ne pas le croire ? — Sally Jupp savait certainement qu'elle allait épouser quelqu'un quand elle l'a rencontré le jeudi précédent. J'ai peine à croire qu'elle avait deux fiancés en réserve et il n'y a pas surabondance de candidats qui s'imposent. D'ailleurs, pendant que nous examinons la vie amoureuse du jeune Maxie, voilà quelque chose que vous n'avez pas vu. »

Il lui tendit une feuille de papier mince qui portait l'en-tête d'un petit hôtel de la côte.

Monsieur,
Bien que je sois obligée de penser à ma réputation et que je ne tienne pas spécialement à être mêlée aux

activités de la police, j'estime pourtant qu'il est
de mon devoir de vous informer qu'un Mr. Maxie
est descendu dans cet hôtel le 24 mai dernier avec
une dame qu'il a inscrite comme étant son épouse.
J'ai vu dans l'*Evening Clarion* une photographie du
Dr. Maxie qui est mêlé au crime de Chadfleet et qui
d'après les journaux est célibataire. C'est bien le
même. Je n'ai pas vu de photographies de la défunte
et je ne pourrais donc pas jurer que je la reconnais,
mais j'ai pensé qu'il était de mon devoir de porter
à votre connaissance le fait ci-dessus. Bien sûr,
il n'a peut-être aucune importance et comme je
souhaite n'être mêlée à aucune affaire déplaisante,
je vous serais obligée de ne pas mentionner mon
nom. Non plus que celui de mon hôtel qui a toujours
été fréquenté par une clientèle d'un très bon
milieu. Mr. Maxie n'y a passé qu'une nuit et le
couple a été très discret, mais mon mari pense qu'il
est de notre devoir de porter ce renseignement à
votre connaissance. Ceci, bien entendu, sous toutes
réserves.

Recevez, monsieur, l'assurance de ma considération distinguée.

Lily Burwood (Mrs)

« La dame a l'air curieusement préoccupée de son
devoir, dit Dalgliesh, et on ne voit pas bien ce qu'elle
veut dire par " sous toutes réserves ". J'ai l'impression que son mari est pour beaucoup dans cette lettre
y compris la phraséologie, mais sans avoir le courage
de la signer. Enfin, j'ai envoyé ce jeune néophyte
débordant de zèle qu'est Robson enquêter sur place
et je suis persuadé qu'il s'est follement amusé. Il est
parvenu à les convaincre que la nuit en question

n'avait aucun rapport avec le crime et que dans l'intérêt de l'hôtel, il valait mieux oublier toute l'affaire. Mais ce n'est pas tout à fait aussi simple que ça. Robson avait emporté quelques photos, dont une ou deux prises à la kermesse et elles ont confirmé une petite théorie assez intéressante. Savez-vous qui a été la partenaire du Dr. Maxie dans le péché ?

— Est-ce que ça ne serait pas Miss Bowers, chef ?

— En effet. J'espérais pouvoir vous surprendre.

— Mais si ça devait être quelqu'un d'ici, il n'y avait qu'elle. Rien n'indique que le Dr. Maxie et Sally Jupp avaient une liaison. Et puis ça s'est passé il y a un an.

— En somme, vous ne pensez pas que ça a une grande importance ?

— Ma foi, de nos jours, les jeunes n'ont pas l'air d'y faire autant attention que moi on m'avait appris à le faire.

— Ça n'est pas qu'ils pêchent moins, mais les péchés leur pèsent moins. Rien ne nous prouve cependant que Miss Bowers réagisse de cette façon-là. Elle a bien pu être très profondément blessée. Elle ne me fait pas l'effet d'être une personne affranchie des conventions ; en plus, elle est très amoureuse et pas particulièrement adroite pour le dissimuler. Je crois qu'elle souhaite passionnément épouser le Dr. Maxie et après tout ses chances ont augmenté depuis samedi soir. Elle a assisté à la scène dans le salon, elle savait donc ce qu'elle avait à perdre.

— Vous croyez que ça continue, chef ? » Le brigadier Martin n'arrivait jamais à être plus explicite quand il s'agissait des péchés de la chair. Il en avait pourtant vu et entendu assez pendant ses trente années dans la police pour dissiper la plupart des illusions, mais sa gentillesse naturelle ne lui permettait pas de croire que les hommes fussent aussi mauvais ou aussi faibles que l'expérience s'employait constamment à le lui prouver.

« Ça me paraît très peu vraisemblable. Ce weekend a sans doute été la seule incursion dans le domaine de la passion. Ça n'a peut-être pas été un succès. Peut-être, comme vous le suggérez assez méchamment, une simple bagatelle. C'est en tout cas une complication. Catherine Bowers est du genre de femme qui dit à son homme qu'elle fera n'importe quoi pour lui... et qui le fait parfois.

— Mais est-ce qu'elle pouvait être au courant, pour les comprimés ?

— Personne n'a admis lui en avoir parlé et je la crois quand elle a dit qu'elle n'en savait rien. Sally Jupp aurait pu lui en dire un mot, mais elles n'étaient pas en très bons termes ; en fait elles n'avaient aucun rapport d'après ce que je peux constater. Ça paraît donc peu vraisemblable, ce qui ne prouve rien, d'ailleurs. Miss Bowers devait bien savoir qu'il y avait des comprimés de somnifère d'une sorte ou d'une autre dans la maison et où ils étaient probablement rangés. De même pour Hearne.

— Bizarre qu'il puisse rester ici.

— Ça signifie sans doute qu'il croit que l'un des membres de la famille est coupable et il veut être sur place pour veiller à ce que nous n'ayons pas la même idée. Il sait peut-être même qui a fait le coup et dans ce cas, j'ai bien peur qu'il ne commette pas de gaffe. J'ai mis Robson sur son cas et son rapport, débarrassé du jargon psychologique, est à peu près conforme à ce que j'attendais. Voilà. Tous les détails sur Felix George Mortimer Hearne. Très beaux états de service pendant la guerre. Dieu sait comment il a fait tout ça et ce que ça lui a fait à lui. Il semble que depuis 1945 il ait beaucoup erré de-ci de-là, écrit un peu et c'est à peu près tout. Il est associé aux éditeurs Hearne & Illingworth ; c'est son arrière-grand-père, le vieux Mortimer Hearne qui a fondé la maison. En 1919, son père a épousé une Française, Mlle Annette d'Apprius qui a encore apporté de l'argent à la famille. Felix est né en 1921, il a fait ses études dans les boîtes chic et chères habituelles. Rencontré Deborah Riscoe par l'intermédiaire du mari de la dame, avait été son condisciple à lui bien que beaucoup plus jeune, et pour autant que Robson le sache, n'a jamais vu Sally Jupp avant de la rencontrer ici. Il a une très jolie petite maison à Greenwich et un ancien ordonnance pour le servir. Selon les rumeurs, il serait l'amant de Mrs. Riscoe, mais aucune preuve et selon Robson on ne tirerait rien du domestique. D'ailleurs, je doute qu'il y ait quelque chose à tirer. Mrs. Riscoe mentait certainement quand elle a dit qu'ils avaient passé la nuit de samedi ensemble. Je suppose que Felix Hearne aurait pu assassiner Sally Jupp pour éviter une situation embarrassante à Deborah Riscoe, mais un jury ne le croirait pas et moi non plus.

— Pas question de drogue en sa possession ?

— Aucune. Il n'est guère douteux, je pense, que le somnifère utilisé pour endormir Sally Jupp provenait du flacon pris dans l'armoire de Mr. Maxie. Mais enfin, il y avait d'autres personnes qui en utilisaient. Le flacon de Martingale a pu être caché de cette façon spectaculaire pour égarer. Selon le Dr. Epps, il a prescrit ce somnifère à Mr. Maxie, Sir Reynold Price et Miss Pollack à St. Mary. Pas un n'est capable d'indiquer la dose exacte, ce qui ne m'étonne pas ; les gens sont très négligents avec les remèdes. Où est ce rapport ? Oui, voilà. Mr. Maxie, on sait tout. Bon. Sir Reynold Price. Les comprimés lui ont été prescrits en janvier de cette année et délivrés par Goodliffes, de la City, le 14. Il en avait vingt, dont il dit qu'il a pris la moitié et oublié le reste. Apparemment, son insomnie a été vite guérie. Si l'on s'en tient au simple bon sens, c'est son flacon avec neuf comprimés qui a été laissé dans la poche de son pardessus et trouvé par le Dr. Epps. Sir Reynold est prêt à l'admettre, sans pouvoir se rappeler l'avoir mis dans sa poche. Pas un endroit très indiqué pour un somnifère, mais il passe souvent la nuit hors de chez lui et il dit qu'il l'a probablement pris à la hâte, au dernier moment. Nous savons bien que Sir Reynold Price, agriculteur et homme d'affaires, est habitué à faire des pertes calculées sur une activité secondaire pour compenser ses bénéfices sur la principale.

« Il fulmine contre ce qu'il appelle la profanation de Chadfleet-Ville nouvelle retranché dans un château pseudo-victorien si affreux que je m'étonne qu'on n'ait pas encore formé un comité pour sa sauvegarde. Sir Reynold est sans aucun doute un béotien mais un assassin, je ne crois pas. Il n'a pas d'alibi pour la nuit de samedi dernier, c'est vrai, et tout ce que nous savons par son personnel, c'est qu'il est parti de chez lui en voiture vers vingt-deux heures et qu'il n'est rentré que le dimanche matin de bonne heure. Mais il a l'air si penaud et embarrassé, il essaie si visiblement de maintenir la réticence qui caractérise le gentleman authentique qu'il doit y avoir une " petite femme " dans l'histoire ; je crois que nous pouvons en être sûrs. Quand on insistera vraiment et qu'il se rendra compte qu'il y a une accusation de meurtre à la clef, je pense que nous obtiendrons le nom de la dame. Ces fugues d'une nuit lui sont assez habituelles et je ne crois pas qu'elles aient le moindre rapport avec Sally Jupp. Il n'aurait pas attiré l'attention sur ses mouvements en prenant sa Daimler pour une visite clandestine à Martingale.

« Pour Miss Pollack, nous sommes au courant aussi. Elle semble avoir considéré les comprimés comme un cocaïnomane devrait considérer la cocaïne, mais le fait si rarement. Elle a longuement combattu les démons conjugués de la tentation et de l'insomnie, et pour finir elle a failli jeter le somnifère dans les W.-C. Miss Liddell l'en a dissuadée et l'a rendu au Dr. Epps. Celui-ci, selon Robson, pense qu'en effet il l'a récupéré, mais n'en est pas sûr. Il n'y en avait pas assez pour que la dose soit vraiment dangereuse et il était étiqueté. Négligence coupable je suppose, mais les gens *sont* négligents. Et puis, bien entendu, ce somnifère n'est pas sur la liste des produits dangereux. D'ailleurs il a suffi de trois comprimés pour endormir Sally et il est vraisemblable qu'ils venaient du flacon de Martingale.

— Ce qui nous ramène aux Maxie et à leurs invités.

— Bien sûr. Et ce n'est pas un crime aussi stupide qu'il en a l'air. A moins de trouver ces comprimés et une preuve quelconque qu'ils ont été administrés par Mr. Maxie, pas moyen de faire tenir une inculpation. Vous vous représentez ! Sally Jupp connaissait l'existence des comprimés, elle a pu les prendre elle-même. Ils ont été mis dans le mazagran de Mrs. Riscoe, rien n'indique qu'ils étaient destinés à Sally Jupp. N'importe qui pouvait entrer dans la maison pendant la kermesse et guetter la fille. Pas de mobile convaincant. D'autres personnes avaient accès au somnifère. Etc.

— Mais si l'assassin avait utilisé plus de comprimés et tué la fille par ce procédé-là, on n'aurait peut-être pas soupçonné le crime.

— Pas faisable. Ces barbituriques ont une action lente. Elle aurait pu rester dans le coma pendant des jours et s'en tirer. N'importe quel médecin sait ça. D'autre part, il serait difficile d'étouffer une fille robuste et saine, voire d'entrer dans sa chambre sans qu'elle s'en aperçoive à moins qu'elle soit droguée. Évidemment, la combinaison était risquée, mais moins qu'une des deux méthodes employée seule. D'ailleurs, je doute que quelqu'un avale une dose mortelle de ce produit sans s'en apercevoir. Il est censé être moins amer que la plupart des comprimés de somnifères, mais il n'est pas absolument sans goût. C'est probablement pourquoi Sally Jupp a laissé la plus grande partie de son cacao. Avec une si petite dose, elle devait être à peine somnolente et pourtant elle est morte sans se débattre. C'est ça qui est curieux. Elle devait ou connaître la personne qui est entrée dans sa chambre ou du moins ne pas en avoir peur. Et dans ce cas, pourquoi la drogue ? Il n'y a peut-être pas de rapport entre les deux, mais c'est vraiment trop fort comme coïncidence que quelqu'un ait mis une dose de barbiturique dans sa boisson le soir où quelqu'un d'autre avait décidé de l'étrangler. Et puis, il y a la curieuse répartition des empreintes digitales. Quelqu'un a dégringolé ce tuyau d'évacuation, mais les seules empreintes sont celles de Jupp et elles ne sont peut-être pas récentes. La boîte à cacao a été retrouvée vide dans la poubelle et la doublure en papier a disparu. Sur la boîte, les empreintes de Jupp et Bultitaft. Sur le verrou de la chambre, seulement celles de Jupp, mais très brouillées. Hearne dit qu'il a protégé le verrou avec son mouchoir quand il a ouvert la porte, ce qui, vu les circonstances, dénote une certaine présence d'esprit. Peut-être trop. De tous ces gens, il est celui qui risque le moins de perdre la tête dans un coup dur, ou de négliger des points essentiels.

— Pourtant, quelque chose l'avait drôlement fait tiquer avant qu'il soit questionné.

— Oui, certainement. J'aurais peut-être réagi plus vigoureusement à ses provocations si je n'avais pas su que c'était de la trouille et rien autre. Il y a des gens comme ça. Le pauvre type faisait presque pitié. Venant de lui, c'était un spectacle surprenant. Même Proctor s'est mieux tenu et Dieu sait s'il avait les jetons.

— On sait que Proctor n'a pas pu le faire.

— Lui aussi, vraisemblablement ; il a pourtant menti sur un certain nombre de choses et on le sciera le moment venu. Je crois qu'au sujet de l'appel téléphonique, il disait la vérité. Dommage pour lui que sa fille ait pris la communication. Si c'était lui qui avait répondu, nous n'en aurions jamais rien su. Il soutient toujours que c'est Miss Liddell qui a appelé et sa femme comme Beryl confirment que la correspondante a donné ce nom-là. Proctor commence par dire à sa femme et à nous qu'elle appelait uniquement pour donner des nouvelles de Sally et puis quand nous le questionnons à nouveau, quand nous lui disons que Liddell nie absolument avoir appelé, il persiste à dire que la communication provenait d'elle ou de quelqu'un qui se faisait passer pour elle ; mais il admet qu'elle lui a dit que Sally était fiancée à

Stephen Maxie. Ce serait certainement un motif plus vraisemblable pour le coup de fil qu'un rapport général sur la carrière de sa nièce. Intéressant de voir le nombre de gens qui prétendent avoir été au courant de ces fiançailles avant qu'elles aient effectivement eu lieu.

— Ou avant que Maxie admette qu'elles aient eu lieu. Il soutient toujours que sa proposition a été le résultat d'une impulsion quand il se sont rencontrés dans le jardin vers dix-neuf heures quarante le samedi soir et qu'avant il n'avait jamais songé à l'épouser. Ce qui ne signifie pas qu'elle n'avait pas envisagé, voire même escompté la chose. Mais c'était courir au-devant des difficultés de répandre prématurément l'heureuse nouvelle. Et quelle raison pouvait-elle avoir d'en parler à son oncle si ce n'est le besoin — compréhensible — de l'enfoncer ou de le déconcerter ? Mais même dans ce cas, pourquoi se faire passer pour Miss Liddell ?

— Donc vous êtes sûr que c'est Sally Jupp qui a donné ce coup de fil, chef ?

— Ma foi, on nous a dit, n'est-ce pas, qu'elle imitait admirablement les gens. Je crois que nous pouvons être sûrs que c'est elle qui a appelé, et il est significatif que Proctor ne veuille toujours pas l'admettre. Autre petit mystère que nous n'éclaircirons sans doute jamais : où Sally Jupp a-t-elle passé les heures entre le moment où elle a couché son bébé le samedi soir et celui où elle a fait son ultime apparition dans le grand escalier de Martingale ? Personne n'admet l'avoir vue.

— Est-ce que ça ne laisserait pas supposer qu'elle est restée dans sa chambre avec Jimmy et puis qu'elle est allée chercher son cacao à un moment où elle savait que Martha serait couchée et donc qu'elle aurait le champ libre ?

— C'est certainement l'explication la plus plausible. Elle n'aurait été bien reçue ni au salon ni à la cuisine. Elle voulait peut-être être seule. Dieu sait qu'elle ne manquait pas de sujets de réflexion ! »

Ils restèrent un moment silencieux. Dalgliesh méditait sur la disparité curieuse des éléments qui lui paraissaient ressortir dans l'affaire. La répugnance révélatrice de Martha à insister sur l'un des défauts de Sally. Le flacon de somnifère hâtivement enfoncé dans le sol. Une boîte à cacao vide, une fille aux cheveux d'or qui riait, tête renversée, en regardant Stephen Maxie récupérer un ballon d'enfant dans un orme de Martingale, un coup de téléphone anonyme, une main gantée aperçue à l'instant où elle rabattait une trappe dans le fenil de Bocock. Et au cœur du mystère, la clef qui permettrait de déchiffrer tout le reste : la personnalité complexe de Sally Jupp.

CHAPITRE VIII

1

La liste du mercredi matin avait été fort longue à St. Luke, et c'est seulement en s'asseyant pour déjeuner que Stephen se rappela Sally. Alors, comme toujours, le souvenir le frappa tel un couteau lui coupant l'appétit, le coupant des plaisirs faciles de la vie quotidienne. La conversation à table lui parut sonner faux, écran de banalités pour couvrir l'embarras des confrères en sa présence. Les journaux étaient trop soigneusement pliés au cas où quelque titre risquerait d'attirer l'attention sur la présence parmi eux d'un possible assassin. Ses voisins prenaient trop visiblement soin de l'inclure dans leurs conversations. Pas trop au cas où il penserait qu'ils le plaignaient. Pas trop peu au cas où il penserait qu'ils l'évitaient. La viande sur son assiette n'avait pas plus de goût que du carton. Il se força à en avaler quelques bouchées de plus — effet désastreux si le suspect n'avait plus d'appétit — et fit semblant de mépriser le dessert. Le besoin d'agir le talonnait. Si la police n'arrivait pas à crever l'abcès, lui, peut-être, le pourrait. Il marmonna une vague excuse et laissa les internes à leurs conjectures. Pourquoi pas, en somme ? Était-ce vraiment si étonnant qu'ils voulussent lui poser la seule question cruciale ? Sa mère, la main sur la sienne au téléphone, le visage ravagé tourné vers lui dans une interrogation désespérée, l'avait voulu aussi. Et il avait répondu : « Pas besoin de me le demander. Je ne sais rien, absolument rien. Je le jure. »

Il avait une heure de liberté et il savait ce qu'il voulait en faire. Le secret de la mort de Sally devait se trouver dans sa vie et probablement sa vie avant qu'elle vienne à Martingale. Stephen était convaincu que le père de l'enfant en donnerait la clef, si seulement on pouvait le trouver. Il n'analysait pas ses mobiles, il ne se demandait pas si ce besoin impérieux de trouver un inconnu avait ses racines dans la logique, la curiosité ou la jalousie. C'était assez d'éprouver un soulagement dans l'action, si décevants que soient les résultats.

Il se rappelait le nom de l'oncle de Sally, mais non pas l'adresse complète et il lui fallut un certain temps pour passer les Proctor en revue, à la recherche d'un numéro sur Canningbury. Une femme lui répondit de la voix guindée, artificielle, de ceux qui n'ont pas l'habitude du téléphone. Quand il se fut présenté, un si long silence tomba qu'il crut qu'ils avaient été coupés. Il sentit la méfiance comme une impulsion physique le long du fil et tenta de l'exorciser. Voyant qu'elle hésitait toujours, il lui proposa de la rappeler plus tard, après qu'elle en aurait parlé à son mari. Il ne songeait pas le moins du monde à la menacer, s'imaginant tout bonnement qu'elle était de ces femmes incapables d'une initiative indépendante, si simple soit-elle. Mais le résultat de sa suggestion fut surprenant. Elle répondit très vite : « Oh non, non ! Pas besoin de ça. Mr. Proctor ne veut pas parler de Sally. Il ne faut pas lui téléphoner, ce ne serait pas bien. Après tout, ça ne peut faire de mal à personne de vous dire ce que vous voulez savoir. Seulement, il vaudrait mieux que Mr. Proctor ne sache pas que vous avez appelé. » Et elle donna l'adresse que voulait Stephen. Quand elle avait été engrossée, Sally travaillait pour le Select Book Club, Falconer's Yard, dans la City.

La maison avait ses bureaux dans une cour non loin de la cathédrale St. Paul. Il fallait d'abord franchir un passage étroit, sombre et difficile à trouver, mais la cour elle-même était pleine de lumière et tranquille comme l'enceinte d'une cathédrale de province. Le tintamarre grinçant de la circulation n'y parvenait qu'assourdi, comme le ressac lointain de la mer, l'air était lourd des odeurs du fleuve. Très facile, par contre, de trouver la maison. Du côté ensoleillé de la cour, une petite baie était occupée par les choix du Select Book Club disposés avec une négligence étudiée devant une draperie de velours violet. Il méritait bien son nom, s'adressant à la catégorie de lecteurs qui aiment une histoire solidement ficelée sans beaucoup se soucier de celui qui l'a écrite, préfèrent s'éviter la tâche fastidieuse du choix personnel et pensent qu'une bibliothèque de volumes de mêmes dimensions dans des reliures de même couleur donne de la classe à n'importe quelle pièce. Select Books préférait voir la vertu récompensée et le vice convenablement puni. La maison fuyait la lubricité, évitait la controverse et ne prenait pas de risque avec les premiers romans.

Comme on pouvait s'y attendre, elle était souvent obligée de remonter très loin dans les catalogues des éditeurs pour assurer sa production. Stephen remarqua que seuls quelques-uns des volumes choisis provenaient de chez Hearne & Illingworth. Ce qui l'étonna, c'est qu'il y en eût !

Les marches du perron étincelaient de blancheur et la porte ouverte donnait dans un petit bureau visiblement installé pour la commodité des clients qui préféraient venir chercher eux-mêmes leur sélection mensuelle. Au moment où Stephen entrait, un ecclésiastique rassis subissait les adieux prolongés de la responsable, bien résolue à ne pas le laisser échapper avant que les mérites de la dernière cuvée, y compris les détails de l'intrigue et la fin réellement stupéfiante, eussent été expliqués par le menu. Cela fait, il fallait encore prendre des nouvelles de la famille et solliciter un avis sur le choix du mois précédent. Stephen attendit patiemment qu'elle en eût fini et pût tourner vers lui son sourire résolument radieux. Une petite carte encadrée sur son bureau proclamait qu'il s'agissait de Miss Titley.

« Désolée de vous avoir fait attendre. Vous êtes un nouveau client, n'est-ce pas ? Je ne crois pas avoir déjà eu le plaisir... Je finis par connaître tout le monde et tout le monde me connaît. C'était le chanoine Tatlock. Nous l'aimons beaucoup. Mais il ne veut pas qu'on le presse. Il ne veut pas qu'on le presse. »

Stephen fit donner tout son charme et expliqua qu'il voulait voir la personne qui dirigeait la maison. Pour une affaire personnelle et très importante. Il ne voulait rien vendre et ne prendrait pas beaucoup de temps. Il était désolé de ne pas pouvoir être plus explicite, mais c'était très important. « Pour moi, du moins », ajouta-t-il avec un sourire désarmant.

Le sourire l'emporta. Il l'emportait toujours. Miss Titley, que l'inusité faisait partir comme une compagnie de perdrix, alla dans le fond de son bureau passer un coup de fil furtif. Furtif, mais assez prolongé, pendant lequel elle lui lança plusieurs coups d'œil, comme pour s'assurer de sa respectabilité. Elle finit par reposer l'appareil et revint en annonçant que Miss Molpas était disposée à le recevoir.

Son bureau était au troisième étage. L'escalier aux marches couvertes de moquette était raide et si étroit que Stephen et Miss Titley étaient obligés de se ranger à chaque palier pour laisser passer les employées. Pas un homme à l'horizon. Quand il fut enfin introduit dans le bureau de la directrice, il constata qu'elle avait bien choisi. Trois étages incommodes étaient un prix modique à payer pour cette vue sur les toits de la ville et le ruban d'argent qui glissait devant Westminster. Miss Titley susurra une présentation aussi révérencieuse qu'inaudible et disparut. Derrière son bureau, Miss Molpas se leva lourdement et désigna du geste un fauteuil. C'était une femme petite et brune, d'une remarquable laideur, son gros visage rendu plus large encore par la faute d'une frange épaisse coupée au ras des sourcils : elle portait d'énormes lunettes cerclées d'écaille aux verres comme des hublots qui semblaient faits pour inspirer la caricature. Vêtue d'une courte jupe en tweed et d'une chemise d'homme blanche, elle y avait joint une cravate tricotée jaune et verte qui rappela désagréablement à Stephen une piéride du chou écrasée. Mais elle avait une des voix les plus agréables qu'il eût jamais entendues chez une femme et la main qu'elle lui tendit était ferme et fraîche.

« Vous êtes Stephen Maxie, n'est-ce pas ? J'ai vu votre photo dans l'*Écho*. On dit que vous avez tué Sally Jupp, c'est vrai ?

— Non, dit Stephen. Ni moi ni aucun membre de ma famille. Je ne suis pas venu pour discuter de ça. Les gens peuvent croire ce qui leur plaît. Moi, je veux en savoir plus sur Sally. J'ai pensé que vous pourriez m'aider. C'est pour l'enfant que je me fais du souci. Maintenant qu'il n'a plus de mère, il semble important d'essayer de trouver son père. Personne ne s'est fait connaître, mais je me dis que l'homme n'est peut-être pas au courant. Sally était très indépendante. S'il ne sait rien et s'il souhaite faire quelque chose pour Jimmy — eh bien, je pense qu'il faudrait lui donner sa chance. »

Miss Molpas poussa un paquet de cigarettes sur le bureau, en direction de Stephen.

« Vous fumez ? Non ? Moi, si. Vous vous mêlez un peu de ce qui ne vous regarde pas, là, non ? Tirez donc d'abord vos motivations au clair. Vous ne pouvez pas croire que l'homme ne sait rien. Et pourquoi ? De toute façon, maintenant, il doit savoir. Il y a eu assez de publicité. La police est venue ici, sur la même piste, mais je ne l'imagine pas tellement intéressée par le sort de l'enfant. Elle cherchait plutôt un mobile. Elle est très minutieuse. Vous feriez mieux de vous en remettre à elle. »

Ainsi donc, la police était venue. En avoir douté était aussi stupide qu'irrationnel, mais la nouvelle l'accabla. Il serait toujours en retard d'une initiative. Il était présomptueux de supposer qu'il resterait une chose importante sur Sally que la police, expérimentée, persévérante et infiniment patiente, n'aurait pas déjà mise au jour. La déception dut se peindre sur son visage, car Miss Molpas partit d'un immense éclat de rire :

« Pas de déprime ! Vous les battrez peut-être. Malheureusement, je ne peux pas vous aider beaucoup. J'ai dit tout ce que je savais à la police et tout a été consciencieusement noté, mais je voyais bien que ça ne leur servait pas à grand-chose.

— Sauf à les ancrer un peu plus dans l'idée qu'ils ont déjà, c'est-à-dire que le coupable est dans ma famille.

— Ma foi, ce n'est sûrement pas quelqu'un d'ici. Je ne peux même pas fournir un père possible pour l'enfant. Il n'y a pas un homme dans la maison. Elle s'est certainement fait engrosser pendant qu'elle travaillait ici, mais ne me demandez pas comment.

— Qui était-elle en réalité, Miss Molpas ? » demanda Stephen.

Il s'arracha la question, bien que parfaitement conscient de son absurdité. Tout le monde demandait la même chose. C'était comme si, au cœur de ce labyrinthe d'indices et de doutes quelqu'un se trouverait enfin qui pourrait dire : « Voilà qui était Sally ! »

Miss Molpas le regarda avec curiosité.

« C'est vous qui devriez le savoir. Vous étiez amoureux d'elle.

— Si je l'avais été, je serais le dernier à savoir.

— Mais vous ne l'étiez pas. » C'était une affirmation et non pas une question impertinente, et Stephen l'affronta avec une franchise qui l'étonna lui-même :

« Je l'admirais et j'avais envie de coucher avec elle. Je pense que vous n'appelleriez pas ça de l'amour.

Comme je n'ai jamais éprouvé davantage pour une femme, je n'en sais rien. »

Miss Molpas détourna la tête pour regarder dehors, vers le fleuve.

« Je doute que vous éprouviez jamais davantage. Votre espèce ne va pas plus loin. » Puis se tournant de nouveau vers lui, elle reprit d'un ton plus dégagé :

« Mais vous me demandiez ce que je pensais d'elle. La police aussi. La réponse est la même. Sally Jupp était jolie, intelligente, ambitieuse, sournoise et perturbée.

— Vous semblez l'avoir bien connue, dit tout bas Stephen.

— Pas vraiment. Difficile de la connaître. Elle a travaillé ici pendant trois ans et je n'en savais pas plus sur son entourage quand elle est partie que le jour où je l'ai engagée. C'était une expérience. Vous avez probablement remarqué que nous n'avons pas de jeunes ici. On peut difficilement en avoir sinon en les payant le double de ce qu'elles valent et elles ont tout autre chose en tête que leur travail. Je ne les critique pas. Elles n'ont que quelques années pour trouver un mari et le terrain de chasse ici n'est pas bien giboyeux. Elles peuvent être cruelles, aussi. Vous avez déjà vu des poulettes qui attaquent une éclopée à coups de bec ? Eh bien, ici, nous n'employons que des vieilles poules. Peut-être un peu lentes, mais méthodiques et sûres. Le travail ne demande pas beaucoup d'intelligence. Sally était trop bien pour son poste. Je n'ai jamais compris pourquoi elle était restée. Elle avait travaillé comme secrétaire pour une boîte à temps partiel après avoir fini son stage et elle est venue ici à titre temporaire au moment d'une épidémie de grippe. Elle a aimé le travail et elle est

restée. Le Club se développait et le volume d'affaires
justifiait l'embauche d'une dactylo de plus. Je l'ai
donc prise ; comme je l'ai dit, c'était une expérience.
Elle était la seule ici qui avait moins de quarante-cinq
ans.

— Garder cet emploi ne me paraît pas être le fait
d'une ambitieuse, dit Stephen. Qu'est-ce qui vous a
fait penser qu'elle était sournoise ?

— Je l'ai observée et écoutée. Nous sommes une
collection de laissées-pour-compte ici et elle devait le
savoir. Mais elle était maligne, notre Sally. " Oui,
Miss Titley. Certainement Miss Croome. Je peux
aller vous chercher ça, Miss Melling ? " Modeste
comme une nonette et respectueuse comme une
femme de chambre victorienne. Bien sûr, les pauvres
idiotes ne voyaient rien au-dessus d'elle. Elles
disaient que c'était bien agréable d'avoir de la
jeunesse dans le bureau. Elles lui achetaient des
cadeaux pour son anniversaire et à Noël. Elles
parlaient de sa carrière. Elle leur demandait même
leur avis pour ses vêtements ! Comme si elle ne se
foutait pas éperdument de ce que nous portions, ou
de ce que nous pensions ! Je l'aurais trouvée stupide
si elle l'avait fait. C'était du très bon théâtre. Je n'ai
pas été étonnée du tout quand, après quelques mois
de Sally, nous nous sommes retrouvées avec une
ambiance à couper au couteau. Vous ne connaissez
sans doute pas. Vous pouvez m'en croire, c'est très
désagréable. Il y a des tensions, des confidences
chuchotées, des piques empoisonnées, des hostilités
inexpliquées. D'anciennes alliées ne s'adressent plus
la parole. Des amitiés incongrues surgissent. Bien
entendu, tout ça bousille complètement le travail,
encore que certaines personnes semblent en faire

leurs choux gras. Pas moi. Je voyais bien d'où ça venait. Elle les avait toutes rendues folles de jalousie et les pauvres imbéciles n'y voyaient que du feu. Elles l'aimaient vraiment. Je crois que Miss Melling en était amoureuse. Si Sally s'est confiée à quelqu'un au sujet de sa grossesse, c'est à Miss Melling.

— Est-ce que je pourrais lui parler ?

— Difficile. A moins que vous soyez extralucide. Beatrice est morte à la suite d'une banale opération de l'appendicite la semaine après le départ de Sally. Qui, soit dit en passant, ne lui a même pas dit au revoir. Est-ce que vous croyez qu'on peut mourir d'un cœur brisé, Dr. Maxie ? Non, sûrement pas.

— Qu'est-ce qui s'est passé quand Sally a été enceinte ?

— Rien. Personne ne s'en est aperçu. Notre groupe n'est peut-être pas le plus apte à déceler ce genre de situation. Et Sally ! Douce, vertueuse et discrète petite Sally ! J'ai remarqué qu'elle était pâlotte et encore plus mince que d'habitude pendant quelques semaines. Et puis elle est devenue plus jolie que jamais. Elle rayonnait. Elle devait être enceinte de quatre mois à peu près quand elle est partie. Elle m'a donné son préavis de huit jours en me demandant de n'en parler à personne. Elle ne m'a pas donné de raison et je ne lui en ai pas demandé. Franchement, c'était un soulagement. Je n'avais pas de raison valable pour me débarrasser d'elle, mais je savais depuis un certain temps déjà que l'expérience avait échoué. Elle est partie un vendredi et le lundi j'ai prévenu le reste du personnel. Elles ont tiré leurs propres conclusions, mais à ma connaissance, jamais la bonne. Nous avons eu une engueulade de toute beauté, Miss Croome accusant Miss Melling d'avoir

fait fuir la jeune fille par son attachement anormal. Je
dois d'ailleurs dire qu'à mon avis, Croome n'avait
pas d'arrière pensée sinistre, sinon insinuer que Jupp
se sentait obligée de manger ses sandwiches du
déjeuner avec Miss Melling, alors qu'elle aurait
préféré aller au Lyon's le plus proche avec elle,
Croome.

— Donc vous n'avez aucune idée ni sur l'identité
de l'homme ni sur l'endroit où elle pouvait le
rencontrer ?

— Aucune, si ce n'est qu'ils se retrouvaient les
samedis matins. J'ai appris ça de la police. Nous
faisons une semaine de cinq jours, ici et nous ne
sommes jamais ouverts le samedi. Apparemment,
Sally a dit à son oncle et à sa tante que nous l'étions.
Elle venait à Londres presque tous les samedis matins
comme pour travailler. Le coup était bien monté. Ils
ne s'intéressaient pas à ce qu'elle faisait, semble-t-il,
et même s'ils avaient essayé de lui téléphoner un
samedi matin, ils auraient tout naturellement pensé
qu'il n'y avait personne au standard. Oh, c'était une
habile petite menteuse, notre Sally. »

L'amertume qui déformait sa voix était sûrement
trop brûlante pour ne pas résulter d'une souffrance
personnelle et Stephen se demanda ce qu'il y aurait
encore eu à apprendre sur la vie de Sally au bureau.

« Avez-vous été étonnée quand vous avez appris
sa mort ?

— Étonnée et traumatisée comme on l'est en
général quand quelque chose d'aussi horrible et
monstrueux qu'un assassinat touche quelqu'un qui
faisait partie de votre univers. Mais quand j'y ai
repensé, j'ai été moins étonnée. A certains égards,
elle semblait destinée à finir comme ça. Ce qui m'a

stupéfiée, c'est qu'elle ait été fille-mère. Je la jugeais bien trop prudente, trop intrigante pour tomber dans ce genre de piège. J'aurais dit aussi qu'elle avait une sexualité plutôt inférieure à la normale. Il y a eu un incident curieux, alors qu'elle n'était ici que depuis quelques semaines. Les emballages étaient faits au sous-sol à l'époque, et nous avions un homme pour s'en occuper. C'était un petit père tranquille, d'âge moyen, qui avait une demi-douzaine d'enfants. On ne le voyait guère, mais un jour Sally a été envoyée en bas porter un message. Il semble qu'il lui ait fait des avances. Ça n'a pas pu être bien sérieux et il a été sincèrement stupéfait quand on l'a renvoyé pour ça. Il avait peut-être seulement essayé de l'embrasser. Je n'ai jamais su toute l'histoire. Mais elle a fait de telles comédies qu'on aurait cru qu'elle avait été violée. Très estimable de sa part d'être indignée, mais aujourd'hui la plupart des jeunes filles semblent tout à fait capables de dominer ce genre de situation sans piquer une crise d'hystérie. Et cette fois ce n'était pas de la comédie. On ne peut pas s'y tromper : la peur, le dégoût étaient bien réels. Comme Jelks me faisait un peu pitié, je l'ai recommandé à mon frère qui est dans les affaires à Glasgow, d'où le bonhomme était originaire, et il a pu le caser. Il réussit bien et sans aucun doute la leçon lui servira. Mais, croyez-moi, Sally Jupp n'avait rien d'une nymphomane. »

Cela, Stephen l'avait constaté lui-même. Il semblait ne plus rien y avoir à apprendre de Miss Molpas. Il était déjà parti de l'hôpital depuis plus d'une heure et Standen allait s'impatienter. Il prit congé et redescendit dans le bureau du rez-de-chaussée où il trouva Miss Titley, toujours de service, en train de calmer un souscripteur furibond que les trois derniers livres n'avaient pas satisfait. Stephen attendit un moment pendant qu'ils achevaient leur conversation. Les rangées de volumes à dos marron avaient éveillé un souvenir au fond de sa mémoire. Il connaissait quelqu'un qui souscrivait au Select Club et ce n'était pas un membre des services hospitaliers. Méthodiquement il se mit à passer en revue les bibliothèques de ses amis, de ses connaissances et le temps lui apporta la réponse.

« Malheureusement, je n'ai guère le temps de lire, dit-il à Miss Titley. Mais ces livres ont l'air d'être vraiment une très bonne affaire. Je crois qu'un de mes amis est membre du club. Est-ce que vous voyez parfois Sir Reynold Price ? »

Comment donc, mais bien sûr ! Miss Titley voyait effectivement Sir Reynold. Sir Reynold était un membre très cher qui venait chercher lui-même ses livres, tous les mois, et ils avaient des conversations si intéressantes ! Un homme charmant à tous égards, Sir Reynold.

« Je me demande s'il a jamais rencontré Miss Jupp ici ? » Stephen avait posé la question avec quelque hésitation et il comptait provoquer une certaine surprise, mais la réaction de Miss Titley fut très inattendue : une douloureuse indignation. Elle lui expliqua avec une infinie bonté, mais beaucoup de fermeté, que Miss Jupp ne pouvait pas avoir rencontré Sir Reynold à Select Books Ltd. Elle, Miss Titley, était responsable des relations avec le public, elle occupait ce poste depuis plus de dix ans. Tous les clients connaissaient Miss Titley et Miss Titley les connaissait. Les rapports personnels avec les membres exigeaient tact et expérience. Miss Molpas avait une entière confiance en Miss Titley et ne songeait pas une seconde à mettre quelqu'un à sa place. Miss Jupp, conclut Miss Titley hors d'haleine, n'avait été qu'une petite assistante, une jeune fille sans expérience.

Et sur cette flèche lourde d'ironie involontaire, Stephen dut prendre congé.

Il était presque quatre heures quand il rentra à l'hôpital et au moment où il passait devant la loge du portier, Colley l'appela en se penchant sur le comptoir avec des airs de conspirateur, ses bons vieux yeux troublés. Stephen se rappela que la police était venue à l'hôpital et que dans ce cas elle avait dû s'adresser à lui. Il se demanda alors les dégâts que le vieil homme avait pu faire par sa détermination à ne rien divulguer — alors qu'il n'y avait rien à divulguer. Sally n'était venue à l'hôpital qu'une fois et Colley n'avait pu que confirmer ce que la police savait déjà. Mais le portier lui parlait :

« Il y a eu un coup de fil pour vous, docteur. De Martingale. Miss Bowers vous demande de la rappeler dès que vous serez rentré. C'est urgent. »

Stephen fit effort pour maîtriser la panique qui l'envahissait et se contraignit à regarder les casiers comme s'il cherchait une lettre avant de répondre.

« Est-ce que Miss Bowers a laissé un message, Colley ?

— Non, docteur, pas de message. »

Il décida de téléphoner de la cabine publique dans le hall où la discrétion serait mieux assurée, même s'il était sous les yeux du portier et compta ostensiblement les pièces nécessaires avant d'y entrer. Il y eut comme toujours une petite attente pour avoir le bureau de Chadfleet, mais à Martingale Catherine devait être assise à côté de l'appareil, car elle décrocha presque avant le début de la sonnerie.

« Stephen ! Dieu merci, vous êtes là ! Est-ce que vous pourriez venir tout de suite ? On a essayé de tuer Deborah. »

2

Pendant ce temps, dans la petite salle de séjour du 17 Windermere Crescent, l'inspecteur Dalgliesh faisait face à son homme et avançait impitoyablement vers l'heure de vérité. Victor Proctor avait le regard d'un animal pris au piège et qui sait que la dernière issue est bouchée, mais ne parvient même pas à se retourner pour affronter l'hallali. Ses petits yeux noirs fuyaient sans cesse à gauche, à droite et puis revenaient et puis recommençaient ; au cours des dernières minutes les sillons entre le nez et la bouche semblaient s'être creusés ; dans son cou tout rouge, décharné comme celui d'un poulet, la pomme d'Adam jouait les ludions.

Dalgliesh le pressait, inflexible.

« Donc, vous reconnaissez que le formulaire que vous avez rempli pour l'association " Aidez-les maintenant " prétendant que votre nièce était une orpheline de guerre sans ressources était inexact ?

— J'aurais peut-être dû mentionner les 2 000 livres, mais c'était du capital, pas des revenus.

— Du capital que vous avez dépensé ?

— Il fallait bien que je l'élève. C'était peut-être une somme qu'on m'avait confiée pour elle, mais il fallait bien la nourrir, hein ? On n'a jamais eu beaucoup devant nous. Elle a eu une bourse, mais on avait encore les vêtements à acheter. Ça n'a pas été facile tous les jours, je vous le dis.

— Et vous affirmez toujours que Miss Jupp ignorait que son père avait laissé cet argent ?

— A ce moment-là, c'était un bébé. Ensuite, je vois pas bien pourquoi on lui en aurait parlé.

— Parce que l'argent en dépôt, vous l'aviez dépensé pour votre propre usage.

— Je l'ai employé pour son entretien, je vous dis. J'avais le droit de l'employer. Ma femme et moi, on était tuteurs et on a fait de notre mieux. Combien de temps il aurait duré si elle l'avait eu à vingt et un ans ? On l'a nourrie pendant toutes ces années-là sans lui compter un sou de plus.

— Sauf les trois versements effectués par " Aidez-les maintenant ".

— Eh bien, elle était orpheline de guerre, non ? Ils n'ont pas donné beaucoup. Ça a aidé pour ses uniformes à l'école, c'est tout.

— Et vous niez toujours avoir été dans les jardins de Martingale samedi dernier ?

— Je vous l'ai dit. Pourquoi vous vous acharnez contre moi ? Je suis pas allé à la kermesse. Pourquoi j'y serais allé ?

— Vous auriez pu vouloir féliciter votre nièce pour ses fiançailles. Vous dites que Miss Liddell vous a téléphoné samedi matin de bonne heure pour vous les annoncer. Elle le nie toujours, d'ailleurs.

— Ça, j'y peux rien. Si c'était pas elle, c'était quelqu'un qui l'imitait. Comment voulez-vous que je sache qui c'était ?

— Vous êtes sûr que ce n'était pas votre nièce ?

— Puisque je vous dis que c'était Miss Liddell.

— A la suite de cette conversation au téléphone,

est-ce que vous êtes allé voir Miss Jupp à Martingale ?

— Non, non. Je vous l'ai dit cinquante fois. J'ai passé toute la journée à faire de la bicyclette. »

Sans hâte, Dalgliesh sortit deux photographies de son portefeuille et les posa sur la table. Toutes deux représentaient un groupe d'enfants qui franchissaient les énormes grilles en fer forgé de Martingale, le visage fendu par de larges grimaces pour bien prouver au photographe caché qu'il y avait là « l'enfant le plus heureux d'arriver à la kermesse ». Derrière eux, quelques adultes faisaient une entrée moins spectaculaire. La silhouette en imperméable, les mains dans les poches devant la caisse était un peu floue, mais néanmoins parfaitement reconnaissable. Proctor esquissa un geste comme pour déchirer la photo, puis se laissa aller sur sa chaise.

« C'est bon, dit-il. Il vaut mieux que je vous le dise. J'y étais. »

3

Il avait fallu un moment pour assurer son remplacement et Stephen se prit une fois de plus à envier ceux dont les devoirs professionnels ne prenaient pas toujours le pas sur les problèmes personnels. Quand, toutes les dispositions enfin mises au point, il eut emprunté une voiture, il éprouva quelque chose qui ressemblait à de la haine pour l'hôpital et pour chacun de ses malades exigeants, insatiables. Tout aurait été plus facile s'il avait pu parler franchement de ce qui s'était passé, mais quelque chose le retenait. On pensait probablement que la police l'avait envoyé

chercher et qu'une arrestation était imminente. Eh
bien, qu'ils pensent ce qu'ils veulent. Dieu, quel
soulagement de foutre le camp bien loin, loin d'un
endroit où les vivants sont perpétuellement sacrifiés
pour garder en vie des ramassis de crevards !

Par la suite, il ne put rien se rappeler de ce trajet.
Catherine avait dit que Deborah allait bien, que la
tentative avait échoué, mais Catherine était idiote.
Qu'est-ce qu'ils faisaient donc tous pour laisser
arriver une histoire pareille ? Au téléphone, Catherine avait été parfaitement calme, mais les détails
qu'elle avait donnés étaient aussi clairs que peu
éclairants. Quelqu'un était entré dans sa chambre tôt
le matin et avait essayé de l'étrangler. Elle s'était
dégagée, avait hurlé, Martha était arrivée la première
et Felix, une seconde après. A ce moment-là elle
s'était déjà assez ressaisie pour prétendre qu'elle avait
eu un cauchemar. Mais, visiblement terrifiée, elle
avait passé le reste de la nuit assise près du feu dans la
chambre de Martha, porte et fenêtre verrouillées, le
col de sa robe de chambre relevé. Elle était descendue
au petit déjeuner une écharpe de mousseline autour
du cou, parfaitement calme, bien que pâle et l'air
fatiguée. C'est Felix Hearne, assis à côté d'elle au
lunch, qui avait remarqué le bord de la meurtrissure
au-dessus de l'écharpe et qui lui avait ensuite arraché
la vérité. Il avait consulté Catherine. Deborah l'avait
supplié de ne pas inquiéter sa mère et il aurait été
tenté de céder, mais Catherine avait absolument
voulu alerter la police. Dalgliesh n'était pas dans le
village ; selon un des gendarmes, il se trouvait
probablement avec le brigadier-chef Martin à Canningbury. Felix n'avait laissé aucun message, sinon
prier Dalgliesh de se rendre à Martingale dès qu'il le

pourrait. Mrs. Maxie n'avait pas été mise au courant ; son mari était trop mal désormais pour être laissé seul longtemps et on espérait que la meurtrissure aurait disparu avant d'attirer l'attention. Selon Catherine, Deborah semblait avoir plus peur d'impressionner sa mère que d'être attaquée une deuxième fois.

Pour l'heure, ils attendaient Dalgliesh, mais Catherine pensait qu'il fallait avertir Stephen de ce qui s'était passé. Elle n'avait pas consulté Felix avant de téléphoner — il n'aurait sans doute pas été d'avis de le faire venir, mais il était temps que quelqu'un prenne les choses en main énergiquement. Martha ne savait rien. Deborah avait une peur folle qu'elle refuse de rester à Martingale si la vérité était connue. Catherine trouvait cette attitude ridicule : avec un assassin en liberté, Martha avait le droit de se protéger. Comment Deborah pouvait-elle penser que l'agression resterait dissimulée pendant long-temps encore ? Mais elle avait menacé de tout nier si la police avertissait Martha ou sa mère. Alors, Stephen voudrait-il venir immédiatement voir ce qu'il pourrait faire ? Catherine ne pouvait vraiment pas prendre plus de responsabilités.

Stephen était bien de cet avis. Catherine et Hearne semblaient en avoir déjà pris beaucoup trop. Debo-rah devait être folle pour essayer de dissimuler une histoire comme celle-là. A moins qu'elle ait ses raisons. A moins que la peur d'une deuxième attaque eût été préférable à la connaissance de la vérité. Tandis que pieds et mains manœuvraient avec une coordination automatique freins, clignotants, volant et levier de vitesses, son esprit, aiguisé par l'appré-hension, se posait des questions. Combien de temps

s'était-il écoulé entre le cri de Deborah, l'arrivée de
Martha — et celle de Felix ? La chambre de Martha
était juste à côté. Normal qu'elle ait été réveillée la
première, mais Felix ? Pourquoi avait-il accepté
d'étouffer l'affaire ? C'était folie de penser que
meurtre et tentative de meurtre pouvaient être traités
comme l'une de ses frasques guerrières. Tout le
monde savait que Felix était un sacré héros, mais son
genre d'exploit, Martingale n'en avait pas besoin.
D'ailleurs, qu'est-ce qu'on savait de lui, au fond ?
Deborah s'était comportée de façon bizarre. Ça ne
lui ressemblait pas d'avoir hurlé à l'aide. Il fut un
temps où elle se serait défendue avec plus de rage que
de peur. Mais il se rappela son visage ravagé quand le
corps de Sally avait été découvert, ses brusques
nausées, sa fuite chancelante. Impossible de savoir
comment les gens réagiront en cas de coup dur.
Catherine s'était bien comportée et Deborah, mal.
Mais Catherine avait plus d'expérience de la mort. Et
une meilleure conscience ?

La lourde porte de Martingale était ouverte, la
maison, étrangement silencieuse. Il entendit pourtant
un murmure de voix dans le salon. Quand il entra,
quatre paires d'yeux se tournèrent vers lui et il
surprit le petit soupir de soulagement poussé par
Catherine — Deborah était assise dans un des
fauteuils devant la cheminée, Catherine et Felix se
tenaient debout derrière elle, Felix très droit et en
alerte, Catherine les bras tendus au-dessus du dossier
et les mains sur les épaules de Deborah dans un geste
protecteur que celle-ci ne semblait pas refuser. Elle
avait la tête renversée, sa blouse à col montant était
ouverte et une écharpe de mousseline jaune pendait
de sa main. Depuis la porte, Stephen voyait au-

dessus des omoplates si minces la meurtrissure qui tournait déjà au violet. Assis devant elle, Dalgliesh, malgré son attitude détendue, ne laissait rien échapper, confronté à Felix Hearne comme deux chats prêts à bondir. Quelque part à l'arrière-plan, Stephen sentait la présence de l'omniprésent Martin avec son carnet de notes. Dans la seconde avant qu'un mot fût prononcé ou un geste esquissé, la petite pendule dorée sonna les trois quarts, laissant tomber chaque note dans le silence comme un cristal. Très vite Stephen s'approcha de sa sœur et se pencha pour l'embrasser. Contre ses lèvres, la joue lisse était glacée et quand il se releva elle lui lança un regard difficile à interpréter — supplication ou mise en garde ? Il regarda Felix.

« Que s'est-il passé ? Où est ma mère ?

— En haut, avec Mr. Maxie. Elle passe la plus grande partie de la journée avec lui maintenant. Nous lui avons dit que l'inspecteur Dalgliesh faisait une visite de routine. Inutile d'ajouter à ses soucis. Comme à ceux de Martha d'ailleurs. Si elle prenait peur et décidait de s'en aller, il faudrait importer une autre infirmière qualifiée et nous ne pourrions pas faire face pour l'instant. Même si nous en trouvions une qui accepte de venir.

— Vous n'oubliez pas quelque chose ? demanda rudement Stephen. Et Deborah ? Est-ce que nous faisons tranquillement du sur place en attendant une autre attaque ? »

Il était furieux à la fois de l'assurance avec laquelle Felix assumait la responsabilité des arrangements familiaux et de la conclusion que tout un chacun était invité à en tirer : il fallait bien que quelqu'un s'occupât de ces problèmes puisque le fils de la

maison faisait passer ses obligations profession-
nelles avant sa famille. Ce fut Dalgliesh qui répondit :

« Je veille à la sécurité de Mrs. Riscoe, docteur.
Voudriez-vous, s'il vous plaît, examiner son cou et
me dire ce que vous en pensez. »

Stephen se tourna vers lui.

« Je préfère pas. C'est le Dr. Epp qui soigne ma
famille. Pourquoi pas lui ?

— Je vous demande de regarder et non pas de
soigner. Ce n'est pas le moment de se complaire à
une fausse déontologie. Veuillez faire ce que je
vous demande. »

Stephen se pencha de nouveau, puis se redressa
au bout d'un moment pour dire : « Il a empoigné
le cou des deux mains juste au-dessus des omoplates et derrière elles. Il y a des meurtrissures
assez étendues, mais ni griffures ni marques de
pouces. La pression a pu être opérée par la base
des pouces devant et les doigts derrière. Le larynx
est presque certainement indemne, et je pense que
les meurtrissures disparaîtront dans un jour ou
deux. Pas de vrais dégâts. » Il ajouta « Physique-
ment au moins.

— En d'autres termes, dit Dalgliesh, du travail
d'amateur ?

— Si vous voulez.

— Je veux. Ça ne vous fait pas penser que
l'agresseur connaissait assez bien son boulot ? Qu'il
savait où appliquer la pression et avec quelle force
pour ne pas faire de mal ? Devons-nous croire que
la personne qui a tué si expertement Miss Jupp ne
pouvait pas faire mieux que ça ? Qu'est-ce que
vous en dites, Mrs. Riscoe ? »

Deborah qui reboutonnait sa blouse, rejeta le poids des mains de Catherine d'un haussement d'épaules et renoua l'écharpe autour de son cou.

« Désolée que vous soyez déçu, inspecteur. Il réussira peut-être mieux la prochaine fois. Il était bien assez capable pour mon goût, merci.

— Je dois dire que vous avez l'air de prendre ça avec un calme magnifique ! s'écria Catherine indignée. Si Mrs. Riscoe n'était pas arrivée à se dégager et à crier, elle ne serait pas en vie à cette heure-ci. Et ce n'était peut-être pas la première tentative, rappelez-vous que le somnifère a été mis dans son mazagran !

— Je ne l'ai pas oublié, Miss Bowers. Ni que le flacon manquant a été retrouvé sous une fiche à elle. Où étiez-vous la nuit dernière ?

— En train d'aider à soigner Mr. Maxie. J'ai été toute la nuit avec Mrs. Maxie, sauf quand nous sommes allées à la salle de bains. Nous avons été ensemble en tout cas à partir de minuit.

— Et le Dr. Maxie était à Londres. Cette agression s'est certainement produite à un moment commode pour vous tous. Avez-vous vu ce mystérieux étrangleur, Mrs. Riscoe ? L'avez-vous reconnu ?

— Non. Je ne dormais pas très profondément. Je crois que j'avais un cauchemar. Je me suis éveillée quand j'ai senti le premier contact de ses mains sur mon cou. Je sentais son souffle sur ma figure, mais je ne pouvais pas le reconnaître. Quand j'ai hurlé et cherché l'interrupteur, il a filé par la porte. J'ai allumé et hurlé encore. J'étais terrifiée. Pas même une peur rationnelle. Mon rêve et l'agression s'étaient mêlés ; je ne pouvais pas dire où l'une des horreurs finissait et où l'autre commençait.

— Pourtant, quand Mrs. Bultitaft est arrivée, vous n'avez rien dit.

— Je ne voulais pas l'effrayer. Nous savons tous qu'un étrangleur rôde autour de nous, mais nous devons continuer à faire ce que nous avons à faire. Ça ne l'aiderait pas de savoir.

— Voilà qui témoigne d'un louable souci pour sa tranquillité d'esprit, mais moins pour sa sécurité. Je tiens à vous féliciter tous de votre détachement en présence de ce tueur fou. Car c'est bien évidemment ce qu'il est. Vous ne voulez sûrement pas me faire croire que Miss Jupp a été tuée par erreur, qu'elle a été prise pour Mrs. Riscoe ? »

Pour la première fois, Felix prit la parole : « Nous ne voulons rien vous faire croire du tout. C'est à vous de nous dire ce qu'il en est. Nous ne savons pas ce qui s'est produit. Je pense, comme Miss Bowers, que Mrs. Riscoe est en danger. Il est à croire que vous êtes disposé à lui assurer la sécurité à laquelle elle a droit. »

Dalgliesh le regarda :

« A quelle heure êtes-vous arrivé dans la chambre de Mrs. Riscoe, ce matin ?

— A peu près trente secondes après Mrs. Bultitaft, je pense. J'ai sauté du lit dès que Mrs. Riscoe a appelé.

— Et ni vous ni Mrs. Bultitaft n'avez vu l'intrus ?

— Non. Je suppose qu'il avait descendu l'escalier avant que nous soyons sortis de nos chambres. Bien entendu, je n'ai pas fait de recherches puisque je n'ai su que cet après-midi ce qui s'était passé. J'ai regardé depuis, mais il n'y a aucune trace.

— Avez-vous une idée de la manière dont cette personne est entrée, Mrs. Riscoe ?

— Peut-être par l'une des portes-fenêtres du salon. Nous avons fait un tour dans le jardin hier soir et nous avons dû oublier de la fermer à clef. Martha a signalé qu'elle l'avait trouvée ouverte ce matin.

— Par " nous ", vous voulez dire vous-même et Mr. Hearne ?

— Oui.

— Aviez-vous votre robe de chambre quand votre bonne est arrivée ?

— Oui. Je venais juste de l'enfiler.

— Et Mrs. Bultitaft a cru votre histoire de cauchemar et proposé que vous passiez le reste de la nuit près du radiateur électrique dans sa chambre ?

— Oui. Elle ne voulait pas se remettre au lit toute seule. Mais je l'y ai obligée. Nous avons d'abord pris une tasse de thé ensemble.

— Donc, nous arrivons à ceci, dit Dalgliesh. Vous faites avec Mr. Hearne un tour le soir dans le jardin d'une maison où il y a eu récemment un assassinat et vous laissez une porte-fenêtre ouverte quand vous rentrez. Dans la nuit, un homme non identifié entre dans votre chambre, essaie maladroitement de vous étrangler pour une raison dont ni vous ni personne n'avez la moindre idée, puis disparaît sans laisser de trace. Votre gorge est si peu affectée que vous pouvez hurler avec assez de force pour faire accourir des gens qui couchent dans les chambres voisines et pourtant, quand ils arrivent, au bout de quelques minutes, vous êtes assez remise de votre frayeur pour mentir au sujet de ce qui vient de se passer, un mensonge rendu peu crédible par le fait que vous avez pris la peine de sortir du lit et de mettre votre robe de chambre avec son col montant. Vous trouvez que c'est un comportement rationnel, Mrs. Riscoe ?

— Bien sûr que non, coupa brutalement Felix. rien de ce qui s'est passé dans cette maison depuis samedi dernier n'est rationnel. Mais même vous, vous ne pouvez pas croire que Mrs. Riscoe a essayé de s'étrangler elle-même. Les meurtrissures, elle n'a pas pu se les infliger et si ce n'est pas elle, alors qui est-ce ? Vous supposez vraiment qu'un jury ne conclurait pas que les deux crimes sont liés ?

— Je ne crois pas qu'un jury sera prié d'envisager cette possibilité, dit calmement Dalgliesh. J'ai presque achevé mon enquête sur la mort de Miss Jupp. Ce qui s'est produit la nuit dernière ne modifie en rien mes conclusions. Cela n'a eu aucune influence. Il est temps, je crois, que l'affaire soit réglée et je me propose de prendre un raccourci. Si Mrs. Maxie n'y voit pas d'inconvénient, je veux vous voir tous ensemble ici ce soir à vingt heures.

— Vous vouliez me demander quelque chose, inspecteur ? »

Tous se tournèrent vers la porte. Eleanor Maxie était entrée si discrètement que seul Dalgliesh l'avait remarquée. Elle n'attendit pas la réponse, mais s'approcha rapidement de son fils :

« Je suis heureuse que tu sois ici, Stephen. Deborah t'a téléphoné ? Je voulais le faire moi-même s'il n'allait pas mieux. C'est difficile à dire, mais je crois qu'il y a un changement. Pourrais-tu demander Mr. Hinks ? Et Charles, bien entendu. »

Stephen se dit qu'il était naturel pour elle de demander le prêtre avant le médecin.

« Je vais d'abord monter, dit-il. Si l'inspecteur veut bien m'excuser, évidemment. Je crois qu'il n'y a plus rien dont nous puissions discuter utilement.

— Non, pas avant huit heures ce soir, docteur. »

Piqué par le ton, Stephen voulut — comme il en brûlait d'envie depuis un certain temps — lui faire remarquer qu'en Angleterre les chirurgiens étaient appelés « monsieur ». Mais cette mesquinerie lui fut épargnée par la conscience qu'il prit brusquement du caractère dérisoire de celle-ci, et de la détresse de sa mère. Depuis des jours, il avait à peine pensé à son père ; désormais, il pouvait réparer cette négligence. Pendant une seconde, Dalgliesh et son enquête, l'horreur de l'assassinat de Sally s'effacèrent devant cette nécessité nouvelle et plus urgente. Là au moins, il pouvait agir en fils.

Mais soudain Martha surgit sur le seuil, livide et tremblante, ouvrant et fermant la bouche sans émettre un son. Le jeune homme qui était derrière elle la dépassa pour entrer dans la pièce et, après un regard terrifié à sa maîtresse et un petit geste raide du bras moins pour introduire l'étranger que pour l'abandonner à la compagnie, Martha poussa un gémisement de bête et disparut. L'homme la regarda d'un air amusé, puis se retourna pour leur faire face. Très grand, les cheveux blonds coupés court décolorés par le soleil, il portait des pantalons de velours côtelé brun et une veste de cuir ; de son col ouvert le cou jaillissait épais et bronzé, soutenant une tête dont l'animalité saine et virile était impressionnante. Sur une épaule, la courroie d'un sac à dos. Dans la main droite, un fourre-tout siglé d'une compagnie aérienne flambant neuf avec ses ailes dorées semblait disproportionné, comme un jouet d'enfant dans son énorme poing brun. A côté de lui, les traits réguliers de Stephen n'étaient plus qu'élégance commune et toute la futilité exténuée que Felix avait cultivée pendant quinze ans semblait soudain gravée sur son visage. Quand il parla, ce fut d'une voix que le bonheur rendait forte, assurée — une voix légèrement teintée d'américanisme et pourtant, impossible de douter qu'elle fût anglaise.

« J'ai l'air d'avoir donné un choc à votre bonne. Désolé de faire irruption comme ça, mais je pense que Sally ne vous a jamais parlé de moi. Je m'appelle James Ritchie. Elle m'attend sûrement. Je suis son mari. » Il se tourna vers Mrs. Maxie : « Elle ne m'a jamais dit au juste le genre de travail qu'elle faisait ici et je ne voudrais pas vous déranger, mais je suis venu pour l'emmener. »

4

Des années plus tard, alors qu'elle était tranquillement assise dans son salon, Eleanor Maxie devait souvent revoir ce fantôme du passé dégingandé et assuré qui les affrontait depuis le seuil, et percevoir de nouveau le silence atterré qui avait suivi ses mots. Ce silence n'avait pu durer que quelques secondes ; pourtant, rétrospectivement, il semblait que des minutes se fussent écoulées pendant qu'il les regardait, les uns après les autres, avec une aisance souriante, cependant qu'eux restaient figés d'horreur. Mrs. Maxie eut le temps de se dire que la scène était composée comme un tableau : la personnification de la surprise. Elle-même n'en éprouvait aucune. Les derniers jours l'avaient vidée de tant d'émotions que cette ultime révélation tombait comme un coup de marteau sur de la plume. Il n'y avait plus rien à découvrir chez Sally Jupp qui pût surprendre. Surprenant qu'elle fût morte, surprenant qu'elle eût été fiancée à Stephen, surprenant d'apprendre que tant de gens eussent été impliqués dans sa vie et sa mort. Apprendre qu'elle avait été non seulement mère mais épouse était intéressant, mais pas bouleversant. Détachée de leur commune émotion, elle remarqua le coup d'œil rapide teinté d'amusement et de triomphe que Felix lança à Deborah. Stephen avait simplement l'air assommé. Rouge comme un coq et la bouche ouverte, Catherine, qui incarnait la stupéfaction classique, se tourna vers Stephen comme pour le charger d'être le porte-parole de tous. Enfin, Mrs. Maxie tourna les yeux vers Dalgliesh et pour la deuxième fois ils échangèrent un long regard où elle lut une compassion fugitive, mais certaine. Elle eut conscience de penser : « Sally Ritchie. Jimmy Ritchie. C'est pour ça qu'elle avait appelé le bébé comme son père. Je m'étais toujours demandé pourquoi elle avait choisi Jimmy Jupp. Pourquoi est-ce qu'ils le regardent tous comme ça ? Il faudrait que quelqu'un dise quelque chose. » Quelqu'un le fit. Deborah, blanche jusqu'aux lèvres, dit, comme dans un rêve :

« Sally est morte. On ne vous l'a pas dit ? Elle est morte et enterrée. Ils disent que c'est l'un de nous. » Puis elle se mit à trembler convulsivement et Catherine, arrivée avant Stephen, la rattrapa avant qu'elle ne tombe et la soutint jusqu'à un fauteuil. Le tableau se disloqua. Stephen et Dalgliesh s'approchèrent de Ritchie, on entendit des murmures — « mieux dans le bureau » — et soudain, les trois hommes disparurent. Deborah restait renversée dans son fauteuil, les yeux clos. Mrs. Maxie, témoin de sa détresse, n'éprouvait rien de plus qu'une vague irritation et une curiosité passive (qu'est-ce qui se cache derrière tout ça ?). Ses propres préoccupations étaient plus urgentes. Elle s'adressa à Catherine.

« Il faut que je retourne auprès de mon mari. Voudriez-vous venir m'aider ? Mr. Hinks ne va pas tarder et je pense que Martha ne pourra pas être bien utile dans l'état où elle est. Cette arrivée semble l'avoir complètement déboussolée. » Catherine aurait pu répondre que Martha n'était pas la seule, mais elle murmura aussitôt son assentiment. Son efficacité très réelle et son souci du malade ne dissimulaient pas à Mrs. Maxie que son invitée s'était d'autorité attribué le rôle du petit rayon de soleil de la maisonnée, capable de faire face à toutes les urgences. Plus Deborah faiblissait et plus Catherine croissait en force et en sagesse. Sur le seuil, Mrs. Maxie se retourna vers Felix Hearne.

« Quand Stephen aura fini de parler avec Ritchie, il faudrait qu'il monte vers son père. Bien entendu, il est tout à fait inconscient, mais je trouve que Stephen devrait être là. Et Deborah aussi quand elle sera remise. Vous voudrez bien lui dire, n'est-ce pas ? » Comme en réponse à la question qu'il n'avait pas posée, elle ajouta : « Inutile d'en parler à Dalgliesh. Son programme pour ce soir peut rester tel quel. Tout sera fini avant huit heures. » Deborah était toujours immobile dans son fauteuil, l'écharpe de mousseline avait un peu glissé.

« Qu'est-ce qu'elle a au cou ? » Mrs. Maxie ne semblait que très vaguement intéressée.

« Jeux de mains, jeux de vilains ou de vilains gosses, je crains, répondit Felix. Ils n'ont eu que le succès qu'ils méritaient, c'est-à-dire aucun. »

Sans un autre regard à sa fille, Mrs. Maxie les laissa en tête à tête.

5

Simon Maxie cessa de respirer une demi-heure plus tard. Ses longues années à demi mortes étaient enfin finies et son dernier souffle ne fut que l'incident technique qui le coupa officiellement d'un monde qu'il avait autrefois connu et aimé. Empêché de mourir avec courage ou avec dignité, il mourut au moins sans histoires, entouré de sa femme et de ses enfants, cependant que le desservant de sa paroisse répétait les prières prescrites, comme si la forme grotesque raidie sur le lit pouvait les entendre et s'y associer. Martha n'était pas là. Après, la famille devait dire qu'il n'y avait pas eu de raison de l'appeler. Sur le moment, ils savaient qu'ils n'auraient pas pu supporter les pleurs de sa sentimentalité débridée. Ce lit de mort n'était que l'aboutissement d'un long processus de désintégration. S'ils se tenaient, très pâles autour du lit, en essayant d'évoquer quelque pieta de souvenir et de chagrin, leurs pensées étaient occupées par cette autre mort, et toutes tendues vers le moment fatidique : huit heures.

Ensuite, tous se retrouvèrent dans le salon, sauf Mrs. Maxie, ou totalement indifférente envers le mari de Sally, ou décidée à se détacher momentanément du meurtre et de toutes ses ramifications. Elle se contenta de recommander à sa famille de ne pas avertir Dalgliesh de la mort de Mr. Maxie, puis accompagna Mr. Hinks jusqu'au presbytère.

Dans le salon, Stephen, tout en servant du whisky, racontait son histoire.

« Assez simple en réalité. Évidemment je n'ai pas eu le temps d'entrer dans le détail. Je voulais monter voir mon père. Dalgliesh, lui, est resté avec Ritchie et je pense qu'il a eu tous les renseignements qu'il voulait. Ils étaient bel et bien mariés. Ils se sont rencontrés pendant que Sally travaillait à Londres et s'y sont mariés en secret à peu près un mois avant qu'il parte pour le Venezuela, sur un chantier de construction.

— Mais pourquoi est-ce qu'elle ne l'a pas dit ? demanda Catherine. Pourquoi tout ce mystère ?

— Apparemment, il n'aurait pas eu la place si sa boîte l'avait su. Ils voulaient un célibataire. Le salaire était intéressant et ça leur aurait donné la possibilité de s'installer. Sally tenait absolument à se marier avant qu'il parte. Il pense qu'elle était ravie de damer le pion à son oncle et à sa tante ; elle n'avait jamais été heureuse avec eux. Elle devait rester chez eux, garder sa place et économiser une cinquantaine de livres avant que Ritchie revienne. Quand elle s'est aperçue que le bébé était en train, elle a décidé de le garder. Ce qui n'a pas étonné Ritchie d'ailleurs. Il a dit que c'était bien d'elle.

— Dommage qu'il ne se soit pas assuré qu'elle n'était pas enceinte avant de partir, dit sèchement Felix.

— Il l'a peut-être fait, répliqua Stephen tout aussi sèchement. Il lui a peut-être demandé et elle a menti. Je ne l'ai pas questionné sur sa vie sexuelle. Je ne vois pas en quoi ça me regardait. Je me trouvais en face d'un mari revenu pour apprendre que sa femme avait été assassinée dans cette maison, en laissant un enfant dont il ignorait l'existence. Je ne voudrais pas revivre cette demi-heure. Ce n'était vraiment pas le moment de lui suggérer qu'il aurait dû faire plus attention. Nous aussi, par Dieu ! » Il avala son whisky. La main qui tenait le verre tremblait. Puis sans attendre que l'un d'eux parlât, il poursuivit :

« Dalgliesh a été épatant. J'aurais beaucoup de sympathie pour lui après cette soirée s'il était ici dans n'importe quel autre rôle. Il a emmené Ritchie avec lui. Ils vont passer à St. Mary pour voir l'enfant, et puis ils espèrent avoir une chambre pour lui à l'auberge. Il n'a, semble-t-il, aucune famille. » Il s'arrêta pour remplir à nouveau son verre, puis reprit :

« Évidemment, ça explique bien des choses : la conversation de Sally avec le recteur mercredi, et le fait qu'elle lui ait dit que Jimmy allait avoir un père.

— Mais enfin, elle était fiancée avec vous ! s'exclama Catherine. Elle vous avait accepté.

— Elle ne m'a jamais dit expressément qu'elle m'épouserait. Elle aimait faire des mystères, ça c'est sûr, et celui-là était à mes dépens. Je ne crois pas qu'elle ait jamais dit à personne qu'elle était fiancée avec moi. Nous l'avons tous tenu pour certain. Elle aimait Ritchie, elle savait qu'il allait bientôt revenir. Il a fait des efforts déchirants pour nous prouver à quel point elle l'aimait. Il pleurait et il essayait de me forcer à lire certaines lettres qu'elle lui envoyait. Je n'y tenais pas, je me haïssais assez sans ça. Dieu que c'était affreux ! Mais une fois commencée, j'ai été obligé de continuer la lecture. Il n'arrêtait pas de les sortir de ce sac qu'il avait et de me les mettre dans les mains, en pleurant à chaudes larmes.

Elles étaient pathétiques, sentimentales et naïves. Mais vraies, l'émotion était sincère. »

Pas étonnant que tu sois bouleversé, se dit Felix. Tu n'as jamais éprouvé une émotion sincère de ta vie.

Catherine Bowers déclara, sur le mode de la raison : « Il ne faut pas vous accuser, Stephen. Rien de tout cela ne serait arrivé si Sally avait dit la vérité à propos de son mariage. C'est chercher le drame de mentir pour des choses comme ça. Je suppose qu'elle lui écrivait par l'intermédiaire de quelqu'un.

— Oui, Derek Pullen. Les lettres étaient envoyées dans une enveloppe adressée à Pullen et qui en contenait une autre. Il les remettait à Sally lors de rencontres prévues à l'avance. Elle ne lui a jamais dit qu'elles venaient d'un mari ; je ne sais pas quel roman elle avait échafaudé, mais il devait être bon. Pullen s'était engagé au secret et à ma connaissance il ne l'a jamais trahie. Elle savait choisir ses dupes.

— Elle aimait se jouer des gens, dit Felix. Seulement ils peuvent être des jouets dangereux. De toute évidence une de ses dupes a jugé que la plaisanterie était allée assez loin. Ce n'était pas vous, par hasard, Maxie ? »

Le ton était délibérément insultant et Stephen fit un pas vers lui, mais avant qu'il ait pu riposter, le timbre de la porte trilla et la pendule sur la cheminée sonna huit heures.

CHAPITRE IX

1

D'un commun accord, ils se retrouvèrent dans le bureau. Quelqu'un avait disposé les chaises en demi-cercle autour de la lourde table, rempli la carafe d'eau et placé celle-ci à droite de Dalgliesh. Assis seul à la table avec Martin debout derrière lui, l'inspecteur observa ses suspects à mesure qu'ils entraient. Eleanor Maxie était la plus calme. Ayant pris une chaise face à la lumière, elle s'assit, détachée et sereine, les yeux fixés au loin sur les pelouses et les arbres. On eût dit que son épreuve était déjà passée. Stephen Maxie, entré à grands pas, jeta à Dalgliesh un regard où mépris et défi se mêlaient, puis s'assit à côté de sa mère. Felix Hearne et Deborah Riscoe, arrivés ensemble, s'assirent loin l'un de l'autre, sans s'être regardés et Dalgliesh eut l'impression que leurs rapports avaient subi de subtiles modifications depuis la tragi-comédie manquée de la veille au soir. Il s'étonnait d'ailleurs que Hearne se fût prêté à une supercherie aussi grossière et se demandait plutôt, en regardant la meurtrissure à demi cachée par l'écharpe de la jeune femme, pourquoi il avait jugé nécessaire d'exercer une pression aussi forte. Catherine Bowers entra la dernière, rougit en voyant tous les yeux braqués sur elle et se précipita vers la seule chaise vide comme une étudiante paniquarde arrivée en retard à un cours. Au moment où il ouvrait son dossier, Dalgliesh entendit les premières notes lentes des cloches de l'église. Elles sonnaient déjà quand il était arrivé pour la première fois à Martingale. Il les avait souvent entendues au long de son enquête, musique d'ambiance pour un meurtre. Désormais elles sonnaient un glas et il se demanda en passant qui était mort dans le village — quelqu'un pour qui les cloches sonnaient comme elles ne l'avaient pas fait pour Sally.

Il releva la tête qu'il avait penchée sur ses papiers et commença de sa voix calme, grave :

« Une des caractéristiques les plus insolites de ce crime était le contraste entre l'apparente préméditation et l'exécution. Tous les signes cliniques indiquaient un geste impulsif. Ce n'était pas une strangulation lente et on relevait peu des signes classiques de l'asphyxie. Une force considérable avait été exercée et la partie supérieure de la thyroïde, fracturée. Néanmoins, la mort était due à une inhibition vagale et elle avait été très rapide. Elle se serait produite même si l'étrangleur avait fait usage de beaucoup moins de force. L'examen du faciès révélait une seule agression non préméditée, constatation d'ailleurs confirmée par l'emploi des mains. Si un criminel a l'intention de tuer par strangulation, il opère en général avec une corde, ou une écharpe ou peut-être un bas. Pas toujours bien sûr, mais vous en voyez la raison : rares sont les gens sûrs de pouvoir tuer avec leurs mains nues. Il y a peut-être dans cette pièce quelqu'un qui pourrait éprouver une telle certitude, mais je ne crois pas qu'il aurait choisi ce procédé. Il existe certains moyens efficaces pour tuer sans arme et il les aurait connus.

— Mais c'était sous d'autres cieux et de plus la damoiselle est morte », murmura Felix Hearne. Si Dalgliesh entendit la citation, ou sentit la légère tension des muscles tandis que l'auditoire maîtrisait son envie de regarder Hearne, il n'en montra rien et poursuivit calmement :

« En contradiction avec ce caractère impulsif, nous nous trouvions en face d'une tentative faite pour droguer partiellement la victime, ce qui indiquait certainement l'intention de la rendre inconsciente. Cela pouvait viser à faciliter l'entrée dans sa chambre sans l'éveiller, ou à la tuer pendant son sommeil. J'ai écarté très vite l'éventualité de deux attentats distincts perpétrés la même nuit. Personne dans cette pièce n'avait de raison d'aimer Sally et certains pouvaient même avoir des raisons de la haïr. Mais penser que deux personnes auraient pu choisir la même nuit pour tenter un meurtre, ce serait vraiment trop demander à la crédulité.

— Si nous la haïssions, dit tranquillement Deborah, nous n'étions pas les seuls.

— Il y avait ce fils Pullen, dit Catherine. Vous ne me direz pas qu'il n'y avait rien entre eux. Et puis Miss Liddell. On sait bien que Sally avait découvert quelque chose de pas très propre à son sujet et qu'elle menaçait de parler ; tout le village est au courant. Si elle pouvait en faire chanter une, elle a pu en faire chanter d'autres. »

Stephen Maxie dit d'un ton las :

« Je ne vois pas bien la pauvre vieille Liddell escalader les tuyaux de descente, ou se glisser par la porte de service pour affronter Sally toute seule. Elle n'aurait jamais eu assez de cran. Et vous ne pouvez pas l'imaginer sérieusement en train de tuer Sally à mains nues.

— Pourquoi pas, si elle savait que Sally était droguée ?

— Mais elle ne pouvait pas le savoir, lui fit remarquer Deborah. Et elle n'a pas pu non plus mettre la drogue dans la boisson de Sally. Elle quittait la maison avec Eppy juste au moment où l'autre montait le mazagran dans sa chambre. Et c'était le mien qu'elle avait pris, rappelez-vous. Avant ça, ils étaient tous les deux dans cette pièce avec Maman.

— Elle a pris votre mazagran, comme elle avait copié votre robe, dit Catherine. Mais le somnifère a dû être ajouté après. Personne ne pouvait avoir l'intention de vous droguer.

— Il n'a pas pu être ajouté plus tard, coupa Deborah assez sèchement. A quel moment ? Il n'y a pas eu la moindre possibilité. Il faudrait supposer que l'un d'entre nous est entré discrètement avec le flacon du médicament de Papa, a raconté à Sally que c'était une simple petite visite de courtoisie, et attendu qu'elle soit penchée sur le bébé pour glisser un comprimé ou deux dans le cacao. Ça ne tient pas debout. »

La voix calme de Dalgliesh interrompit l'échange.

« Rien ne tient debout s'il y a un lien entre le somnifère et la strangulation. Pourtant, comme je l'ai déjà dit, supposer que quelqu'un a décidé d'étrangler Sally Jupp la nuit même où une autre personne avait décidé de l'empoisonner, c'est supposer une coïncidence vraiment trop énorme. Mais il pourrait y avoir une autre explication. Et si le somnifère n'était pas un incident isolé ? Si quelqu'un en avait mis régulièrement dans la boisson qu'elle prenait le soir ? Quelqu'un qui savait qu'elle était seule à prendre du cacao et qu'on pouvait donc mettre sans danger du somnifère dans la boîte. Quelqu'un qui savait où le remède était rangé et qui avait assez d'expérience pour utiliser la bonne dose. Quelqu'un qui voulait que Sally soit discréditée et renvoyée et qui pouvait se plaindre parce qu'elle ne se levait jamais à l'heure le matin. Quelqu'un qui avait probablement souffert du fait de Sally plus que le reste de la maisonnée ne s'en était rendu compte et qui était heureux de faire un geste, si peu efficace soit-il apparemment, qui lui donnerait l'impression de dominer la jeune femme. En un sens, vous voyez, c'était un meurtre de substitution.

— Martha », dit involontairement Catherine.

Les Maxie restaient silencieux. S'ils avaient su ou deviné, aucun n'en montra rien. Eleanor pensait avec compassion à la femme qu'elle avait laissée dans la cuisine pleurant son maître mort. Martha s'était levée en la voyant entrer, ses grosses mains rugueuses jointes sur son tablier. Elle n'avait pas dit le moindre mot, pas fait le moindre geste quand Mrs. Maxie lui avait appris la nouvelle, mais ses larmes n'en étaient que plus pénibles. Quand elle parla enfin, ce fut d'une voix parfaitement contrôlée, bien que les larmes eussent continué de couler sur ses joues et jusque sur ses mains immobiles. Sans embarras et sans explication, elle avait dit qu'elle souhaitait partir à la fin de la semaine ; elle avait une amie dans le

Herefordshire chez qui elle pouvait aller provisoire-
ment. Mrs. Maxie n'avait ni discuté ni prié, ce n'était
pas son genre. Mais tandis qu'elle fixait un regard
attentif et courtois sur Dalgliesh, son esprit toujours
équitable explorait les motifs qui l'avaient incitée à
écarter Martha du lit mortuaire et s'intéressait à la
révélation qui venait de la frapper : un dévouement
que la famille tenait pour acquis était en fait plus
complexe, moins volontiers consenti qu'elle le
croyait et personne ne s'était rendu compte qu'il était
soumis à trop rude épreuve.

Catherine parlait. Apparemment sans appréhension, elle suivait les explications de Dalgliesh comme
s'il exposait un cas intéressant et atypique.

« Martha pouvait se procurer du somnifère à
n'importe quel moment, bien sûr. La famille était
d'une négligence effarante à ce point de vue-là. Mais
pourquoi vouloir droguer Sally cette nuit-là plutôt
qu'une autre ? Après la scène du dîner, Mr. Maxie
avait des soucis plus graves que la prétendue paresse
de Sally le matin. Il était trop tard pour se débarrasser d'elle par ce moyen-là. Et pourquoi Martha a-t-
elle caché le flacon sous une fiche au nom de
Deborah ? J'ai toujours cru qu'elle était entièrement
dévouée à la famille.

— La famille aussi l'a cru, dit sèchement Deborah.

— Elle a mis du somnifère dans le cacao ce soir-là
parce qu'elle n'était pas au courant des fiançailles
projetées, dit Dalgliesh. Elle n'était pas dans la salle à
manger à ce moment-là et personne ne l'a mise au
courant. Elle est allée dans la chambre de Mr. Maxie,
elle a pris le somnifère et l'a caché, complètement
paniquée parce qu'elle croyait avoir tué Sally. Si vous
vous reportez au soir du drame, vous vous rendrez

compte que Mrs. Bultitaft est la seule personne de la
maison qui ne soit pas entrée dans la chambre de la
morte. Pendant que le reste d'entre vous était groupé
autour du lit, elle n'avait qu'une idée : cacher le
flacon. Ce n'était pas une chose raisonnable à faire,
mais elle n'était plus capable de raisonner. Elle a
couru avec dans le jardin et l'a caché dans le premier
carré de terre meuble qu'elle a trouvé. Je crois que
dans son esprit, c'était une solution provisoire et
c'est pourquoi elle a marqué l'emplacement avec le
premier objet utilisable qui lui est tombé sous la
main. Il s'est trouvé que c'était une fiche à votre
nom, Mrs. Riscoe. Ensuite, elle est allée dans la
cuisine, elle a vidé dans le poêle la poudre de cacao
qui restait avec la doublure de papier, puis elle a lavé
la boîte qu'elle a jetée dans la poubelle. Il n'y avait
qu'elle qui avait la possibilité de faire ça. Ensuite,
Mr. Hearne est venu dans la cuisine voir comment
elle allait et si elle n'avait pas besoin qu'il l'aide. Voici
ce qu'il m'a dit. » Dalgliesh tourna une page de son
dossier et lut :

« Elle avait l'air assommée et répétait sans arrêt
que Sally avait dû se tuer. Je lui ai fait remarquer que
c'était anatomiquement impossible et ça a paru la
bouleverser encore plus. Elle m'a lancé un regard
étrange... et a éclaté en sanglots. »

Dalgliesh releva les yeux sur son auditoire.

« Nous pouvons admettre, je crois, que c'était une
réaction de soulagement. Je crois aussi qu'avant
l'arrivée de Miss Bowers pour faire manger l'enfant,
Mr. Hearne avait préparé Mrs. Bultitaft aux inévitables questions de la police ; il lui avait fait la leçon.
Elle m'a dit qu'elle n'avait avoué à personne d'entre
vous que c'était elle qui droguait Sally. C'est peut-

être vrai, mais ça ne signifie pas que Mr. Hearne ne s'en est pas douté. Il était tout à fait disposé, comme il l'a été tout au long de l'affaire, à ne pas réveiller les chats endormis si le procédé avait des chances d'égarer la police. Vers la fin de l'enquête, avec l'attaque simulée contre Mrs. Riscoe, il a adopté une attitude plus positive et carrément essayé de tromper.

— C'était mon idée, dit Deborah, très calme. Je lui ai demandé. Je l'ai forcé à le faire. »

Hearne, sans tenir compte de l'interruption, dit simplement :

« Pour ce qui est de Martha, j'avais peut-être deviné, mais elle a été parfaitement honnête. Elle ne m'a rien dit et je n'ai rien demandé, ce n'était pas mon affaire.

— Non, dit amèrement Dalgliesh. Ce n'était pas votre affaire. » Sa voix avait perdu le ton neutre si soigneusement maintenu jusqu'alors et tous le regardèrent, saisis par sa soudaine véhémence.

« Ça a été votre attitude depuis le début, n'est-ce pas ? Ne mettons pas le nez dans les affaires des autres. Trop d'intérêt, c'est vulgaire. Si nous devons avoir un meurtre, au moins traitons la chose avec bon goût. Même vos efforts pour gêner la police auraient été plus efficaces si vous vous étiez donné la peine d'en savoir un peu plus sur ceux qui étaient autour de vous. Mrs. Riscoe n'aurait pas eu besoin d'amener Mr. Hearne à simuler une agression contre elle pendant que son frère était en sûreté à Londres, si ce frère lui avait confié qu'il avait un alibi pour l'heure de la mort de Sally Jupp. Derek Pullen n'aurait pas eu besoin de se torturer en se demandant s'il devait protéger un meurtrier, si Mr. Stephen Maxie avait pris la peine de lui expliquer ce qu'il faisait avec une échelle dans le jardin samedi soir. Nous avons fini par arracher la vérité à Pullen, mais ça n'a pas été facile.

— Il se moque pas mal de mon sort, dit Stephen avec indifférence. Il ne pouvait pas supporter de ne pas se conduire comme un petit gentleman. Si vous l'aviez entendu m'expliquer au téléphone sa noblesse et sa distinction ! Avec moi, votre secret ne risque rien, Maxie — mais vous devriez assumer vos responsabilités. Qu'il aille aux cinq cent mille diables avec son insolence !

— Pas d'objections, je suppose, à ce que nous sachions ce que tu faisais avec cette échelle ? demanda Deborah.

— Pourquoi y en aurait-il ? Je la rapportais de chez Bocock. Nous nous en étions servis dans l'après-midi pour récupérer un ballon qui s'était accroché dans son orme. Tu connais Bocock. Il l'aurait traînée ici dès l'aube et elle est trop lourde pour lui. J'étais sans doute en veine de masochisme j'ai donc pris l'échelle sur mon épaule. Je ne pouvais pas savoir que Pullen rôdait dans les vieilles écuries. Apparemment, c'était son habitude. Je ne pouvais pas non plus savoir que Sally serait tuée, ni que Pullen utiliserait son puissant intellect pour rapprocher ces troublants indices et conclure que j'utiliserais l'échelle pour grimper jusqu'à sa chambre et la supprimer. Pourquoi cette escalade, d'ailleurs ? Je pouvais passer par la porte. Et je ne venais même pas de la bonne direction avec cette foutue échelle !

— Il a probablement pensé que tu essayais de détourner les soupçons vers une personne de l'extérieur, suggéra Deborah. Lui, par exemple. »
La voix indolente de Felix les interrompit :

« Il ne vous est pas venu à l'esprit, Maxie, que ce garçon était peut-être sincèrement tourmenté et indécis ? » Gêné, Stephen se tortilla dans son fauteuil.

« Ça n'est pas lui qui m'aurait empêché de dormir. Il n'avait pas le droit de se trouver sur notre propriété et je le lui ai dit. Je ne sais pas depuis combien de temps il attendait là, mais il avait dû me voir poser l'échelle ; alors il est sorti de l'ombre comme un diable d'une boîte et il m'a accusé de tromper Sally. Il a l'air d'avoir des idées un peu curieuses sur les distinctions sociales. A l'entendre, il avait cru que j'avais exercé le *droit du seigneur*. Je lui ai dit de s'occuper de ce qui le regardait — mais moins poliment que ça — et il s'est rué sur moi. Comme j'en avais plus qu'assez, je lui ai envoyé un droit qu'il a pris sur l'œil et ses lunettes ont fait un looping. Tout ça est assez vulgaire et stupide. Nous n'osions pas faire beaucoup de bruit parce que nous étions trop près de la maison, ce qui fait que nous étions là à marmonner des insultes en fouillant dans la poussière pour retrouver ses lunettes. Il ne voit à peu près rien quand il ne les a pas, alors j'ai pensé qu'il valait mieux que je l'accompagne jusqu'au coin de Nessingford Road. Il a cru que c'était pour le virer, mais de toute façon il aurait été vexé comme un dindon, donc, aucune importance. Quand le moment est venu de se séparer, il avait visiblement fini par mettre au point ce qu'il pensait être l'attitude la plus digne et la plus distinguée. Il voulait même me serrer la main ! Je ne savais pas si je devais éclater de rire, ou l'envoyer au tapis pour le compte une deuxième fois. Désolé, Deb, mais enfin il est comme ça. »

Eleanor Maxie intervint pour la première fois.

« Il est dommage que tu ne nous aies pas dit tout cela plus tôt. Le pauvre garçon aurait certainement évité beaucoup d'inquiétudes. »

Ils semblaient avoir oublié la présence de Dalgliesh, mais il reprit alors la parole.

« Mr. Maxie avait une raison pour se taire. Il était important pour vous tous, et il s'en rendait compte, que la police croie qu'une échelle était non loin pour donner facilement accès à la chambre de Sally. Il connaissait l'heure approximative de la mort et il ne tenait pas du tout à ce que la police sache que l'échelle n'avait pas été reportée dans la vieille écurie avant minuit vingt. Avec un peu de chance, nous aurions pu croire qu'elle y avait été toute la nuit. Pour la même raison ou à peu près, il est resté dans le vague pour l'heure où il a quitté la maison de Bocock et il a carrément menti pour l'heure de son coucher. Si Sally avait été tuée à minuit par une personne de cette maison, il tenait beaucoup à ce que nous ne manquions pas de suspects. Il se rendait compte que la plupart des crimes sont résolus par un processus d'élimination. Par contre, je crois qu'il disait la vérité à propos de l'heure où il a fermé la porte sud à clef. C'était vers minuit trente-trois ; or nous savons maintenant qu'à ce moment-là Sally Jupp était morte depuis plus d'une demi-heure. Elle est morte avant que Mr. Maxie quitte Bocock et à peu près au moment où Mr. Wilson, s'étant levé pour fermer une fenêtre qui grinçait, a vu Derek Pullen se diriger lentement, la tête basse, vers Martingale. Pullen espérait peut-être voir Sally et obtenir des explications. Mais il arrivait tout juste aux vieilles écuries quand il vit Mr. Maxie qui apportait l'échelle. Et à ce moment-là, Sally Jupp était morte.

— Alors, ce n'était pas Pullen ? demanda Catherine.

— Comment est-ce que ça aurait pu être Pullen ? demanda rudement Stephen. Il ne l'avait certainement pas tuée quand il m'a parlé et ensuite il n'était pas en état de retourner sur ses pas pour le faire : il y voyait à peine assez pour trouver sa propre porte.

— Et si Sally était morte avant que Stephen revienne de chez Bocock, ça ne pouvait pas être lui non plus », fit remarquer Catherine. C'était la première fois, se dit Dalgliesh que quelqu'un faisait allusion à la culpabilité ou à l'innocence possible d'un membre de la famille.

« Comment savez-vous qu'elle était morte à ce moment-là ? dit Stephen. Elle était vivante à dix heures trente le soir et morte le lendemain matin. Personne n'en sait davantage.

— Si, répondit Dalgliesh. Il y a deux personnes qui peuvent nous aider à déterminer l'heure de la mort avec un peu plus de précision. Le meurtrier, bien sûr, mais aussi quelqu'un d'autre. »

2

On frappa à la porte et Martha parut sur le seuil, impassible comme toujours, les cheveux tirés sous son curieux bonnet à l'ancienne, les chevilles enflées au-dessus des souliers noirs à barrettes. Les Maxie se représentèrent-ils alors une femme désespérée, serrant ce flacon qui la condamnait et cherchant refuge dans la cuisine familiale comme un animal terrorisé ? Ils n'en montrèrent rien. Elle avait l'air qu'elle avait toujours eu et si elle leur était devenue étrangère, ils l'étaient désormais au moins autant les uns pour les autres. Sans donner d'explication pour sa présence, elle annonça :

« Mr. Proctor pour l'inspecteur », puis elle repartit et la silhouette indistincte qui se tenait derrière elle s'avança en pleine lumière. Proctor était trop furieux pour se trouver gêné d'être introduit ainsi sans façons dans un salon plein de gens visiblement très occupés de leurs propres affaires. N'ayant apparemment remarqué que Dalgliesh, il s'avança vers lui l'air belliqueux.

« Dites voir, inspecteur, il me faut une protection. Ça ne va pas du tout, ça. J'ai essayé de vous avoir au poste de police. On n'a pas voulu me dire où vous étiez, je vous demande un peu, mais je n'allais pas me laisser embobiner par l'habillé de service. J'ai bien pensé que je vous trouverais ici. Il faut faire quelque chose. »

Dalgliesh le considéra en silence pendant une minute.

« Qu'est-ce qui ne va pas, Mr. Proctor ? demanda-t-il.

— Le jeune type. Le mari de Sally. Il est venu chez moi me menacer. Il avait bu, si vous voulez mon avis. Si elle s'est fait tuer, j'y suis pour rien et je le lui ai dit. Je veux pas qu'il fasse peur à ma femme. Et puis, il y a les voisins. On l'entendait d'un bout à l'autre de l'avenue brailler des insultes. Ma fille était là aussi ; c'est joli devant une enfant. Je suis innocent de ce meurtre, vous le savez très bien, et je réclame une protection. »

Il avait bien l'air en effet d'en avoir besoin et pas seulement contre James Ritchie. Ce petit homme maigrichon au visage rougeaud ressemblait à un coq en colère. Son costume bon marché était bien entretenu, l'imperméable gris, nettoyé depuis peu et le chapeau de feutre, qu'il pétrissait dans ses mains gantées, orné d'un ruban neuf.

Soudain Catherine lança :

« Vous étiez dans cette maison le jour du meurtre, n'est-ce pas ? Nous vous avons vu dans l'escalier. Vous deviez venir de la chambre de Sally. »

Stephen lança un coup d'œil à sa mère et dit :

« Venez donc vous joindre à la réunion de prière, Mr. Proctor. Il paraît que les confessions publiques sont souveraines pour le bien de l'âme. En fait, vous avez bien calculé votre entrée. Il ne vous déplairait pas, je présume, de savoir qui a tué votre nièce ?

— Non, dit violemment Hearne. Ne soyez pas idiot, Maxie. Ne le mêlez pas à ça. »

Sa voix rappela brusquement à Proctor où il se trouvait. Il tourna son attention vers Felix et le résultat ne parut pas lui plaire.

« Alors, il faut que je m'en aille ! Et si ça me plaît de rester ? J'ai le droit de savoir ce qui se passe. » Il promena un regard furibond sur les visages méfiants, fermés. « Vous voudriez bien que ça soit moi, hein ? Tous autant que vous êtes ! Vous figurez pas que je le sais pas. Vous voudriez bien me faire porter le chapeau si vous pouviez. J'aurais été dans de beaux draps si elle avait été empoisonnée ou assommée. Mais seulement il y a une chose que vous pouvez pas me coller sur le dos et c'est justement ce qui est arrivé. Étranglée ! Pas de veine. Et pourquoi ? Pourquoi ? Voilà pourquoi ! »

Il fit un mouvement convulsif, il y eut un déclic et un instant d'une incroyable bouffonnerie quand sa main droite tomba sur le bureau devant Dalgliesh.

Fascinés, tous la fixaient comme quelque débris obscène, ses doigts de caoutchouc recourbés en une supplication impuissante. La respiration bruyante, Proctor attira une chaise d'un mouvement adroit de sa main gauche et s'assit triomphalement, cependant que Catherine le regardait avec un reproche dans ses yeux pâles, comme si un patient difficile avait fait un caprice plus inacceptable encore que d'habitude.

Dalgliesh ramassa la main.

« Nous étions au courant, bien sûr, encore que mon attention ait été attirée sur elle de façon moins spectaculaire. Mr. Proctor a perdu sa main droite lors d'un bombardement. Cette prothèse légère et solide a trois doigts articulés comme une vraie main. Par un mouvement de flexion de l'épaule et en écartant légèrement le bras du corps, le porteur peut exercer une traction sur un mince câble de contrôle qui va de l'épaule au pouce ; le pouce s'ouvre alors par le jeu d'un ressort et dès que la tension se relâche à l'épaule, le ressort rabat automatiquement le pouce contre l'index qui est fixe. C'est un dispositif très ingénieux et Mr. Proctor fait beaucoup de choses avec : aller à bicyclette et présenter une apparence presque normale au monde. Mais s'il y a une chose qu'il ne peut pas faire, c'est étrangler quelqu'un.

— Il pourrait être gaucher.

— En effet, Miss Bowers, mais il ne l'est pas et tous les indices prouvent que Sally a été tuée par une violente pression de la main droite. » Il retourna la main et la poussa sur la table vers Proctor.

« C'est, bien entendu, cette main-là qu'un certain petit garçon a vu ouvrir la trappe dans l'écurie de Bocock. Il ne pouvait y avoir qu'une personne en rapport avec cette affaire qui aurait porté des gants de cuir à une kermesse par une journée d'été torride. C'était l'une des clefs de son identité, mais il y en avait d'autres. Miss Bowers a tout à fait raison. Mr. Proctor était à Martingale cet après-midi-là.

— Et après ? C'est Sally qui m'avait demandé de venir. C'était ma nièce, non ?

— Oh, ne chargez pas, Proctor, dit Felix. Vous n'allez pas nous raconter que c'était une visite du genre mondain et que vous passiez seulement pour prendre des nouvelles du bébé. Elle demandait combien ?

— Trente livres, dit Proctor. Elle voulait trente livres, et ça lui ferait une belle jambe maintenant.

— Et comme elle avait besoin de trente livres, poursuivit Felix, impitoyable, elle s'est tout naturellement adressée à son plus proche parent qui ne demandait pas mieux que de l'aider. Une histoire bien touchante. »

Avant que Proctor pût répondre, Dalgliesh intervint.

« Elle demandait trente livres parce qu'elle voulait avoir un peu d'argent à sa disposition au retour de son mari. Il avait été convenu qu'elle continuerait à travailler et qu'elle économiserait ce qu'elle pourrait. Elle voulait à toute force tenir ses engagements, bébé ou pas, et comptait obtenir cet argent de son oncle par un procédé assez connu. Elle lui dit qu'elle allait se marier — sans donner le nom du futur — et que s'il n'achetait pas son silence, son mari et elle révéleraient la façon dont elle avait été traitée. Elle menaça de le dénoncer à ses employeurs et à ses voisins de Canningbury. Elle parla de droits dont elle avait été privée. Mais par contre s'il acceptait de payer, ni elle ni son mari ne reverraient ni n'importuneraient jamais les Proctor.

— Mais c'était du chantage ! s'écria Catherine. Il aurait dû lui dire de ne pas se gêner et de raconter ce qu'elle voudrait. Personne ne l'aurait crue. Je sais bien qu'elle ne m'aurait pas tiré un sou. »

Proctor restait silencieux et les autres semblaient avoir oublié sa présence. Dalgliesh poursuivit :

« Je crois que Mr. Proctor aurait très volontiers suivi votre avis, Miss Bowers, si sa nièce n'avait pas fait usage d'une certaine formule : elle a parlé de droits dont elle avait été privée. Elle ne pensait probablement qu'à des différences de traitement entre elle et sa cousine, bien que Mrs. Proctor nie absolument qu'il y en ait eu. Elle en savait peut-être plus que nous le croyons. Mais pour des raisons que nous n'examinerons pas ici, la phrase a sonné très désagréablement aux oreilles de son oncle. Sa réaction dut être révélatrice et Sally était assez intelligente pour le relever. Mr. Proctor n'a rien d'un acteur. Il a sans doute essayé de voir ce que sa nièce savait et plus il sondait, plus il se trahissait. Quand ils se sont séparés, Sally savait que ces trente livres et peut-être plus étaient à sa portée. »

La voix grinçante de Proctor résonna :

« J'ai dit que je voulais un reçu. Remarquez, je savais bien ce qu'elle avait derrière la tête. Je lui ai dit que je voulais bien l'aider pour une fois parce qu'elle allait se marier et qu'il y a forcément des frais, mais que ce serait fini. Si elle y revenait, j'irais trouver la police et j'aurais le reçu comme preuve.

— Elle n'y serait pas revenue », dit tranquillement Deborah. Les yeux se tournèrent vers elle : « Pas Sally. Elle se jouait de vous, simplement ; elle tirait les ficelles pour le plaisir de vous voir danser. Si elle pouvait rafler trente livres en plus, tant mieux, mais ce qui l'attirait vraiment, c'était de vous voir suer à grosses gouttes. Même ça, d'ailleurs, n'aurait pas duré. Au bout d'un temps, ça ne l'amusait plus. Sally aimait dévorer des victimes bien fraîches.

— Oh, non, non ! » Eleanor Maxie ouvrit les mains en un petit geste de protestation. « Elle n'était pas comme ça. Nous ne l'avons jamais vraiment connue. » Proctor se détourna d'elle et soudain, sourit à Deborah comme s'il acceptait une alliée.

« Ça c'est rudement vrai. Vous saviez bien comment elle était. Elle me faisait marcher, je vous le dis. Elle avait tout combiné. Je devais me procurer les trente livres ce soir et les lui apporter. Elle m'a obligé à la suivre dans la maison et à monter dans sa chambre. C'est au moment où je m'en allais que je vous ai rencontrées dans l'escalier. Elle m'a montré la porte de service et elle m'a dit qu'elle l'ouvrirait à minuit. Je devais rester caché dans les arbres au fond de la pelouse jusqu'à ce qu'elle allume et puis éteigne la lumière de sa chambre. Ça devait être le signal. »

Felix éclata de rire.

« Pauvre Sally ! Quelle exhibitionniste ! Il fallait qu'elle fasse du théâtre, au risque d'en claquer.

— C'est ce qui est arrivé, dit Dalgliesh. Si elle ne s'était pas joué des gens, elle serait en vie aujourd'hui.

— Elle était dans un état d'esprit bizarre, ce jour-là, dit Deborah songeuse. Il y avait comme un grain de folie en elle. Et je ne pense pas seulement à ma robe copiée ou aux prétendues fiançailles avec Stephen. Elle était pleine d'espièglerie, de friponnerie comme une enfant. Je pense que c'était son genre de bonheur.

— Elle est allée se coucher heureuse », dit Stephen. Et soudain, le silence tomba, lourd de souvenirs. Quelque part une horloge sonna, claire et argentine ; dans la pièce, le seul bruit était le froissement sec du papier tandis que Dalgliesh tournait une page. Du hall, à côté d'eux, montait dans la fraîcheur et le silence, l'escalier par où Sally avait emporté sa dernière boisson du soir. Alors qu'ils écoutaient, tendus, il était presque possible d'entendre des pas légers, le friselis de la laine contre les marches, la réverbération d'un rire. Dehors, dans l'obscurité, le bord de la pelouse n'était plus qu'une brume légère et les lumières du bureau s'y reflétaient comme une rangée de lanternes vénitiennes suspendues dans la nuit parfumée. Devinait-on l'ombre d'une robe blanche flottant entre elles, une boucle de cheveux virevoltante ? Quelque part au-dessus d'eux la nursery, vide désormais, était blanche et stérile comme une morgue. L'un d'eux pourrait-il affronter cet escalier et ouvrir cette porte de chambre sans craindre que le lit ne soit pas vide ? Deborah frissonna et dit, au nom de tous : « Je vous en prie, dites-nous ce qui s'est passé. »

Dalgliesh leva les yeux, la regarda, puis la voix grave, unie, reprit.

3

« Je crois que l'assassin s'est rendu dans la chambre de Miss Jupp poussé par un désir incontrôlable : savoir exactement ce qu'elle ressentait, ce qu'elle avait l'intention de faire, la gravité du danger qu'elle représentait. Peut-être plaider et supplier, encore que cela ne me semble pas très vraisemblable. Il est plus probable que l'intention était d'essayer une sorte de marchandage. Le visiteur est entré tout droit dans la chambre, ou il a frappé et a été introduit. C'était une personne dont on ne redoutait rien. Sally devait être déshabillée et couchée, sans doute somnolente, mais n'ayant pris qu'un peu de cacao, elle n'était pas droguée, simplement trop fatiguée pour finasser, ou discuter de façon rationnelle. Elle n'a même pas pris la peine de se lever, ni d'enfiler sa robe de chambre. En raison de ce que nous avons appris sur son caractère, vous pouvez penser qu'elle l'aurait fait si son visiteur avait été un homme, mais ce n'est pas le genre d'indice qui pèse bien lourd.

« Nous ne savons pas encore ce qui s'est passé entre elle et son visiteur. Nous savons seulement que quand ce dernier est reparti et a fermé la porte, Sally était morte. Si nous admettons qu'il s'agit d'un meurtre non prémédité, on peut deviner ce qui s'est passé. Nous savons maintenant qu'elle était mariée, qu'elle aimait son mari, qu'il devait venir la chercher et qu'elle l'attendait même d'un jour à l'autre. D'après son attitude envers Derek Pullen et le soin avec lequel elle gardait son secret, nous pouvons conclure qu'elle jouissait du sentiment de puissance que lui donnait le fait de connaître ce qui était caché à d'autres. Pullen a dit : " Elle aimait faire les choses en cachette " et une personne chez qui Sally avait travaillé : " Difficile de la connaître. Elle a travaillé ici pendant trois ans et je n'en sais pas plus sur elle que le jour où elle est arrivée. " Sally Jupp a gardé le secret sur son mariage dans des conditions très

difficiles. Son comportement n'a rien de raisonnable. Jimmy était à l'étranger et réussissait bien. Sa
maison ne l'aurait pas renvoyé en Angleterre, elle
n'avait même pas besoin d'être au courant. Si Sally
avait dit la vérité, on aurait bien trouvé quelqu'un
pour l'aider. Je crois qu'elle a gardé le silence en
partie parce qu'elle voulait prouver qu'elle était
loyale et sûre, en partie parce qu'elle aimait le secret
pour lui-même. Il lui donnait la possibilité de faire
du mal à l'oncle et à la tante qu'elle n'aimait pas et il
lui fournissait des sujets d'amusement. Et aussi un
gîte gratuit pendant sept mois. Son mari m'a dit :
" Sally me disait toujours que c'étaient les mères
célibataires qui s'en tiraient le mieux. " Je pense que
personne ici n'est de cet avis, mais elle croyait
évidemment que nous vivons dans une société qui se
met la conscience à l'aise en aidant les méchants
intéressants plutôt que les bons ennuyeux, et elle
était en mesure de mettre sa théorie à l'épreuve. Je
crois qu'elle s'est bien plu à St. Mary. L'idée qu'elle
était différente des autres la soutenait. J'imagine
qu'elle se réjouissait à l'avance de la tête que ferait
Miss Liddell quand elle saurait la vérité et des fous
rires qu'ils auraient tous les deux quand elle imite-
rait les pensionnaires du home pour son mari. Je
crois aussi qu'elle aimait le sentiment de puissance
que lui donnait la connaissance des choses cachées
aux autres. Elle observait avec jubilation la consternation des Maxie devant un danger qu'elle savait
être inexistant. »

Deborah se redressa dans son fauteuil.

« Vous avez l'air d'en savoir bien long sur son
compte. Si elle savait que ces fiançailles n'étaient
qu'une comédie, pourquoi y a-t-elle consenti ? Elle

aurait épargné beaucoup d'ennuis à tout le monde en disant la vérité à Stephen. »

Dalgliesh la regarda.

« Elle aurait sauvé sa vie. Mais est-ce que ça lui aurait ressemblé de tout avouer ? Il n'y avait plus longtemps à attendre. Son mari allait arriver, dans un jour ou deux, peut-être. La proposition du Dr. Maxie n'était qu'une complication de plus qui ajoutait encore du piment à la situation. Rappelez-vous, elle n'a jamais carrément accepté. Non, je me serais attendu à ce qu'elle agisse comme elle l'a fait. De toute évidence, elle détestait Mrs. Riscoe et elle le montrait avec de plus en plus d'audace à mesure que le retour de son mari approchait. Cette proposition lui donnait de nouvelles occasions de s'amuser en secret. Je crois qu'au moment où son visiteur est entré, elle était allongée dans son lit, somnolente, heureuse et persuadée d'avoir la famille Maxie, toute la situation et le monde lui-même bien en main. Pas une des douzaines de personnes que j'ai interrogées à son sujet ne l'a qualifiée de bonne. Je ne crois pas qu'elle ait été bonne avec son visiteur. Elle a sous-estimé la force de la colère et du désespoir auxquels elle s'affrontait. Elle a peut-être ri. Et alors les doigts robustes se sont refermés autour de son cou. »

Il y eut un silence que Felix Hearne rompit en disant rudement :

« Vous vous êtes trompé de profession, inspecteur. Cette démonstration d'art dramatique aurait mérité un public plus nombreux.

— Ne soyez pas idiot, Hearne. » Stephen Maxie releva un visage devenu livide et buriné par la fatigue. « Vous ne voyez pas qu'il est assez satisfait de la réaction que nous lui fournissons ? » Se tournant vers

Dalgliesh, il lui lança avec une brusque explosion de colère : « Quelles mains ? Pourquoi continuer cette farce ? Quelles mains ? »

Dalgliesh ne fit pas mine de l'avoir entendu.

« Notre tueur va jusqu'à la porte et éteint la lumière. Ce doit être le moment de la fuite. Et puis alors, vient peut-être un doute. Peut-être le besoin de s'assurer une fois encore que Sally Jupp est bien morte. Peut-être l'enfant qui se retourne dans son berceau, le désir trop naturel et humain de ne pas le laisser pleurer seul avec sa mère morte. Peut-être la crainte plus égoïste que ses cris réveillent la maisonnée avant que le tueur ait pu s'échapper. Quelle qu'en soit la raison, la lumière est rallumée un instant. Coupure, allumage. A la lisière de la pelouse, dissimulé derrière les arbres, Sidney Proctor voit ce qu'il croit être le signal attendu. Il n'a pas de montre et dépend donc des flashes lumineux. Il s'avance le long du bord de la pelouse vers la porte de service en restant toujours dans l'ombre des arbres et des buissons. »

Dalgliesh s'arrêta et son auditoire regarda vers Proctor, qui semblait s'être débarrassé à la fois de sa nervosité et de sa truculence défensive. Il reprit le fil de l'histoire comme si les souvenirs de cette terrible nuit et l'intense intérêt de l'auditoire l'avaient libéré de son embarras et de ses remords. Ayant dépassé désormais le besoin de se justifier bruyamment, il paraissait plus facile à supporter. Comme eux, il avait été à certains égards victime de Sally. Tandis qu'ils l'écoutaient, ils participaient au désespoir et à la peur qui l'avaient poussé vers la porte de la jeune femme.

« J'ai pensé que j'avais manqué le premier flash. Elle avait dit qu'il y en aurait deux, alors j'ai attendu un peu et puis je me suis dit qu'il valait mieux risquer le coup. Traîner sur place, ça n'avait pas de sens. Puisque j'étais allé jusque-là, je n'avais qu'à en finir. D'ailleurs, de toute façon elle ne m'en tiendrait pas quitte. J'avais eu de la peine à réunir ces trente livres. J'avais retiré ce que j'avais pu sur mon compte à la poste, mais ça ne faisait que dix livres. A la maison je n'avais pas grand-chose, juste ce que je mettais de côté pour les mensualités de la télé ; j'ai pris ça aussi et puis j'ai mis ma montre au clou dans un magasin à Canningbury. Le type a bien vu que j'étais à quia et il ne m'a pas donné ce qu'elle valait. Mais enfin j'avais assez pour la faire taire. J'avais préparé un reçu pour qu'elle le signe — après la scène dans l'écurie, je ne voulais pas prendre de risques. Je me disais que je lui remettrais l'argent, je lui ferais signer le reçu et je rentrerais chez moi. Si elle essayait encore de m'avoir, je menacerais de l'accuser de chantage. Le reçu serait utile, si on en arrivait là, mais en fait, je ne le croyais pas. Elle voulait juste l'argent et après elle me laisserait tranquille. D'ailleurs, ça n'aurait pas rimé à grand-chose de remettre ça. Je ne peux pas faire pousser de l'argent à volonté et elle le savait bien. Pas idiote, notre Sally.

« La grosse porte du devant était ouverte, comme elle l'avait dit. J'avais ma lampe électrique et je n'ai pas eu de mal à trouver l'escalier, puis sa porte à elle ; elle m'avait montré le chemin l'après-midi. La maison était tellement silencieuse qu'on aurait cru qu'elle était vide. La porte de Sally était fermée, pas trace de lumière en dessous ni par le trou de la serrure. Ça m'a paru drôle. Je me suis demandé si j'allais frapper, mais ça m'embêtait de faire du bruit. Finalement, j'ai ouvert la porte et appelé tout doucement. Pas de réponse. J'ai éclairé le lit avec ma lampe. Elle était couchée là. J'ai d'abord cru qu'elle dormait et, ma foi — c'était un répit. Je me suis demandé si je laissais l'argent sur son traversin et puis je me suis dit : " Et pourquoi, nom d'un tonnerre ? " Elle m'avait demandé de venir. Elle n'avait qu'à rester réveillée. Et puis surtout, je voulais filer. Je ne sais pas à quel moment je me suis rendu compte qu'elle ne dormait pas. Je me suis approché du lit et alors j'ai compris qu'elle était morte. C'est drôle, on ne peut pas se tromper. J'étais sûr qu'elle n'était ni malade, ni évanouie. Elle était morte. Un œil était fermé, mais l'autre était à moitié ouvert. Il avait l'air de me regarder. Alors, avec ma main gauche, j'ai baissé la paupière. Je ne sais pas pourquoi je l'ai touchée. C'était bougrement bête. Mais il fallait que je ferme cet œil fixe. Le drap était replié sous son menton comme si quelqu'un avait voulu qu'elle soit confortable. Je l'ai repoussé et alors j'ai vu les meurtrissures sur son cou. Jusqu'à ce moment-là je ne crois pas que le mot " meurtre " m'était venu à l'esprit. Mais quand j'y ai pensé, alors j'ai perdu la tête. J'aurais dû savoir que c'était du travail de droitier et que personne ne pourrait me soupçonner, mais vous ne réfléchissez pas comme ça quand vous avez peur. Je tenais toujours ma lampe et je tremblais tellement que je faisais des petits ronds de lumière autour de sa tête. Impossible de la tenir droite. J'essayais de penser à ce que je devrais faire. Et puis tout d'un coup, je me suis rendu compte qu'elle était morte, que j'étais dans sa chambre et avec de l'argent sur moi. Vous voyez l'effet que ça aurait fait. Il fallait que je file et vite. Mais avant d'arriver à la porte, j'ai compris que c'était trop tard. J'ai entendu des pas dans le corridor. Pas forts du tout ; en temps normal je ne les aurais probablement pas remarqués. Mais j'étais si tendu que j'entendais battre mon cœur. En une seconde, j'ai tiré le verrou de la porte et je me suis appuyé contre elle en retenant mon souffle. Il y avait une femme de l'autre côté. Elle a frappé et appelé très doucement : " Sally. Vous dormez ? " Elle parlait si bas que je ne vois pas comment elle pouvait croire qu'on l'entendrait. Ça lui était peut-être égal. J'y ai repensé souvent depuis, mais sur le moment je n'ai pas attendu pour savoir ce qu'elle allait faire. Elle aurait pu frapper plus fort et faire brailler le gosse, ou se rendre compte qu'il y avait quelque chose d'anormal et aller chercher du renfort. Il fallait que je décampe. Heureusement, j'entretiens la forme et je n'ai pas le vertige. D'ailleurs, ça n'était pas bien haut. Je suis sorti par la fenêtre de côté, celle qui est abritée par les arbres et le tuyau de descente était bien commode. Je ne pouvais pas me faire mal aux mains et mes souliers de cycliste me donnaient une bonne prise. Tout à la fin je me suis laissé tomber et je me suis tordu une cheville, mais sur le moment, je n'ai rien senti. J'ai couru jusque sous les arbres avant de me retourner : la chambre de Sally était toujours noire et j'ai commencé à croire que j'étais sauvé.

« J'avais caché mon vélo sur le bord du chemin et je peux vous dire que j'étais content de le revoir. C'est seulement une fois en selle que je me suis rendu compte, pour mon pied. Je ne pouvais pas serrer la pédale avec. Mais enfin, ça allait quand même. J'ai commencé aussi à préparer un plan. J'avais besoin d'un alibi. Une fois à Finchworthy, j'ai manigancé mon accident. Pas difficile. C'est une route très tranquille et il y a un grand mur à gauche. J'ai lancé mon vélo contre jusqu'à ce que la roue avant soit tordue, et puis j'ai lacéré le pneu avec mon couteau de poche. Pour moi, pas de souci à me faire. J'avais le physique de l'emploi, ma cheville enflait et j'étais carrément mal foutu. Il avait dû se mettre à pleuvoir, parce que j'étais mouillé et frigorifié, mais je me rappelle pas la pluie. Il m'a fallu du temps pour me traîner, moi et le vélo, jusqu'à Canningbury et il était plus d'une heure quand je suis arrivé chez moi. J'ai laissé le vélo dans le jardin et je suis entré tout doucement pour ne pas réveiller Mrs. Proctor avant d'avoir pu retarder les deux pendules du rez-de-chaussée. On n'en a pas dans notre chambre. J'avais l'habitude de remonter la petite dorée tous les soirs et de la mettre à côté du lit. Si je pouvais entrer sans réveiller ma femme, je pensais que tout irait bien. Mais j'avais comme un mauvais pressentiment. Au lieu de dormir elle devait guetter le bruit de la porte parce qu'elle est sortie en haut de l'escalier et elle m'a appelé. A ce moment-là, j'étais à bout, alors je lui ai crié d'aller se coucher, que j'allais monter. Elle a fait ce que je lui disais — en général, elle obéit — mais je savais qu'elle n'allait pas tarder à descendre. Remarquez, ça m'a tout de même donné une chance. Quand elle est arrivée, j'avais remis les pendules à minuit. Elle voulait à toute force me faire une tasse de thé et moi j'avais une idée, une seule : la coller au lit avant que les horloges de la ville sonnent deux heures. C'était le genre de truc qu'elle aurait pu remarquer. Enfin, je suis arrivé à la faire remonter et elle s'est endormie presque tout de suite. Pas moi, je vous garantis. Seigneur, je voudrais pas repasser une nuit comme celle-là ! Vous pouvez dire ce que vous voudrez, sur nous et sur la façon dont on a traité Sally. A mon point de vue, elle s'en est pas si mal tirée, mais si jamais elle s'est imaginé qu'elle avait été martyrisée, eh bien, la petite garce s'est bien vengée cette nuit-là ! »

Il leur lança le mot comme un crachat et puis, dans le silence, marmonna quelque chose qui pouvait être des excuses en se couvrant le visage de sa grotesque main droite. Pendant un instant, personne ne dit mot, puis Catherine intervint :

« Vous n'êtes pas venu à l'enquête publique, n'est-ce pas ? Sur le moment, nous nous étions demandé pourquoi, mais le bruit courait que vous étiez malade. Est-ce que vous aviez peur d'être reconnu ? Vous deviez pourtant savoir déjà comment Sally était morte et qu'on ne pouvait pas vous soupçonner ? »

Sur le coup de l'émotion, Proctor avait raconté son histoire sans aucune gêne apparente et sans hésitation. Avec la nécessité de se justifier, il retrouva sa véhémence :

« Et pourquoi j'y serais allé ? J'étais pas en état d'ailleurs. Je savais bien comment elle était morte, oui. Le policier nous l'avait dit quand il est venu le dimanche matin. Ah, ça n'a pas traîné. Tout de suite il m'a demandé quand je l'avais vue pour la dernière fois, mais j'avais ma petite histoire toute prête. Vous vous dites tous que j'aurais dû lui balancer ce que je savais, hein ? Eh bien, je l'ai pas fait ! Elle nous avait rapporté assez d'empoisonnements quand elle était vivante, elle allait pas continuer, maintenant qu'elle était morte. Du moins si je pouvais l'empêcher. Je voyais pas pourquoi mes affaires personnelles seraient traînées en public. C'est difficile d'expliquer ces choses-là. Les gens risquaient de pas comprendre.

— Ou pis encore, de trop bien comprendre », dit sèchement Felix.

Le visage maigrichon de Proctor rougit. Se levant, il tourna délibérément le dos à Hearne pour s'adresser à Eleanor Maxie.

« Je m'excuse, mais il faut que je m'en aille. Je ne voulais pas déranger, c'est seulement qu'il fallait que je voie l'inspecteur. J'espère bien que tout ça va s'arranger, mais vous n'avez sûrement pas besoin de moi ici. »

Il parle comme si nous étions sur le point d'accoucher, se dit Stephen.

Le désir d'affirmer son indépendance vis-à-vis de Dalgliesh et de montrer qu'une personne au moins de la famille se considérait encore libre de ses mouvements lui fit demander :

« Je peux vous remmener en auto ? Le dernier car est passé à neuf heures. »

Proctor fit un geste de refus sans le regarder.

« Non, merci bien. J'ai mon vélo dehors. On l'a pas mal réparé vu l'état où il était. Vous dérangez pas. Je connais le chemin. »

Il se tenait là, les mains gantées pendantes, antipathique et navrant, mais non sans une certaine dignité.

« Au moins, se dit Felix, il a le bon goût de sentir quand il est de trop. » Soudain, avec un petit geste raide, Proctor tendit la main gauche à Eleanor Maxie et elle la prit.

Stephen l'accompagna jusqu'à la porte et pendant son absence personne ne parla. Felix sentait monter la tension et ses narines frémissaient à l'odeur jamais oubliée de la peur. Maintenant ils devraient savoir. On leur avait tout dit sauf le nom. Mais dans quelle mesure se permettaient-ils de reconnaître la vérité ?

Les paupières baissées, il les observait. Deborah était curieusement tranquille, comme si la fin des mensonges lui avait apporté la paix. Il ne pensait pas qu'elle sût ce qui l'attendait. Le visage d'Eleanor était gris, mais ses mains reposaient détendues sur ses genoux ; il pouvait presque croire qu'elle pensait à autre chose. Catherine, assise toute raide, pinçait les lèvres d'un air désapprobateur. Auparavant, Felix s'était dit qu'elle jouissait à plein de la situation, mais désormais, il n'en était plus aussi sûr. Il notait avec une satisfaction sardonique les mains crispées, les tics nerveux aux coins des paupières.

Brusquement, Stephen rentra et Felix parla.

« Est-ce que ça n'a pas assez duré ? Nous connaissons les faits. La porte de service était ouverte jusqu'à ce que Maxie la ferme à minuit trente-trois. Un peu avant, quelqu'un est entré et a tué Sally. La police n'a pas encore trouvé qui et n'a pas grande chance de le trouver. Ça aurait pu être n'importe qui. Je propose que nous ne disions plus rien, personne. » Il les regarda tour à tour. Impossible de ne pas saisir l'avertissement. Dalgliesh dit d'un ton conciliant :

« Vous suggérez qu'un parfait inconnu a pénétré dans la maison, sans rien voler, est allé droit à la chambre de Miss Jupp et l'a étranglée pendant qu'elle était obligeamment étendue sur son lit sans un geste pour donner l'alarme ?

— Elle avait pu l'inviter à entrer, quel qu'il ait été », dit Catherine.

Dalgliesh se tourna vers elle.

« Mais elle attendait Proctor. Nous ne pouvons pas imaginer qu'elle voulait des invités pour assister à cette petite transaction. Et qui aurait-elle invité d'ailleurs ? Nous avons passé en revue toutes les personnes qui la connaissaient.

— Pour l'amour de Dieu, arrêtez donc de discutailler ! s'écria Felix. Vous ne voyez pas que c'est ce qu'il veut ? Il n'y a pas de preuve !

— Croyez-vous, dit doucement Dalgliesh. Je me demande.

— En tout cas, nous savons qui ne l'a pas fait, dit Catherine. Ce n'est ni Stephen ni Derek Pullen, parce qu'ils ont des alibis, et ce n'est pas Mr. Proctor à cause de sa main. Sally n'a pas pu être tuée par son oncle.

— Non, dit Dalgliesh. Ni par Martha Bultitaft, qui ne savait pas comment elle était morte jusqu'à ce que Mr. Hearne le lui dise. Ni par vous, Miss Bowers, puisque vous avez frappé à sa porte et tenté de lui parler, alors qu'elle était déjà morte. Ni par Mrs. Riscoe, dont les ongles auraient forcément laissé des griffures. Ils ne peuvent pas atteindre une telle longueur en une nuit et le meurtrier ne portait pas de gants. Ni par Mr. Hearne qui voudrait pourtant bien me le faire croire. Il ne savait pas où couchait Sally. Il a dû demander à Mr. Maxie où poser l'échelle.

— Il aurait fallu être un parfait crétin pour montrer qu'on était au courant. J'aurais pu faire semblant.

— Seulement, vous ne faisiez pas semblant, dit brutalement Stephen. Vos sacrés airs de supériorité, vous pouvez les garder pour vous. Vous étiez bien le dernier à souhaiter cette mort. Une fois Sally installée ici, Deborah vous aurait peut-être épousé. Croyez-moi, vous ne l'auriez eue qu'à cette condition-là. Maintenant elle ne vous épousera jamais et vous le savez. »

Eleanor Maxie releva la tête et dit tranquillement :

« Je suis allée dans sa chambre pour lui parler. Il
me semblait que ce mariage pouvait ne pas être une si
mauvaise chose si elle aimait vraiment mon fils. Je
voulais connaître ses sentiments. J'étais fatiguée,
j'aurais dû attendre le lendemain. Elle était allongée
sur son lit et elle chantonnait. Tout aurait été bien si
elle n'avait pas fait deux choses : elle m'a ri au nez et
elle m'a dit, Stephen, qu'elle allait avoir ton enfant.
Tout s'est passé si vite. Elle était là, vivante, riante, et
la seconde après c'était une petite chose morte dans
mes mains.

— Alors, c'était vous, dit Catherine, dans un
murmure. C'était vous.

— Bien entendu, dit doucement Eleanor Maxie.
Réfléchissez un instant. Il n'y avait personne autre,
n'est-ce pas ? »

4

Pour les Maxie, aller en prison devait être un peu
comme aller à l'hôpital, en plus involontaire encore.
Expériences anormales et assez effrayantes aux-
quelles la victime réagissait avec un détachement
clinique et le public, une belle humeur résolument
programmée pour donner confiance sans faire soupçonner d'insensibilité. Eleanor Maxie, accompagnée
par une femme policier calme et pleine de tact, alla
jouir du confort d'un dernier bain dans sa maison.
Elle l'avait exigé et comme pour les derniers préparatifs avant l'entrée à l'hôpital, personne ne s'était
soucié de lui faire remarquer que c'était la première

intervention infligée lors de l'admission. Ou alors, y avait-il une différence entre les prévenus et les condamnés ? Felix l'aurait peut-être su, mais personne ne le lui demanda. Le chauffeur de la police attendait à l'arrière-plan, attentif et discret comme un ambulancier. Dernières recommandations, messages aux amis, coups de téléphone, bagages bouclés à la hâte. Mr. Hinks arriva de la cure, essoufflé mais pas surpris, résolu à donner conseils et réconfort dût-il en tomber sur place ; mais il en avait si visiblement besoin lui-même que Felix le prit fermement par le bras pour le ramener chez lui. D'une fenêtre, Deborah les vit qui parlaient et se demanda, l'espace d'un instant, ce qu'ils pouvaient bien dire. Pendant qu'elle montait l'escalier pour aller auprès de sa mère, Dalgliesh téléphonait dans le hall. Leurs regards se rencontrèrent et restèrent liés.

L'espace d'une seconde, elle crut qu'il allait parler, mais il se pencha de nouveau sur l'appareil et elle passa son chemin, constatant soudain et sans surprise que si les choses avaient été différentes, c'était l'homme vers qui elle se serait instinctivement tournée pour être rassurée et conseillée.

Laissé seul, Stephen reconnut son malheur pour ce qu'il était, une souffrance sans commune mesure avec l'insatisfaction et l'ennui qu'il avait considérés jusqu'alors comme une grave infortune. Il avait bu deux whiskies, mais compris à temps que ce n'était pas l'alcool qui l'aiderait. Ce qu'il lui fallait, c'était quelqu'un qui prendrait ses épreuves en charge et l'assurerait de leur injustice essentielle. Il partit à la recherche de Catherine.

Il la trouva à genoux dans la chambre d'Eleanor devant une petite mallette, en train d'emballer des pots et des flacons dans du papier de soie. Quand il entra, elle releva la tête et il vit qu'elle avait pleuré, ce qui l'irrita fort. Il n'y avait pas place dans la maison pour un chagrin d'ordre inférieur. Catherine n'avait jamais acquis l'art de pleurer avec grâce — peut-être était-ce d'ailleurs une des raisons pour lesquelles elle avait très tôt cultivé le stoïcisme dans le chagrin comme dans d'autres domaines. Stephen décida de tenir pour inexistante cette intrusion dans son propre malheur.

« Cathy, dit-il, pourquoi a-t-elle avoué ? Hearne avait parfaitement raison. Ils n'auraient jamais pu le prouver si seulement elle n'avait rien dit. »

Il ne l'avait appelée Cathy qu'une seule fois et là aussi il voulait quelque chose d'elle. Même au moment de l'amour physique, elle avait trouvé que cela semblait affecté. Elle le regarda : « Vous ne la connaissez pas très bien, n'est-ce pas ? Elle n'attendait que la mort de votre père pour avouer. Elle ne voulait pas le laisser et elle lui avait promis qu'on ne l'emmènerait pas. C'est pour ça qu'elle n'a pas parlé, pour ça seulement. Elle l'a dit à Mr. Hinks pendant qu'elle le raccompagnait à la cure au début de l'après-midi.

— Mais elle est restée tellement calme pendant toutes ces révélations.

— Je pense qu'elle voulait savoir exactement ce qui s'était passé. Vous ne lui disiez rien ni les uns ni les autres. Je crois que ce qui l'inquiétait le plus, c'était la crainte d'apprendre que c'était vous qui étiez venu chez Sally et qui aviez fermé la porte à clef.

— Je sais. Elle a essayé de me le demander. J'ai cru qu'elle me demandait si c'était moi le meurtrier. Il faudra revoir l'accusation. Rien n'était prémédité, en fin de compte. Pourquoi Jephson ne vient-il pas tout de suite ? Nous lui avons téléphoné. »

Catherine tenait quelques livres qu'elle avait pris sur une table de chevet, se demandant si elle devait les emballer. Stephen poursuivit :

« De toute façon, on l'enverra en prison. Maman en prison. Cathy, je ne crois pas que je pourrai le supporter. »

Et Catherine qui en était venue à aimer et à respecter infiniment Eleanor Maxie, Catherine qui n'était pas sûre non plus de pouvoir le supporter, perdit patience.

« Vous ne pouvez pas le supporter. Elle est bien bonne, par exemple ! Ce n'est pas vous qui avez à le supporter. C'est elle. Et c'est vous qui l'avez envoyée là, tâchez de ne pas l'oublier ! »

Une fois lancée, elle constata qu'elle avait peine à s'arrêter et son irritation trouva une expression plus personnelle.

« Et puis, autre chose, Stephen. Je ne sais pas ce que vous pensez à notre sujet... au mien si vous voulez. Je ne veux pas en reparler, alors je vous dis dès maintenant que tout est fini et puis... oh, je vous en prie, ne mettez pas les pieds dans mon papier de soie ! J'essaie de faire cette mallette. »

Elle pleurait pour de bon désormais, comme un animal ou un enfant, les mots brouillés au point qu'il les entendait à peine.

« Je vous ai aimé, mais c'est fini. Je ne sais pas ce que vous espérez maintenant, mais c'est sans importance. Tout est rompu. »

Et Stephen, qui n'avait jamais pensé un instant à recoller les morceaux, regardant le visage marbré de rouge, les yeux gonflés, éprouva une bouffée de chagrin et de regret parfaitement illogique.

5

Un mois après la condamnation d'Eleanor Maxie pour meurtre sans préméditation, Dalgliesh traversa Chadfleet lors d'une de ses rares journées de repos en revenant de l'estuaire où il avait mis son voilier de 30 pieds au sec sur le littoral de l'Essex. Le détour n'était pas considérable, mais il évita néanmoins d'analyser avec trop de précision les mobiles qui l'avaient amené à ajouter ces six kilomètres de routes sinueuses et ombragées. Il passa devant le cottage des Pullen ; la pièce de séjour était éclairée et le berger allemand en plâtre se découpait tout noir sur les rideaux. Puis le Refuge St. Mary. La maison semblait vide, une seule voiture d'enfant à côté du perron rappelant qu'il y avait de la vie à l'intérieur. Le village lui-même était désert, somnolent, dans le calme de ses cinq heures vouées au thé. Au moment où il passait, l'épicerie Wilson baissait son rideau de fer après le départ du dernier client. C'était Deborah Riscoe, portant un panier qui semblait fort lourd, et il s'arrêta instinctivement. Ce moment n'était ni à l'hésitation ni à la gêne : il prit le panier et elle se glissa à côté de lui avant qu'il ait eu le temps de s'étonner d'autant de hardiesse d'un côté et de complaisance de l'autre. Glissant un regard rapide vers le profil calme de sa passagère, il vit que l'expression tendue, anxieuse, en avait disparu. Sans rien perdre de sa beauté, elle avait désormais une sérénité qui lui rappelait Eleanor Maxie.

Au moment où la voiture allait prendre le virage pour entrer dans le parc de Martingale, il hésita, mais elle eut un mouvement de tête presque imperceptible et il poursuivit son chemin. Les hêtres étaient dorés désormais, mais le crépuscule les privait de leur couleur. Les premières feuilles mortes craquaient sous les pneus qui les broyaient. La maison apparut, telle qu'il l'avait vue la première fois, mais plus grise et légèrement sinistre dans la lumière qui faiblissait. Dans le hall, Deborah ôta sa veste de cuir et dénoua son écharpe.

« Merci. J'ai été bien contente que vous me rameniez. Stephen a la voiture cette semaine et Wilson ne livre que les mercredis. Je me laisse toujours manquer d'une bricole quelconque. Voulez-vous du thé ou autre chose ? » Elle lui lança un bref regard moqueur : « Vous n'êtes pas en service commandé maintenant ?

— Non, dit-il. Pour le moment, je me fais plaisir, simplement. »

Elle ne lui demanda pas d'explication et il la suivit dans le salon. Plus poussiéreux qu'il se le rappelait et un peu plus nu, mais son œil exercé constata qu'il n'y avait pas de transformation réelle. Seulement l'aspect dépouillé d'une pièce où les petits changements nés de la vie ont été mis de côté, rangés.

Comme si elle devinait ce qu'il pensait, elle dit : « Je suis seule la plupart du temps. Martha est partie et je l'ai remplacée par deux femmes de ménage qui viennent de la ville nouvelle. Remplacée est beaucoup dire, d'ailleurs. Je ne suis jamais sûre de les voir arriver. C'est un piment de plus dans nos rapports. Stephen vient presque toutes les fins de semaine, bien sûr, et ça m'aide. Il y aura tout le temps pour nettoyer à fond avant que Maman revienne. Pour le moment, c'est surtout de la paperasserie, le testament de Papa, les droits de succession, les histoires des notaires, etc.

— C'est prudent que vous soyez seule ici ? demanda Dalgliesh.

— Oh, ça ne m'ennuie pas. Il faut bien qu'une personne de la famille y reste. Sir Reynold m'a offert un de ses chiens, mais ils sont un peu trop agressifs pour mon goût. D'ailleurs, ils ne sont pas dressés pour la chasse aux fantômes. »

Dalgliesh prit le verre qu'elle lui tendait et demanda des nouvelles de Catherine Bowers, celle qui semblait présenter le moins de risque. Il s'intéressait peu à Stephen et trop à Felix. S'enquérir de l'enfant, c'était évoquer le spectre blond dont l'ombre se dressait déjà entre eux.

« Je la vois quelquefois. Jimmy est encore à St. Mary pour le moment et Catherine vient souvent avec son père pour le faire sortir. Je crois qu'elle va l'épouser, James Ritchie je veux dire.

— Eh bien, il n'y a pas de temps perdu ! »

Elle rit : « Oh, je crois que Ritchie ne le sait pas encore. Ce sera une bonne chose, en fait. Elle aime beaucoup le bébé et je pense que Ritchie sera heureux. Je ne vois pas autre chose à vous dire. Maman va très bien et elle n'est pas trop malheureuse. Felix Hearne est au Canada et mon frère à l'hôpital la plupart du temps, terriblement occupé. Il me dit que tout le monde est très gentil. »

Bien sûr, se dit Dalgliesh. Sa mère purge une peine de prison, sa sœur se débrouille sans aide avec les droits de succession, le travail de la maison et l'hostilité ou — ce qu'elle déteste sûrement bien davantage — la sympathie du village, mais Stephen Maxie est de retour à l'hôpital où tout le monde est très gentil.

Son visage dut trahir quelque chose de ce qu'il pensait, car elle dit très vite :

« Je suis bien contente qu'il soit très occupé. C'est plus dur pour lui que pour moi. »

Ils restèrent assis en silence pendant un petit moment. Malgré l'aisance apparente d'une camaraderie facile, Dalgliesh était sensible à chaque mot. Il aurait passionnément voulu réconforter, rassurer, mais rejetait toutes les phrases à demi formulées avant qu'elles pussent atteindre ses lèvres. « Désolé, je devais le faire. » Seulement, il n'était pas désolé et elle était assez intelligente, assez honnête pour le savoir. Il ne s'était encore jamais excusé de faire son travail et il n'allait pas insulter la jeune femme en singeant une componction qu'il n'éprouvait pas.

« Je sais que vous devez me détester pour ce que j'ai été obligé de faire. » Fade, sentimental et hypocrite, sans compter l'outrecuidance de croire qu'elle éprouvait un sentiment pour lui. Ils allèrent jusqu'à la porte en silence et elle resta sur le seuil, immobile, pour le regarder s'éloigner. Quand, ayant tourné la tête, il vit la silhouette solitaire qui se détachait sur le fond éclairé du hall, il sut, avec une certitude soudaine et exaltante, qu'ils se retrouveraient. Et qu'à ce moment-là, les mots dont ils auraient besoin viendraient tout naturellement.

*Cet ouvrage a été composé
par l'Imprimerie BUSSIÈRE
et imprimé sur presse CAMERON
dans les ateliers de la S.E.P.C.
à Saint-Amand-Montrond (Cher)
en septembre 1989*

35-17-8084-01

ISBN : 2-213-02312-3

Nº d'édit. 3401. Nº d'imp. 8335-1000.
Dépôt légal : septembre 1989.

Imprimé en France